U0546010

風雲時代

風雲時代

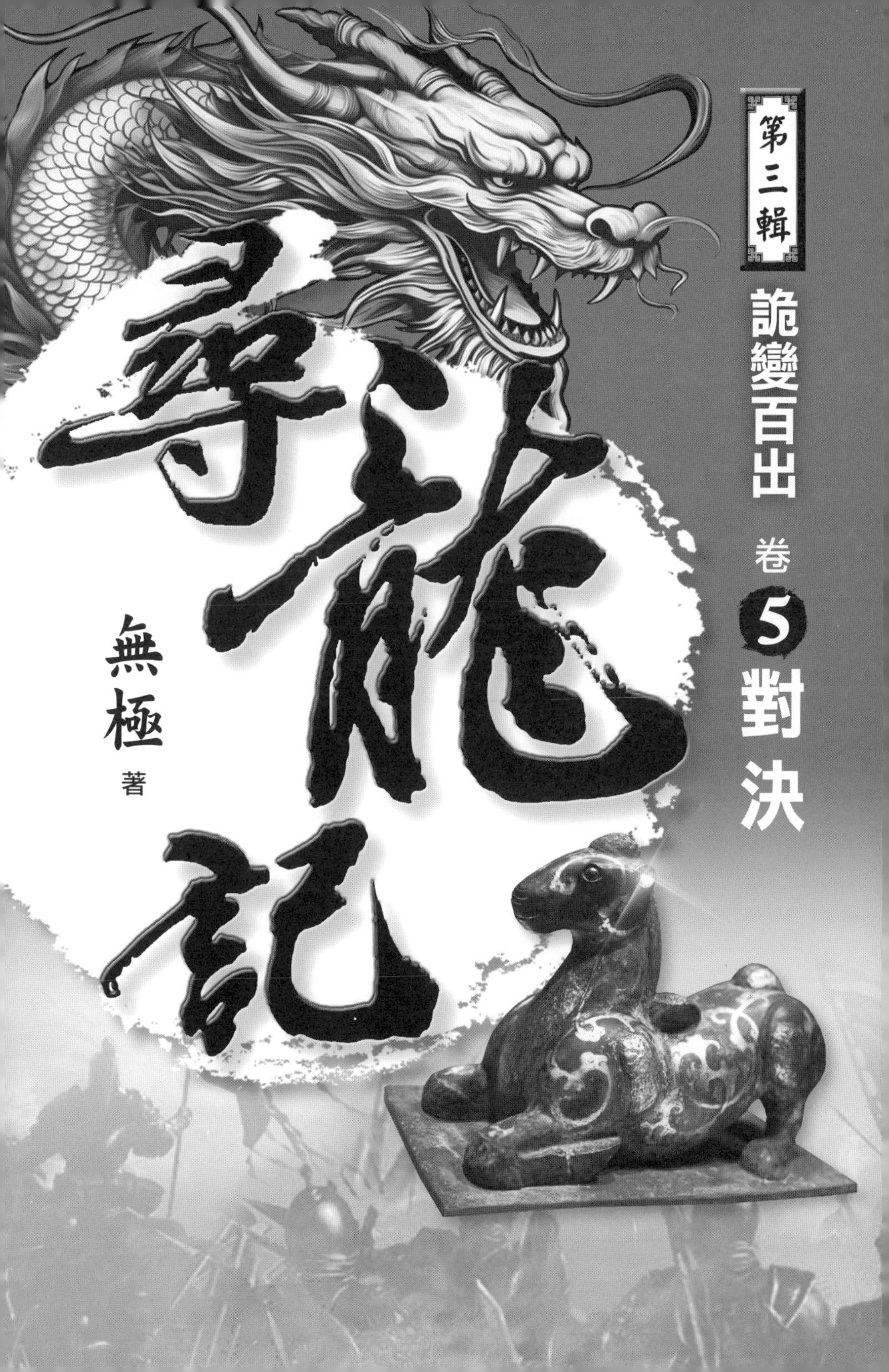

尋龍記
無極 著
第三輯
詭變百出
卷5 對決

目錄

第一章　太陽真身

聖火教主聽了什靈禪師這話，臉色也是為之一變道：「原來閣下早就查清這赤仙谷中的那條天地赤龍乃是當年赤帝靈騎了！你們多次前來谷中查探，卻倒並不是為了擒殺那天地赤龍，而是意在獲得赤帝遺物是吧！哼，老夫當年已受赤帝之托，在此谷中專候赤帝傳人的到來，卻是怎會讓爾等奸計得逞呢？不錯，天劍已是有了得主，赤帝之物也就已有得主，爾等還是死了這條心吧！再過十天，赤帝傳人就可功成圓滿，重出江湖了！」

項思龍心下再次狂震，想不到聖火教主還隱瞞著自己這麼個大秘密，看來他對自己還是沒有完全信任！不過此等大事，卻也難怪他行事謹慎！

聖火教主此時語氣突地轉冷道：「爾等既已知天地赤龍的秘密，老夫可就不能放過你們了！想怎麼死法？老夫可了你們心願！」

什靈禪師身體一顫道：「你敢殺我們？我們活佛絕不會放過你的。」

聖火教主冷笑道：「你們西藏的活佛可只能在西藏威風，入了中原麼？卻是算不得什麼了！別拿你們活佛來嚇唬老夫，老夫可不賣帳！」

什靈禪師又驚又怒地道：「閣下難道真想殺人滅口？我們活佛不時也會到來，閣下要施辣手可得考慮一下後果！」

聖火教主哂道：「來了正好，可以來個一網打盡，免得爾等鼠輩再動赤帝遺物的鬼主意！好了，老夫不想浪費時間，準備為你的生命掙扎應戰吧！」

什靈禪師知道已是避無可避，這都怪自己失口，看來要想活命只有跟對方拚了！自己領來的這五十武士可全是教中一流死士，讓他們纏住對方，自己總可逃得性命的罷！只要活佛率領大批人馬一到，自己就夷然無懼對方了，屆時不把這老鬼給撕屍萬段才怪。

心下想著，當下外強中乾地道：「閣下真是逼人太甚！以為我們怕了你啊？聖火教？不也還是我中原魔帥的手下敗將麼？狂個鳥！兄弟們，咱們跟他拚了！

這老鬼身上可還有兩枚聖火令呢！得到了就可天下無敵了。」

話音一落，自懷中掏出一個風鈴，迎風一展，只聽一陣「叮噹！叮噹！」之聲響起，馬上的幾十名黑衣武士聞聲頓然飛身下馬，整齊劃一的拔劍同向聖火教主從不同角度刺去。什靈禪師卻在這當兒走到那慧明大師身旁拉了他快捷地向谷外飛身退去。

聖火教主見了大罵：「小人！」卻是一時無法抽身阻截，五十名黑衣武士武功可也不弱，再加之他們心神受制只知一味衝殺，一時之間可也確是難以解決，當下忙對項思龍道：「少俠，阻止那兩個傢伙！別讓他們溜了！如讓他們搬來了救兵在這赤仙谷中大吵大鬧，你那朋友劉邦可是或許會有得危險了——他現在已被天地赤龍帶入赤帝洞府接受赤帝的太陽真神轉體，不可讓人騷擾，否則只怕會走火入魔！」

項思龍對這突然變故一時還未適應過來，心中疑惑重重，聞言也來不及細作思量，當下忙飛身往什靈禪師和慧明二人追去……

柳生青雲和血魔進了石室，見了室內的天蠶絲網都面露不解之色。但當目光落在室內那柄黑色大刀上時，前者是雙目放光一臉貪婪，後者則是滿臉好奇。

「風赤行」則是陰沉地對二人道：「現在就是本座要你們作出犧牲的時候了，本座需要你們獻出自身的修行來成就小魔帥，不得有絲毫保留！功成之後小魔帥會賜給你們魔門寶典和九轉大還丹的，那時你們仍可成為一流高手，只要你們勤加修習，假以時日還是會成就非凡的！」

柳生青雲和血魔聞言頓忙斂神誠惶誠恐地連聲應「是」，但目中卻是都流露出了恐懼的疑惑之色，不過他們現在是毫無退路了，打又打不過「風赤行」，還能反抗嗎？自是只得乖乖的任其施為了。

「風赤行」見二人甚是馴服大感滿意，當下又道：「為成就小魔帥付出的代價，你們今後會得到回報的！只要小魔帥練成了種魔大法，那可是我們魔道的空前絕後的成就，我們魔道定會在小魔帥手上發揚光大，所以你們即使是為小魔帥而犧牲，卻也是無上光榮的！」

柳生青雲張了張口似想說什麼，卻又被「風赤行」止住，接著道：「本座也將為成就小魔帥而作出徹底犧牲——形神俱滅，你們卻還是夠幸運的了，只需作爐鼎獻出修為而已！

「好，本座也不再多說了，馬上就要施行轉功大法，本座先把室內的天蠶絲打入你們的奇經八脈之中，屆時你們要儘量的放鬆自己的精神，好讓小魔帥儘快的吸收你們體內內勁，早一日神功大成！你們準備了，本座這便開始施法。」

言罷，雙掌倏揚，布在室內的天蠶絲在他掌勁的揮舞之下頓時有若枚枚鋼針般飛射進柳生青雲和血魔體內，二人先後發出一聲悶哼，臉面極度的驚懼之色，額上也冒出汗來。

讓人獻出畢生修為，這對一個習武者來說，可是件比死更可怕的事情！尤其是對柳生青雲和血魔這等無惡不作的大魔頭來說，失去武功可是比真正的死亡更讓人感到害怕！也難怪二人驚懼了！

不過二人已無路可退，只好賭一把作待宰羔羊了！人家風赤行可救了自己二人一命，又不是他的敵手，還能不聽命行事麼？

一切的希望都寄託在項羽戰功大成後對他們的恩賜了！

二人如入網之魚般被天蠶絲裹住吊在了石室半空，身體成了個大字形，動也不能動了！

不說天蠶絲的堅韌，他們內力已是被射入體內的天蠶絲給封住，再也不能提氣了，這下可真只能任人宰割，絲毫反抗不得了！

「風赤行」緩緩收了掌，見了空中的血魔和柳生青雲，不由發出一陣仰天哈哈大笑，道：「現在萬事具備，只欠東風了。」說著轉向項羽道：「小子，你也作準備吧！」

項羽聞聲道「是」，步入柳生青雲和血魔對面，雙臂一伸，沉喝一聲，只聽「蓬！」的一聲身上衣物盡裂，現出健壯完美的肌肉來。

「風赤行」看得連聲道「好」，驀地也就地一陣急旋，元神魔種脫出百曉生身體向項羽體內射去，不多時只聽項羽口中發出風赤行的大喝之聲，只聽得「嗤！嗤！」數聲，另一端連接了柳生青雲和血魔身體的天蠶絲向項羽身上的肌肉射去……

轉瞬項思龍就已截在了什靈和慧明二人前頭，負手沉聲道：「二位如此不夠義氣，拋下你們的一眾手下就想走嗎？」

呂青這時一臉懼駭地追至了什靈和慧明身邊，啞聲道：「二位大師，你們可不要丟下在下啊！」說著又轉向阻在身前的項思龍，討好地道：「任少俠，念在咱們相識一場的份上，請你放過在下吧！這些事情一切都與我無關，我可只是受了懷王之命，負責為他們引路罷了！少俠放過了我，我定不會把今日之事說出去的！我發誓！」

項思龍見了呂青的這副膿包樣，心中大生厭惡，想著呂青的命運可是由歷史來判決的，自己也不能殺他，當下順水賣了他個人情道：「好，在下可以放你走！不過為了慎重可得給你服下顆十日斷腸丸，如你洩出今日之事，十日過後，在下就不給你解藥！如你守了信諾，十日後在下自會給你解藥的！」說著在身上摸了一陣，把身上的髒物凝捏成一個小團，飛投進呂青剛巧張了一半的口中，接著道：「你現在可以走了！」

呂青只覺一股腥臭味直透喉嚨，竟是信了項思龍的話，以為自己被服了什麼十日斷腸丸，嚇得面色蒼白，但卻還是向項思龍千謝萬謝，同時邊向谷外走去邊對項思龍大聲道：「十日後少俠可別忘了給在下解藥！」

看呂青狼狽而逃，項思龍心下直覺好笑，他現在已知劉邦是有驚無險且因禍得福，心懷大暢，不由發出了幾聲哈哈大笑。

什靈和慧明是一怒一驚的直瞪著項思龍，前者「鏘」地一聲拔出腰間佩刀，直劈向項思龍，口中叱喝道：「小子，閃開！」

項思龍對這什靈印象實在不佳，當下發出一拳直迎對方鋼刀，冷笑道：「在下最厭惡不講義氣之人，你們要走也得領了你們一眾手下一起走啊！」

言語間拳刀相觸，只聽「噹」的一聲，火光四射下，什靈手中大刀竟被項思龍拳頭擊斷。

什靈本是見了項思龍以拳擊刀，心下大喜，暗忖對方簡直是在找死，可眼前這結果卻是不由讓得他傻了眼了。

對方……好厲害的勁道，竟是以肉拳擊鋼刀，反把自己鋼刀給震斷了！這小子是何方神聖？中原武林怎又出了個如此厲害的年青高手？

看來活佛欲侵中原武林的計畫是要宣告破產了！都是楚懷王那小子，說什麼只要活佛為他除去項羽，就與活佛平分中原天下，說得活佛動了心，也怪自己好大喜功，請命出戰中原，不想才剛第一回現身就……或許要命送此赤仙谷了！也不知活佛他們怎還不來……

什靈呆望著手中的半截斷刀，心下絕望地想著。

項思龍也沒有乘機對他們出手，只冷冷道：「閣下還是靜靜的等著聖火教主對你們的發落吧！如再想溜，可別怪在下不留情了！」

此時聖火教主已悉數擊斃了那五十餘名黑衣武士，飛身落至項思龍身旁，冷冷地掃視了什靈和慧明一眼，沉聲道：「你們西藏的活佛到底是怎麼知曉這赤仙谷中有赤帝遺物的？你們此番入中原有何圖謀？如能給老夫從實招來，老夫可以考慮留你們二人一條狗命！」

慧明聞言在絕望中似看到了一線生機，頓忙開口道：「赤仙谷中藏有赤帝遺物乃是我們西藏活佛近年來參悟了一張得自你們中原楚懷王提供的宮廷秘圖所知的，據活佛參悟的秘圖所知，此圖乃是你們中原第一王道高手赤帝所遺，內中介紹說在中原一處叫作赤仙谷的地方遺藏有他的一些遺物，受他的靈騎天地赤龍守護，得圖者只要再得到天劍就可進入他的藏寶秘室，成為赤帝傳人。否則得圖不得劍只可望寶興歎。

「在參悟秘圖之秘後，活佛曾多次派人深入中原入這赤仙谷尋探赤帝寶藏，同時也派人在江湖中探聽天劍下落。這次活佛親臨中原，乃是他從秘圖中得知今年乃是天劍出世，赤帝傳人降世的時日，並且今日卻正是赤帝遺物尋到得主之日，所以決定不惜任何代價意圖奪得赤帝遺物，因為據秘圖中說只要得到天劍和赤帝遺物，成為赤帝傳人，就可成為中原天下今後的真命天子。在下和什靈師兄乃是活佛派來打頭陣探聽動靜的！還請前輩能饒過我們性命，在下所言可是句句屬實，絕計不敢欺瞞前輩！」

項思龍聽了慧明這番話，愈來愈感到天意的宿命感覺。

項羽和劉邦的命運卻原來是天意早就安排好了的！項羽成了魔師傳人，劉邦卻也成了赤帝傳人！

魔師風赤行和赤帝是勢成水火的冤家對頭，項羽和劉邦也是！

唯一不同的就是項羽和劉邦不是武林中人！

歷史中也沒寫到他們的這種恩怨！是不是自己到達古代致使歷史發生了改變呢？又或真實的歷史本就如此！劉邦卻有赤帝那麼幸運可以打贏項羽這魔師傳人嗎？

項思龍心下恍恍惚惚地想著，突又想到已被天地赤龍擒去了劉邦，也不知他是否真是因禍得福成為赤帝傳人！但願他不要出事才好！

自己身負維護歷史不至改變的使命，無論將來出了什麼變故，自己卻是非要助劉邦打敗項羽登上帝位不可！這可是自己的使命！

自己如今只重視歷史結果，卻是不必重視歷史過程的了！反正只要劉邦得了天下，譜寫史記有自己這精悉古代歷史的現代人還不好辦？最多自己助劉邦寫了這秦末漢初的史記，那後人也就不會知曉真實的歷史是被自己和父親這兩個現代人搞得怎樣的亂七八糟了！

最重要的是歷史的結果不可被改變，其他一切都無所謂！

項思龍心下自在這古代以來第一次不墨守陳規地大膽想著，然他自己也不知道，他現刻的這種思想對真實的漢初歷史有多大影響。

當然那些都是後話，咱們暫且不提。卻說聖火教主聽了慧明的一番陳述，冷哼了聲道：「憑你們西藏活沸也想作中原天下的真命天子！真是在做白日夢！好，本座現在就依言饒過你們性命！但死罪可免活罪難逃。就賞你們每人一記斷筋截脈聖火掌，毀去你們武功和技藝吧！」

言罷也不顧什靈和慧明二人失聲驚呼而逃。

縱起身形以電光火石的速度分擊了二人身上各一掌，只聽二聲慘呼，二人在聖火教主掌勁之下如脫了線的風箏般向後暴飛，再「撲通」二聲撲在地上，卻是給昏了過去。

項思龍見了聖火教主的狠辣手段，心下也不覺惻然——方才還跟自己口口聲聲的說不想再理江湖紛爭呢！不想卻是對江湖中事如此關心！

項思龍沉默無語地怪怪想著，聖火教主見了他的神色，似是知他心中所想般，對項思龍苦澀一笑道：「老夫的性命可是赤帝所救，對於他的臨終所托不得不慎重為是！方才對少俠言所不盡，還請少俠不要見怪！」

項思龍知道聖火教主與赤帝之間必有關係，要不聖火教主怎真可能捨棄三千多年的年華為赤帝守靈呢？他連視作命根子的兩枚聖火令也贈給自己，但獨對赤帝對他之托卻是沒對自己如實相告，想來是赤帝當年嚴囑過他不許他輕向外人吐露此事，可也真是個遵信守諾的好漢子！

心下想著，當下對聖火教主淡淡一笑道：「前輩也是有前輩的苦衷，在下又怎會見怪呢？前輩為著我中原天下正道不惜犧牲生平護守赤帝遺物，此舉可讓在下敬服呢！如我中原天下今後真獲太平，前輩可也有一份功勞！」

聖火教主聽得微一錯愕，卻是突地發出一陣朗聲大笑道：「小兄弟可也真是抬舉老哥了！哈，想不到我遠山在老年來卻還可遇得小兄弟這麼一個知交！好，老哥要與你痛飲三百杯，方才可一洩心中的痛快之感！走，咱們再回洞喝酒去！」

項思龍點頭道：「在下也真有此意，不喝個痛快確難洩心中快意！」

聖火教主再發一陣大笑，倏止，望向項思龍一本正經地道：「別再『在下』『前輩』稱呼了，老哥聽了可好生彆扭！小兄弟如看得起老哥，咱們就平輩論交，我托個大，小兄弟就叫聲我老哥吧！如此聽來親切些！」

項思龍可也是個性子豁達之人，聞言當下毫不客套地道：「如此小弟也便恭敬不如從命了！老哥在上，請受小弟一拜！」

說著向聖火教主深深地施了一禮，聖火教主見了樂得笑開了懷地邊上前扶起項思龍邊連連道：「小兄弟請起！嘿，我遠山幾千年孤身一人，今日可也有得小兄弟這個親人了！」

說著時，一雙老目卻是落下熱淚來。

也不知過了多時間，待項羽悠悠恢復知覺時，入目的柳生青雲和血魔二人身體讓得他見了不由吃了一大驚——原來二人竟已成了乾屍！想是畢生精血修為全被自己吸乾了！身體的異樣感覺讓項羽的心神又回到自己身上。

身上的每一個毛孔似若都有了靈性般可以感受到周圍的一切狀況——空氣的溫度和濕度，甚至是空氣的流動速度。

體內四肢百骸似都蘊藏了無窮無盡的能力，讓項羽有種極想登高振臂一呼，想大大發洩一番。

再一提丹田內息，只覺體內真氣滾動如萬馬奔騰如驚濤駭浪，直向身體每一部位衝去，意念還沒恢復過來，只得「嗤！嗤！」數聲，刺在身上的天蠶絲在氣勁所過時頓然脫體而出。

項羽又驚又喜地驚叫一聲，心中大喜若狂地道：「我成功了！我項羽已成天下第一高手了！赤帝，你等著我向你挑戰吧！我一定會玩弄死你！」

項羽此刻魁梧英偉的身材顯得更加昂揚風發了。身上的肌膚閃閃發亮，雙目卻是閃出一股懾人心魄的邪異冷光。

種魔大法已使他脫胎換骨，成了另一個人！各式各樣奇怪的思想，侵襲著他的每一根神經，驀然間，項羽心中升起一股好想殺人的感覺。

這些奇怪思想和突然衝動讓得項羽吃了一大驚。

怎麼，我當真已經成魔了？自己怎麼會感覺體內有一股激情的衝動呢？

稱霸天下是自己的夢想，但濫殺無辜麼，自己卻是萬萬不能的！反正風赤行已不復存在了，自己不過利用他練成神功，可不會真的受他誘惑去創立什麼魔道天下！我項羽可是要做英雄霸王呢！

自己滋生的魔念，定是風赤行元神魔種與自己的結合時，除了精氣神移到自己的體內，還將他生前的魔道思想移植到了自己記憶庫中意圖控制自己，作他的一個傀儡！嘿，想得倒美！我項羽豈是可受人控制作人利用工具的人？我是項羽，可是當今天下叱吒風雲的西楚霸王！

什麼人都別妄圖控制我項羽，只有我項羽控制別人的份！

風赤行想借自己讓他的魔道精神繼承於世，老子便不如他之意！我項羽要開創古往今來從沒有過的王權和武林二者的霸王之業！

看不起我項羽的人，你們等著吧，我項羽定會讓你們拜伏在我的腳下俯首稱臣的！還有，項思龍大哥，你如果還活著，小弟第一個便要向你挑戰，取代你的江湖地位！小弟是敬重你，但卻不能容忍你的威望凌駕於小弟頭上，要不我的千古霸業還怎麼發展下去？再有就是任道遠了，傳鷹大師的徒孫又怎麼樣！我項羽照樣要打敗你！

一切蓋過我項羽光采的人便全是自己敵人，自己一個也不會放過！

項羽目中射出的冷光充滿著一股瘋狂的意味。

風雲！武林風雲將從此再一次拉開了新的序幕！

項思龍和聖火教主再次回到了石洞，二人自酌自飲間，不待項思龍把心中疑團向聖火教主發問，聖火教主已是主動開口道：「老哥也不再瞞小兄弟了。我之所以在這赤仙谷中一待就是三千多年，其實是受赤帝臨終前之托，為他守護他仙去後的太陽真身，等待赤帝轉世後的真命天子到來，不想這一等就是等了三千多年。

「當年我聖火教被風赤行所滅，老哥悲憤欲絕下進入中原欲找風赤行拚命，但在我練成火龍神功入了中原時，方始知風赤行已敗亡於赤帝手下，得此消息我大感痛快，卻同時也感甚是空虛——我之所以苟活了下來，為的就是找風赤行報仇血恨，現在風赤行已死，那我活著又還有什麼意思呢？心灰意冷之下，我失魂落魄地在中原四處流浪漂泊，一點生機也沒有。我也想到過死，但又覺如此死去可對得起歷代祖師麼？對得起為力救自己而壯烈犧牲的教中兄弟麼？那時我的心情矛盾痛苦之極點，也想重組聖火教，但……我實在是打不起一點點的精神來，心中所有的只盡是空虛和失落。

「在我這段失意的日子裡，一日我流浪至這赤仙谷，也是在那以後我的生命有了這一生的徹底轉變。我遇上了已瀕臨大限的赤帝——他雖是擊敗了風赤行，卻也在風赤行種魔大法第九重天血蒼穹的一擊重擊之下受了嚴重內傷，震斷了他的全部筋脈，使他武功盡失成了廢人，無法運功療傷，是他的靈騎天地赤龍把他馱至赤帝的太陽真身誕生的赤仙洞！

「赤仙洞也就在這赤仙谷內，乃當年仙界星宿太陽真神修道的秘處，太陽真神仙去前把他的肉身和畢生精血凝化成了舍利子，也即太陽神珠，赤帝當年就是在降服他的靈騎天地赤龍時得到太陽真神遺下的太陽神珠而修練成太陽真身的。

「據赤帝在臨終前告訴我說，太陽神珠需給身有天罡七十二之數的人服食才會有效，使服珠之人練成太陽真身，但練成太陽真身的人不但得負起除魔衛道的重任，也得負起解救天下萬民的重任，也即是只有身懷真龍之體的人才可服食太陽神珠練成太陽真身，其他之人如服食將無法承受太陽神珠的熱力而自焚而滅，當然太陽神珠不會受損。

「與赤帝相遇，在與他最後相處的那段日子裡，我受了這中原第一王者高手的點化，徹底的改變了自己的人生觀，為了報答這為自己報了滅教之仇的大恩人和讓自己折服的智者，我答應了他守護太陽神珠，等待有緣人的到來。赤帝在臨去前告誡我說，太陽神珠的傳人關係著整個中原天下的希望，也關注著中原武林的希望，如被魔道中人得去，被其參悟出破解太陽神珠熱力之法為其所用，就將是中原末日的到來了，要對付風赤行不死魔種的傳人，就唯有太陽神珠的有緣人不可，著我要好好的守護，決不可對他人講出其中秘密，否則只怕會給中原帶來無窮劫難！

「對小兄弟的人品，老哥自打一見面就很信任，本也想把這秘密告訴你的，但礙著我曾向赤帝發過誓永不洩此秘密，所以……不過，現在這秘密既已被西藏活佛第一個給揭穿，想來將被更多的人所知曉，那也就沒有再隱瞞的必要了！

「唉！『世上沒有永遠的秘密』這話可真沒說錯！赤帝雖算準了三千多年的今天太陽神珠的得主會出現，但他卻怎也想不到他遺下的一張欲讓有緣人得知他仙化之身的秘圖卻為邪派之人所得，反得惹來了無窮禍端。現在小兄弟的朋友已被天地赤龍證實他是太陽神珠的得主，老哥這肩上的重任是卸下了一大半，可此秘密已為外人所知曉，在這神珠得主融化神珠能量的十天，卻是更為嚴竣的十天，但願不要出什麼事才好！要不，老哥這數千年的苦等可是全都白費功夫了，且怎麼對得起赤帝之托！」

說到這裡，聖火教主一臉凝重地長長舒了一口氣，項思龍聽了聖火教主這一番解說，心下不勝唏噓之餘卻也沉重無比。

看來冥冥之中一切是有天意，赤帝在三千多年前竟預算到了今日即將發生的一些事！是不是人類真有那麼一種輪迴的現象呢？

這古代的一切當真是有若神話，神奇的事情太多了！自己想不通，只怕是現代的高科技也不能解釋，不過見怪不怪其怪自敗，自己在這古代經歷的匪夷所思的事太多了，已經習以為常。但是如讓現代的一些考古專家知道，真不知會驚呆至何等地步！

項思龍心下怪怪想著，思想頓又回到了聖火教主所提到的嚴竣現實中來。未來的十天，是劉邦發生他這一生最大轉變的關鍵時刻，決不可讓他有什麼意外發生！

練成太陽真身後，劉邦也就成了天命所歸的真命天子，自己無論如何也得助他守關，不讓任何人入這赤仙谷擾亂！如無奈之時，只怕自己不得不痛下殺手！為了維護歷史，任何代價都得付出！

項思龍目中射出堅定而又冷竣的精光，沉聲道：「在這十天裡，小弟就與老哥一道為劉邦把關，擅闖入谷者死！」

聖火教主聽了項思龍這充滿殺機的話，心下也不由一凜。好重的殺氣，這小兄弟似對太陽神珠的得主比自己還要關切呢！不過也是，為了大局著想，可不能心懷婦人之仁！

項思龍言罷頓了頓，這時轉過話題又接著道：「老哥可知我那朋友是怎麼闖入這赤仙谷來的呢？」

聖火教主斂回心神道：「這個老哥我也不大清楚，只是今晨天地赤龍突呈異態，多次飛騰谷內上空嘶鳴，聲音顯得甚是興奮和激動，似是預感有什麼事要發生似的。我見了心懷納悶，當即運功四下探聽周圍情況，卻剛巧聽到少俠所見的呂青一行圍攻一叫騰翼漢子的聲音，再接著過不多久便聽到少俠出現聲音。我正凝神細聽之時，突聽一人在谷內大喝：『畜生，閃開！膽敢阻本少爺的去路！』接著便是『鏘』的一聲拔劍之聲，可劍聲一落，待我收回神來探看谷內情況時，怪事出現了，卻見從不對人施以聲色的天地赤龍竟神態恭順地跪在一手持一柄利劍的少年身前，不住的向少年低鳴著。這現象讓得我心下狂震，知道或許是自己苦等多年的赤帝傳人出現了，天地赤龍已經感受到了新主人身上的靈氣！

「我緊張得心都提到了喉嚨裡，不敢發出任何聲響的靜靜地在遠處看著這一幕。不想那少年對天地赤龍的思想毫然不解，只衝神物再次喝道：『讓路！鬼傢伙！本少爺是來拜訪谷中的神秘人的，你不要死纏著我好不好？怎麼？你看中了我手中的天劍？那我送給你好了！』

「少年說著出劍劈向了天地赤龍，天地赤龍硬受了他一劍，仍是阻著少年去路。少年惱羞成怒之下向天地赤龍頻頻出劍，起先天地赤龍只閃不還擊，可少年武功竟是不弱，連連擊中了天地赤龍數劍。天地赤龍也終被激怒了，大吼一聲，騰起身體以電閃速度用身子纏裹住了少年，少年無力再發招了，被天地赤龍制住，頓然嚇得哇哇大叫……不多時少俠便到了，此時天地赤龍把少年擒去了赤仙洞……想來他現在已經明白了赤龍的意思，進了赤仙洞，自有赤帝的一切安排！

「你那朋友現在沒有再發動靜，也許是已經接受了赤帝指示服了太陽神珠，修練太陽真身去了。」

項思龍聽了「噢」了一聲，心下卻是不解劉邦怎會來這赤仙谷，且知道谷內有個神秘人的，也不解劉邦進谷來拜訪神秘人卻是有何意圖。

不過劉邦因禍得福獲得赤帝遺學和太陽神珠，總是一件好事，且管他那麼多呢！劉邦已經長大了，也是應有自己的一些行事主張了！

心下正如此想著時，卻突聽得谷外又傳來一陣馬蹄聲，只聽一個冷沉聲音遠遠傳來道：「聖火教主，本佛爺來了！你不是說本佛爺算不了什麼嗎？有種的就出來與老子一戰！別人怕了你名頭，我西藏活佛可不怕你！」

聖火教主聽得目中冷光一閃，哼了聲道：「不知死活的傢伙又送上門來了！」

項思龍也眉頭一皺，心下大恨道：「定是呂青那傢伙去傳報的消息！放過了這傢伙可真是不智之舉！這下我可要得他好看！」

二人說著，相繼飛身出了石洞，往赤仙谷口馳去。

遠遠的就可見著一片黑壓壓的人群，怕不足有上千人之多。

火把把山谷照得通明，讓谷中氣氛更增幾許火藥味。

這次所有來者都穿著一身西藏喇嘛服飾，領頭者身高有八尺，身體較是肥胖，寬面大耳，手執佛杖，目射精光，頗有幾份氣勢。在他身邊的是八名看上去武功不俗的老者。所有人都姿態飛揚地冷冷望著飛馳而來的聖火教主和項思龍，似把他們二人看作了囊中之物。

聖火教主和項思龍馳至眾人五六米遠處站定身形，目光冷冷的一掃眾人，聖火教主的目光是落到了手執佛杖的喇嘛身上，項思龍的目光卻是落到了畏縮在人群當中驚駭地也望著自己的呂青身上。

聖火教主盯了對方好一陣子，才冷冷道：「老夫告誡過你們的人，擅入谷者只有死路一條！你們如此不知死活，是沒把老夫的告誡放在心裡了！好，不怕死的就只管放馬過來吧！那什靈和慧明將是你們的榜樣！」

什靈和慧明此時已被對方救醒，但那脆弱的癡呆模樣的確是讓人看了心酸和心懷懼意。

手執佛杖的喇嘛聞言卻是冷哼了一聲恨恨道：「本座今日會為他們二人討回個公道的！遠山老鬼，想不到你突隱江湖卻原來是在這赤仙谷作了赤帝老鬼的走狗！本座今日為赤帝遺物而來，如你不再插手管此閒事，本座也可看在老相識份上，對你網開一面，不再過問什靈和慧明他們之事，不知老鬼意下如何？」

聖火教主聽了仰天發出一陣哈哈大笑道：「閣下是在威脅老夫還是在向老夫討好？既然老夫敢放手而為，就自當會準備接受其接踵而來的後果！憑你這幾句話就可說動老夫？當我是三歲小孩？更何況你們這些小輩老夫還沒放在眼裡！還是廢話少說，放馬過來吧！」

西藏活佛聞言臉色一沉道：「看來閣下是敬酒不吃要吃罰酒了！好，本佛爺就成全你這心願！孩子們，上！為我們死去的兄弟報仇，殺了他們兩個！」

眾喇嘛得令，雖怯聖火教主的名氣，卻仗著己方人多，竟是也哄喝震天地，策騎向聖火教主和項思龍二人攻來。

一場混戰終於拉開，本剛平靜下來的赤仙谷又再次不平靜起來！

聖火教主和項思龍二人心中都已生殺機，目射冷光地一掃向他們衝來的喇嘛，再對視了一眼，驀地同時暴喝一聲，身形應聲縱起，出拳向對方來者迎擊過去。

二人都是何等高手？幾隻小魚小蝦，自是不堪一擊，拳勁所過之處頓即只慘叫四起血肉橫飛，敵方人馬頓然亂成一片。

項思龍心中記恨著呂青，揮拳擊散阻擋去路的喇嘛，直飛射向躲在敵人後方的呂青，雙指一彈射出兩道罡氣封了呂青身上的穴道，讓他動彈不得，口中同時冷喝道：「膽敢出爾反爾！看老子待會怎麼收拾你！」

言罷又再飛轉身形，衝向已不成陣勢的眾喇嘛擊殺過去。

「轟！轟！」勁氣炸裂聲剛落，就頓即有慘叫聲和馬嘶聲響起。

此刻赤仙谷還哪有一絲「仙」氣？簡直成了個殺人谷！

西藏活佛不想項思龍和聖火教主出手如此狠辣，氣得臉上肌肉不停抖動，但卻還是衝著已潰不成軍的眾手下大喝道：「不要自亂陣腳！對方再厲害也只有兩人而已，咱們卻有上千人之眾，怕他們個鳥蛋啊！困死他們，刺中對方一招者賞黃金十兩！殺對方一人者賞黃金千兩美女百名！大家衝啊！」

西藏活佛這話果也讓得眾喇嘛利慾薰心者鬥志陡增，重組攻勢向項思龍和聖火教主發動了第二輪攻擊。這次他們卻學得乖了，從遠距離箭射二人，同時發出各種暗器紛紛往二人身上招呼。

一般高手在這等龐大勢力的強攻之下真會吃不消，只可惜眾喇嘛今次遇上的是項思龍和聖火教主這等絕頂高手！可也只怨他們倒楣了！

勁箭和暗器在項思龍和聖火教主二人的護體真氣之外被撞擊得叮噹作響，紛紛跌落地上，對二人攻勢絲毫沒有多大影響。

聖火教主惱怒地一陣哈哈大笑道：「來而不往非禮也，還給你們！」

言語間，身形在空中急旋，雙掌上下狂飛，再暴喝一聲道：「八面來風！」喝聲一落，雙掌推出，地上被他掌勁吸起的箭矢和暗器以比對方發射快上數倍的速度，帶著呼嘯之聲向第二批進攻的喇嘛射去。

驚呼聲還未落下，就聞慘叫聲四起，百多發動第二輪攻勢的喇嘛在聖火教主這招「八面來風」的還擊之下，全都橫死當場，無一倖免。

見了這等慘景，項思龍心下雖覺一陣惻然，卻也不得不狠下心腸來。為了歷史，為了劉邦，自己不得不作一次殺人狂魔了！要知道劉邦今次的機緣可是他這一生的一個轉捩點，自己怎可允許他人來搗亂呢？

只怕這眾傢伙不識好歹，不知死活利慾薰心，死也是罪有應得！貪欲太大的人，通常就是會不得好死！這眾喇嘛雖說是出家人，可所作所為卻哪像是出家人？除去他們也可說是送他們早上西天修成正果！項思龍心下如此想著。

西藏活佛此時又驚又駭又怒地氣得臉色鐵青，雙目瞪得大大地盯著聖火教主，一字一字地道：「閣下好毒的手段！你一定會為你的殘忍而付出慘重代價的！」

說著衝剩下的六百餘名喇嘛沉聲道：「孩子們，現在我們的真神受到了魔鬼的威脅，為了拯救真神，請你們作出偉大的犧牲吧！後世的子女會感激你們，視你們為我西藏佛教的英雄的！」

言罷口中叭哩呱啦地念著什麼經文，過了好一陣，才緩緩睜開雙目，雙手一伸道：「真神啊，你的兒女願為你作出犧牲了，請把他們的生命精華獻給八大護神使者吧！」

話音一落，說也奇怪，六百餘名喇嘛頭頂冉冉升出一縷赤紅之光，在這夜色中蔚為奇觀。

西藏活佛在這當兒，自懷中掏出一個足有拳頭大小的紫色光球，用內力吸在兩掌之間，雙掌按逆時針方向旋轉，一張一合的，掌間的紫色光球在西藏法力的作用下倏地紫光大作，變成了一個身著紫色輕裟，身高八尺，體格魁梧的肅面老者光影，再接著，這道人影佛像「呼」的一聲從西藏活佛掌飛出，在坐地朗念經文的喇嘛頭頂一陣飛旋吸去了他們頭頂上的赤紅之光，再「呼」地一聲飛回變成了原狀。

坐在地上的眾喇嘛就在這刻倏地發出一陣「咯咯」之聲，不多時六百餘人竟然全都變成了一堆乾枯的屍骨。

聖火教主和項思龍這等高手看了這等怪異慘狀，心下也不覺為之一寒。

不知這西藏活佛在搞什麼玄虛？對自己的手下所施手段卻是比自己二人更為殘酷，還是什麼出家人呢！可是有若魔鬼嘛！不過但看對方如此殘忍，施出如此怪法來，將要對付自己二人的手段自也狠辣邪惡厲害之極了！可也不能太過大意，得小心應付！

西藏活佛卻是對死去的門人連看都未多看一眼，只望著手中的紫光球，目中露出邪惡的冷光，緩緩向身後的八名冷面老者轉過身去，口中又是嘰哩呱啦的好一陣，八冷面老者卻是全都突地張開嘴。

西藏活佛把紫光球依次放入每一老者口中含了刻餘功夫，待讓八人全含遍了時，才把紫光球收起納入懷中，接著驀地仰天一聲大喝道：「鬼魅真神，請賜給你八大護神使者神的力量吧！」

如此連續呼叫了十多遍，驀地狂風大作，烏雲洶湧雷電直閃。

西藏活佛見了哈哈一陣大笑道：「真神，你終於來了！弟子懇請你賜給你的子女神的力量，以讓我們擊敗對手，奪得真神此生最大敵人太陽真神的太陽神珠！只要被弟子奪得此珠，弟子有能力讓宇宙陷入黑暗，太陽不復存在！」

西藏活佛這話音一落，突地只聽得「轟」地一聲巨雷響起，接著只見八道光彩奪目的閃電直向八冷面老者擊去，閃電竟是融入了他們體內。

奇異的事情又發生了，八冷面老者各自吸納了一道閃電之後，身體倏然變大變高，身上隱隱閃爍著閃電之光。

西藏活佛笑聲比哭還要難聽地狂笑了一陣，才把陰冷怨毒邪惡的目光投向項思龍和聖火教主，聲音有若發自地獄般冷地道：「想不到本座修練多年的呼魂喚魄大法從沒成功過，今天卻是給意外的成功了！鬼魅真神遊蕩天地的鬼魅真氣已經被本座手下的八名弟子吸化，也就等若鬼魅真神重新獲得了重生！除非是服了太陽神珠的人練成了太陽真身，否則天下將無人能是我八名護神使者的敵手！小子，老鬼，你們兩個還是乖乖的向本座降服吧！否則明年的今日便是你們的忌辰！」

聖火教主聞言臉色一變道：「原來你不是西藏活佛，而是西藏活佛的同門師弟鬼宗巫師！」

對方喋喋一陣怪笑道：「老鬼果然有些見識，竟然也知本座來歷？不錯，本座正是西藏活佛的同門師弟鬼宗巫師！當年師父一世班禪收有兩個徒弟，一是本座，一是西藏活佛。其實本座無論智慧還是武功，都高過師兄，繼承活佛之位的應該是我！可不想師父卻說我身上邪氣太重，師兄則是性子寬和，反是把靈童真身傳給了師兄，讓他繼承了活佛之位！哼，師父這選擇卻對了沒有呢？師兄這懦夫從不發展我西藏佛教勢力，只是墨守成規死守祖宗繼業！

「這樣的人還配作我主人？我失了活佛之位肚子已是窩滿氣了，師兄還多次訓斥我說不要野心太大惹事生非，否則必遭天譴！什麼理論嘛？我一怒之下背叛了佛教，投入了西藏另一大最有勢力的門派——鬼魅門，並且甚得鬼魅門門主岳不凡的器重。把鬼魅門中的至高武學——呼魂喚魄大法傳給了我，介於我天資聰穎，短短數年我便把此大法的修為蓋過了門主，這老傢伙沒多時日也便成了本座試練神功的犧牲品，我也坐上了門主之位。

「為了擴大鬼魅門的勢力，我生出了欲除佛教之念，可多次交鋒，我真不敵活佛的靈童真身，無奈之下只得放棄在我西藏的發展而把目光投向了中原。不過中原武學博大精深，當時正值中原武林風甚濃之時，南有赤帝，北有風赤行，憑我道行，根本無法入侵中原。我消聲匿跡了多年，閉關修練呼魂喚魄大法，直到有一天聽下人傳報說赤帝和風赤行在華山縹緲峰一戰一傷一亡，心下大喜認為時機來了，於是率領門中百名好手準備入中原大幹一場，不想出師不利，才剛入中原便被赤帝知曉，竟是親自出馬把本座和門中百名好手團團圍住狠施辣手。

「赤帝老鬼的排外思想是根深蒂固的，他從不允許外族人入侵中原，否則格殺勿論！也怪本座太過自大，赤帝雖出言責我退回西藏，他則不加追究我意圖入侵中原的野心，否則就下殺手。可我認為赤帝已在風赤行手下受了重傷，已是外強中乾，不必懼他的，便沒聽他言……

「那一戰本座所領百名門下好手全被對方格殺，本座也被赤帝以劍魂心法第八式虛空劍勁給擊成重傷，失足跌入一叫陰風谷的山崖，所幸命不該絕，被我發現了谷中一處秘室，原來卻是與太陽真神齊名的鬼魅真神的秘居之所。我因禍得福得了鬼魅真神遺物，並且得知了鬼魅真神卻原來就是我西藏鬼魅門的創門宗師，因敗亡在太陽真神手下，使得他的元神因被太陽真神的太陽真身擊散，無法重組，游離於宇宙天地間，只有施出呼魂喚魄大法方才可有機會把鬼魅真神游離的元神通過鬼界水晶球收集起來，分別轉嫁於八人身上——因鬼魅真神的元神被太陽真神擊成了八大塊，而後只要再得到太陽真神的畢生精華凝化的太陽神珠，就可施法把已轉入八人身上的由無形而轉化成了有形的鬼魅真神元神凝合為一。那時本座就可成為鬼魅真神的化身，天下無敵了！」

說到這裡，鬼宗巫師又是一陣瘋狂的邪笑。

項思龍聽得心下暗驚，想不到對方不擇手段地欲得到太陽神珠，原來卻是有這麼一個野心的目的！幸好太陽神珠已被劉邦先一步得到，要不對方得了，這世上可就又多了一個難對付的絕世魔頭。

也不知那太陽真神和鬼魅真神是哪代上古高人？不過赤帝得了太陽真神所遺太陽神珠後練成了太陽真身，且得此神珠之大可成為真龍天子，想來是法力無邊身懷天命之相的一正一邪兩大絕世高手吧！

這古代的許多神奇事情可真是難以用現代的科學知識來解釋，不過管他的呢，兵來將擋水來土掩，只要是對歷史有威脅的勢力，自己就不可以坐視不理，哪管他是神是魔還是鬼！

心下如此想著時，鬼宗巫師突又斂住笑聲，歎了口氣道：「本座為尋太陽神珠下落已是花了數千年時間，今日終於尋到了，又怎麼會輕言放棄呢？擋我者死，順我者生！再給二位一個機會考慮一下吧！」

聖火教主嗤笑了聲道：「閣下口氣倒是挺大的，似是我們二人的生死已在你的掌握之中！哼，即使你是鬼宗巫師，又即便鬼魅真神獲得重生，那又怎麼樣？鬼界與神、魔二界比起來可是算得個什麼東西？閣下大言不慚，似把你們鬼界看作了武林至尊，可也真不怕大風吹閃了舌頭！還是廢話少說，有什麼鬼把戲就使出來吧！」

鬼宗巫師面色陰沉地不怒反笑道：「武林三界之中，我鬼道是落最後一名，但卻也是武林排行榜中的第三名，比起爾等來卻是夠資格狂傲的！中原武林現今一片肅然，高手有幾人呢？鬼魅真神可是與太陽真神、盤古大師、傳鷹大師、撒旦魔神他們齊名的有數武林奇人，本座只要練成了鬼魅真身，除非是眾神眾魔重生，否則又有何人能是我之敵？二位既然冥頑不化，那就且看吸收了鬼魅真神元神的八大護神使者的威力吧！」

說著，正待施法駕馭八名老者向項思龍和聖火教主發動攻擊時，卻突聽得項思龍沉聲道：「且慢！在下有一個問題想問巫師，你可把赤帝遺物消息告知第二人沒有?」

鬼宗巫師聞言搖頭道:「沒有!老夫為了獨得太陽神珠,又怎會蠢得讓別人也前來奪寶呢?小子,你……」話未說完,突地臉色一變道:「怎麼?有人入谷了?」

言語間果聽得一陣馬蹄聲隱約由遠而近,但不細聽還無法覺察,可見來者還相距赤仙谷較遠。鬼宗巫師第一次把目光投向了項思龍,有些驚駭地細細打量了項思龍好一陣才道:「小子好高深的內力!老夫倒是看走眼了!嗯,你便是那新近在中原武林聲名鵲起的任道遠?難怪你能幹掉東瀛第一狂刀客水月宗師了,倒確有些斤兩。」

說著,側耳細聽了一陣,接著又道:「來者已只距赤仙谷十多里腳程了!約有十多人!是什麼來路的人呢?赤帝遺物藏在這赤仙谷老夫也只近兩年才從楚懷王那小子送給老夫的一張王室秘圖中破譯出來的,除了老夫和楚懷王兩撥人馬,卻是對手下嚴令過不許洩秘的啊!難道是楚懷王那小子?不大可能!他還沒這個膽量!難道是……師兄派人暗中跟蹤了我?嘿,不管來者何人,只要與老夫為敵,一律格殺勿論!」

自言自語了一陣，鬼宗巫師又恢復了冷傲之色，望著項思龍，淡淡道：「小子，還有什麼問題沒有？如有，就快發問吧！在你臨死之前，老夫就讓你做個明白鬼，不致死後還有遺憾！」

項思龍心下冷笑，口中卻也當真再問道：「閣下既是鬼魅門的門主，又何故畏頭畏尾地裝扮成西藏活佛呢？」

鬼宗巫師嘴角浮起一絲陰笑道：「什麼畏頭畏尾？這叫計策！老夫裝扮成西藏活佛在中原作惡，可以嫁禍到真正的西藏活佛身上，又可擴大老夫在中原的影響和勢力，這個一箭雙雕！知道嗎？」

項思龍冷哼了聲道：「閣下果然好心計，只可惜你的一切計畫都得落空了，因為你遇上了本公子！識相的話就給我乖乖的滾回西藏去！殺了你本公子還嫌弄髒了我雙手！如果閣下不聽勸告，只怕閣下當年遇上赤帝的歷史又要重演了！不過這次想來你不會再那麼幸運的吧！本公子殺人可是從不留尾巴，可會見著你碎屍而亡！一介奸詐之徒，也想入我中原稱雄！也不撒泡尿照照自己是什麼東西！」

項思龍這話可謂狂傲刻薄之極，鬼宗巫師氣得臉色鐵青，哇哇大叫道：

「好……你小子是活得不耐煩了！老夫剛誇了你兩句，你便目空一切，膽敢……教訓起老夫來！好，就讓老夫看看你這中原武林新秀到底有多大本事！」言語間，身形電射飛出，手中佛杖一伸，迎面向項思龍擊來，似巴不得一杖把項思龍身體戳個洞。

但項思龍是何等許人！冷笑聲中鬼王劍也告拔出，一招天殺三式中的天搖地動應手而出，竟是以輕兵刃硬接對方佛杖。

鬼宗巫師見了大喜，手中佛杖向項思龍鬼王劍橫掃過去。

「噹」的一聲器擊之聲響起，鬼宗巫師身形一陣劇震，手腕一陣發麻，手中佛杖差點脫手飛出，幸得他見機得早，在與項思龍長劍相觸一刻，只覺對方劍身有一股強大吸力把自己佛杖上凝注的功力吸化得無影無蹤，立知不妙，頓忙抽身後退，可終還是晚了一步，在他剛欲抽開佛杖那一刻，項思龍手中長劍突傳來一股奇大反震力，終是吃了一記暗虧。

鬼宗巫師驚駭之極地望著項思龍，失聲道：「乾坤大挪移！你小子怎麼會魔帥風赤行的獨門功夫？」

聖火教主這次接口冷笑道：「豈止會魔帥風赤行魔門寶錄中的武功？我小兄

弟還會赤帝天命寶典中的武功呢！也不打聽清楚我小兄弟是何來歷就向他挑戰，簡直是自討苦吃！」

鬼宗巫師目中又驚又怒，卻還是問道：「這小子到底是何來歷？據聞不也是你波斯聖火教的一個徒孫麼？」

聖火教主嗤笑道：「人家說的你就信了？那我說我小兄弟是你老子信不信？真他媽的豬腦袋，還想稱霸中原！」

鬼宗巫師心下怒極，卻確對項思龍有些驚懼了，當下強忍心下怒火，驚疑道：「難道赤帝遺學已被這小子所得？」

聖火教主冷冷道：「說你笨就是笨！老子不是對你說過麼？我小兄弟是身兼赤帝和魔帥兩派武學，你猜他會是什麼來路？自是赤帝和魔帥二人師父的弟子啦！真是笨豬一隻！」

鬼宗巫師駭極而呼道：「什麼？這小子是……迴夢老人的弟子？」

聖火教主道：「還算似有點見識！說對了，我小兄弟就是迴夢老人的關門弟子，比老夫的名頭還大，你老鬼這下怕了吧！那識相點就快滾！否則，不管你是什麼厲鬼，都要把你打入十八層地獄！」

鬼宗巫師這下可再也狠不起來了。要知道赤帝服了太陽神珠，可他武學精華可還是習自迴夢老人，還有魔師風赤行的武學也是習自迴夢老人。鬼魅真神雖然乃一代鬼道宗師級高手，但在他那時代，與傳鷹大師、盤古大師、撒旦魔神幾大高手比來，可還不算入流。要不中原武林怎會沒有關於鬼魅真神的傳聞？項思龍為迴夢老人弟子，身兼魔道兩家之長，即便鬼魅真神重生可也不一定是他敵手！是那樣的話，鬼道在武林中還不能入流！

想不到中原武林出了這等一個年少的絕世高手，自己可真又失算了！唉，退一步海闊天空，自己可真不要又步入當年與赤帝相遇的後塵，這次想也不會再那麼幸運有得命在了，還是撤退吧！

自己現得了鬼魅真神的元神，可也算是此次中原之行收穫不小了！要知道自己在西藏努力了多年可仍無收穫，想來或許是太陽真神的元神受了太陽神珠的吸引，所以游離至了這赤仙谷，所幸神佑自己施法得到，確也不錯了！雖然沒有得到太陽神珠，無法用它來作為藥引使鬼魅真神的元神得到重組為自己所用，但自己能控制八大護神使者，這又與自己是鬼魅真神化身何異？在中原自己無法稱霸，但有了達成鬼魅真神化在八大護神使者，要稱霸西藏卻想來不是樁難事！只要自己滅了西藏佛教擒到活佛，奪得靈童真身，那時自己可也就夠資格再入中原與中原群雄一較長短了！

鬼宗巫師心下如此想來，當即狂態全斂，訕訕道：「原來任少俠是高人門人，老夫方才多有失敬了！我這便回返西藏，不再過問中原之事！二位，請了！」說罷對項思龍和聖火教主一拱手，正待領了八名冷面老者出谷時，卻突聽得谷口傳來一怒喝道：「原來你這傢伙果來了這赤仙谷！武當山的數十條人命可是你這喇嘛做下的！」

聽得這聲音，項思龍心下一震，說話之人可不正是青松道長？

鬼宗巫師也是臉色一變，殺機剛現，但觸著項思龍望向自己的目光，卻是禁不住心頭一凜，頓即斂去，顯是驚惶不安。

這當兒發話的青松道長已是策騎率先入谷，緊跟著是天絕、地滅和花雲等一眾人馬。見了項思龍，眾人都微感錯愕，但旋即又把目光投向了鬼宗巫師，都是一臉悲怒之色。

項思龍和聖火教主靜站一旁，也逼視著鬼宗巫師。

青松道長此時躍下馬背，又衝鬼宗巫師冷冷道：「我中原武林素來跟你西藏佛教無怨無仇，閣下卻為何上我武當山殺我門下弟子？今日若不還貧道個公道，閣下等休想出谷！」

鬼宗巫師若不是忌憚項思龍和聖火教主二人，只怕早就凶性大發向眾人痛施殺手了。這刻卻只得壓住殺機，苦笑道：「道長此話怎講？本座前日才入中原，是為了尋查失物，卻是從沒上過貴派行兇，只怕道長是對本座有所誤會了，我卻並不是西藏佛教之人，而是西藏鬼魅門的門主，還請道長查清事實，可不要中了他人奸計！」

天絕接口大罵道：「你奶奶的，老子親眼見過你在武當山出現過，你卻還想狡辯？什麼你不是西藏佛教之人？那為何卻穿著西藏活佛的服飾？上次被你溜了，這次好不容易才探聽你領了教中弟子來這赤仙谷，卻是再也別想溜走了！」

鬼宗巫師知道此時已分辯不成了，當下語氣一轉，冷冷道：「是老夫所殺的又怎麼樣？憑你們……」

話未說完，項思龍已截口一字一字地道：「如真是你所為，那你今日就要葬身此地了！殺人償命，可乃天經地義之理！」

鬼宗巫師聞言色變道：「怎麼？任少俠也要插手這樁樑子？老夫可並不是怕

了你，對少俠老夫已經作出讓步了，你可不要逼人太甚！狗急了也會跳牆的，何況老夫已經向你承諾過，從今以後回返西藏不再過問中原之事，即使老夫在中原殺了幾人，但少俠不也殺了老夫眾多弟子？武林之爭本是打打殺殺，勝者為王敗者為寇，他們武功不濟，死在老夫手上也是他們習藝不精！」

聖火教主冷笑道：「說得好！以武勝武確是沒有不當的，那今日就讓老夫來領教一下門主絕學吧！」

青松道長卻是罷手道：「不必！此乃我武當逍遙派與對方怨仇，貧道不想假他人之手殺這魔頭，閣下一番好意，貧道心領了！」

聖火教主聞言臉色一變，暗忖這老道好生不識好歹，我想幫你，你卻還如此冷淡的拒絕！好，就讓你吃點苦頭好了！嘿，若不是看小兄弟似欲助你們，老夫才賴得管你們死活呢！

不過，如你們入赤仙谷是醉翁之意不在酒，也想奪赤帝遺學，那老夫可說不得也要對你們動手了！那時小兄弟也攔不住！老夫一生就是守著赤帝遺物專候有緣人的到來，現在有緣人出現了。眼看著老夫這一生的使命也就要完成了，什麼人別想從中搗亂！除非是老夫戰死了！

聖火教主心下微惱地想著，當下再也不開腔說話了。項思龍見此尬尷地衝他一笑，示意聖火教主不要發怒。

鬼宗巫師聽得青松道長這話，臉上頓露喜色，望向項思龍道：「任少俠可聽到了，人家可不領你的情呢！那麼請少俠和教主二人就不要插手此事如何？老夫向你們承諾，只打發走他們，決不對他們施以重手，二位認為怎樣？」

鬼宗巫師如此低聲下氣可說是破天荒向他人委屈求全了，不想項思龍卻道：「不管人家領不領情，在下也是管定這樁事了！不過可以給你一個機會，你們九人齊攻在下，如能在在下手中走過三招不敗，在下便不再插手管此事！如果你們敗了，在下也只要你們九人自廢武功，而後也不再插手管你們的閒事！」

鬼宗巫師臉色脹得通紅，雙目噴射出邪光來，驀地似豁出去了似一陣哈哈狂笑道：「好！老夫就依你之見！如果老夫連同已身懷鬼魅真神元神的八大護教使者聯手起來也不是少俠三招之敵，那老夫活在這世上還有什麼意義？」

鬼宗巫師這話音一落，鬼影修羅失聲道：「什麼？鬼魅真神這老魔頭也出世了？這老鬼可是與傳鷹大師同時代武林高手排行榜前十名中有數的黑道高手！這位少俠不可大意輕敵！」

鬼影修羅上次因負傷，在武當山養傷，所以他「沒見過」項思龍，不過聽青松道長等說過他的名頭，還想著會會這年青高手呢！

今聽鬼宗巫師說出「鬼魅真神」之名，心下大震，不由自主地向項思龍發聲提醒，可見這大魔頭的性子當真是大有轉變了。

青松道長這刻臉色微變，想不到這喇嘛來頭竟是也如此之大，當下也沒再出言相抗，只是向項思龍投去了感激的目光。知道他強行出頭卻是為了自己等著想，對項思龍的好感與敬意也增多了一分。

項思龍對鬼宗巫師的話付以淡淡的一笑道：「閣下能說出這番還頗有骨氣的話來，總算還像個人樣！好，你們準備吧！在下可要出手了！」

鬼宗巫師知道自己是避無可避，如今要想活命就唯有打起精神一拚了！拚一拚總比坐以待斃的好！

心下雖對項思龍懷有懼意，卻也掙扎著振起鬥志，目光恨極地掃向青松道長等人，似憎恨他們為何早不來遲不來，偏偏在自己正欲出谷的這當兒來，讓得他現在是瀕臨危境。

不過恨歸恨，這魔頭確也有幾許大家風度，很快地調節好情緒，合手為十口中又叭哩呱啦地念起什麼經文來，不大一會八名護教使者突地目中邪光大熾，不約而同地向項思龍圍去。此時聖火教主和青松道長等向後退開，空出一片空地來供項思龍和鬼宗巫師雙方打鬥。

場中氣氛一時間靜了下來。

只有火把燃燒的噼哩叭啦聲和八名護神使者腳步移動的嚓嚓聲，連得一旁的戰馬似也受了場中氣氛的感染不敢嘶鳴。

八名護神使者在距離項思龍二米之遙處站定，八雙目光都凶邪地直盯著項思龍，口中發出野獸般的低沉嗚叫。

鬼宗巫師這時突自懷中又取了那神異的紫光球，雙目盯了光球片刻，倏又猛一咬牙，竟是把紫光球納入口中，吞進了肚內。

「殺！」鬼宗巫師身子縱起，口中暴喝一聲，舉杖向項思龍終於發動了攻擊，八冷面老者也在這同時動作整齊劃一地拔劍向項思龍攻擊，速度和氣勢連聖火教主看了也不覺動容。

這八個老鬼在含了那個什麼吸納了六百餘名喇嘛的精氣和鬼魅真神的元神後武功果有大大提升，只怕個個皆已入超一流高手之列！還有那鬼宗巫師在吞服那神異的紫光球後身速和出杖氣勁也是比上回與小兄弟交戰時提升了數倍，不知小兄弟……聖火教主看了敵方攻勢，不由暗為項思龍捏了一把冷汗。

青松道長等見了也是心下大震，天絕大叫道：「任少俠，小心了！如無法硬接對方，咱們可聯手合力殺了這九個老怪物！反正對付這等江湖敗類，也不必講什麼江湖道義的！」

項思龍卻是從容自若地一陣朗聲笑道：「對付這等幾個鼠輩，在下還自信應付得來！」

笑聲中施出天命寶典中的一劍絕世劍法，同時步走百變迷蹤，卻見項思龍身形一晃幻出十個幻影，速度快得讓人的肉眼根本無法分清其中哪一個是真身哪幾個是幻像。還沒來得及眾人細分，只聽「噹噹噹」九聲器擊之聲，項思龍在敵方分神的電光火石間，竟是連出九劍封鎖了敵方九人的攻勢，再接著倏地現出身形，沉聲道：「先禮後兵，讓了你們一招，現在該在下出手了！準備接著，第二招種魔大法第六式九霄震！」話音剛落，身形螺旋飛旋而直衝上空，周圍的氣流也被項思龍身形旋轉得成了一道旋風緊裹著項思龍，並且愈旋愈細，最後竟在空中凝化成了一柄旋風刀。

旋風刀在對手九人頭頂上空一陣急劇飛旋，突地呼嘯著分向鬼宗巫師九人飛劈下來。

聖火教主喝了聲采道：「好功夫！小兄弟無須再留情，殺了這九個傢伙可確是為天下武林除去了一大禍根！」

鬼宗巫師此時也嚇得心下大凜，他眼下的那紫光球乃是他得自鬼魅門的一件法器，是他練功作法施巫術之用的，據傳乃是一天地赤龍的內丹，服食後可讓人功力提升數倍，鬼宗巫師迫不得已下只得忍痛割愛吃了紫光球以強增功力。連服食後對自己將有什麼危害也顧不得了，一切可都是為了保住老命！可不想雖如此，加上八名護神使者，己方率先向對方出擊，可卻還是讓對方輕易的化解攻勢，並且對方以一人之力合鬥自己九人，卻還顯遊刃有餘，反是自己九人被對方接下攻招後，讓對方強大無匹的內勁震得各自遲了半尺。

這任道遠的內力之高可真是已至不可思議的駭人境地！

現在對方攻勢已至，可是萬萬硬接不得！只有……心下想來鬼宗巫師突地身形暴退，也就在這當兒，項思龍身形和空氣氣流形成的旋風刀勁已是向八名冷面老者電閃劈至。

「咔嚓！咔嚓！」數聲裂體之聲響起。

卻見八名冷面老者全被項思龍的旋風刀勁給劈成了兩半！好霸道的刀勁！見者無不倒抽了一口涼氣。

還算鬼宗巫師見機得早，才倖免於難。

項思龍冉冉現出現形，如電的目光逼視得鬼宗巫師驚呆了，身體一顫，卻也斂回神來，身形突地往谷口飛去。

聖火教主早就在關注著他了，見鬼宗巫師想逃，喝了聲道：「想溜啊！老夫可早在監視著你呢！」言語間身形也告射飛而出，向鬼宗巫師追去。

項思龍想不到鬼宗巫師如此陰毒，心頭火起，當下衝聖火教主追去身形大聲道：「老哥，殺了這傢伙！太不夠義氣了！任得自己手下抗頂我，自己卻開溜逃命，老子最不喜歡這種人了！」

聖火教主加快身速邊也大聲答道：「放心吧，小兄弟，這傢伙逃不了的！要不老哥也就不會是聖火教主了！」

青松道等見了聖火教主追鬼宗巫師的身法已是心下暗驚，正猜疑著不知這老者是誰呢！

聽了聖火教主的話不由均是大震。

想不到自己等沒注意的老者竟是風雲武林的波斯聖火教主！

波斯聖火教自從被中原人得知其擁有盤古大師遺下的十枚聖火之後就在中原武林聲名大振，再接著因得了兩枚聖火令而在近千年曾風雲中原武林的日月神教的崛起，更是讓得無人不知無人不曉波斯聖火教的威名。何況項思龍這年青高手也自稱他是波斯聖火教的人！也難怪眾人聞言大驚了。

項思龍知鬼宗巫師雖服了那怪異紫光球讓得他功力倍增，但他與聖火教主比來卻還遜了一籌，所以對聖火教主擊殺鬼宗巫師甚是放心，當下走向滿面驚容的青松道長向他抱拳施了一禮道：「想不到這麼快就與道長見面了！嗯，不知道長等追殺鬼宗巫師他們卻究竟是怎麼一回事？難道中原武林發生什麼重大變故了嗎？」

青松道長還了一禮，神情一肅道：「少俠所言不錯，近來中原武林確是傳出兩件驚天動地的大事，一是這什麼鬼宗巫師裝扮成西藏活佛大肆屠殺我中原武林各派弟子，我武當逍遙派也被他們偷襲，殺傷三十幾名弟子，所以貧道等追殺這廝，為我中原武林除害；二是西楚霸王項羽手提血魔和柳生青雲的屍體現出江湖，使他成了中原武林各派弟子崇拜的偶像，且百曉生也成了項羽的手下，魔師鷹刀也被項羽得到重現江湖。」

說到這裡，頓了頓接著又道：「現在中原武林各派人物把項羽簡直推成了神一般的大英雄，但貧道卻感覺項羽身上帶著一股濃重的邪氣，只怕……唉，雖說項羽說他擊殺了血魔和柳生青雲兩大魔頭，但貧道卻深感此事並不像表面看去的那般簡單，貧道見過項羽武功，可算是個絕頂高手，但要殺死血魔和柳生青雲這兩大絕世魔頭，卻是絕不可能的，除非是……項羽成了魔師風赤行的傳人，練成了風赤行的魔功……

「這小子野心可大著，揚言說什麼要建立大一統的中原武林局面……不過，現在據貧道所知，項羽確還沒有什麼劣行，反是殺了江湖中幾大江湖的黑道人物……可……項羽如真是魔師傳人，恐他這一切都是個陰謀……只怕中原武林卻要迎來更大的風雲考驗了！」言罷又再長長地吁了一口氣，臉色凝重憂鬱。

項思龍只聽得心下狂震，沉重非常。

想不到自己才在這赤仙谷中待了一天多時間，也才十多天沒有去關注江湖動靜，江湖中竟發生了這麼多事！

項羽已經出世，那麼他已是練成種魔大法了！

這……一場歷史危機的考驗將要降臨於世了！

劉邦練成了太陽真身可以敵得過項羽的種魔大法嗎？自己從今以後只怕又沒得什麼安寧的日子好過了！

歷史，你能受得住這場考驗嗎？

第二章 真龍出世

項思龍心情沉重得都快讓他呻吟出聲來。

困結總是解開一個卻又接著生一個，前些日子自己為血魔、柳生青雲、魔帥、鷹刀……等等一些武林危機急得焦頭爛額。現在呢？這些人或是帶來的危機是因得項羽成為魔帥傳人而平息了，剩下的什麼玄冥二老等等已不足為患，但項羽的出世卻是給中原武林乃至天下帶來了一場浩天劫難！

表面上一切看似都平靜了，但實質上卻是所有災難已醞釀成了一場將臨的特大暴風雨！

以青松道長所說，項羽一顆本是充滿野心的心鋪展開來，只是他變得深沉和穩重了，或許是風赤行天神魔種融入項羽體內，讓項羽承襲了風赤行的陰險奸詐吧！

世上最讓人害怕的東西，有時不是武功而是陰謀！

項羽已是學會如何耍手段來實施他的野心了！

可怕的項羽！也是可惜的項羽！既是歷史的犧牲品，現在卻又成了魔帥風赤行的鋒利工具！唉，無論怎樣自己也得阻止項羽野心的擴展，要不真讓他成了武林至尊，讓魔道統治了中原武林，只怕中國歷史有可能真要陷入萬劫不復之境了！自己利用來助劉邦與項羽鬥爭的實力可也是武林，如讓項羽控制了中原武林，那自己可也就顯得孤立了……

不過項羽把野心投注武林也好，可以轉移他對劉邦的注意力，讓劉邦得以尋到可以發展的空子。自己就把武林作為個政治鬥爭的舞台，與項羽一較高下吧！看是自己這現代人厲害，還是這古代霸王厲害！

只是苦了武林同道了，在自己將與項羽展開的這場武林至尊爭霸賽上，不知會讓多少武林人物殉難？

為了歷史，自己也只有狠下心腸來了！歷史的創造與維護，肯定是要付出代價的，只要保住劉邦不倒就好！這可是自己的歷史使命，絕對心慈手軟不得！

項思龍一時間癡癡地想著，混然忘卻了其他的一切。

劉邦，但願你能爭口氣，五年楚漢相爭可一定要堅持到底！堅持！堅持就是勝利！歷史的命運可是定格了的！

現在就看劉邦能不能堅持下去了！五年的楚漢相爭，對劉邦來說可是要經歷無數的風風雨雨坎坎坷坷！

「任少俠！任少俠！」青松道長的呼喚在耳際連連響起，讓得項思龍一震，斂回了心神，一見青松道長等望向自己的詫異眼神，頓知自己失態，當下苦笑掩飾道：「這個……在下在想……項羽是不是真成了魔師傳人，如是的話，只怕……中原武林卻要瀕臨又一場浩大的道魔之戰了！」

青松道長聽了釋然肅聲道：「任少俠所言不錯！只可惜魔道水漲，我正道卻是……縱看我中原武林正道業績還算輝煌，出現過不少前輩高人。但是橫看呢，我中原武林正道卻是……人才凋零，可算高手的俠客寥寥無幾……要想對付魔師傳人……唉，不是貧道說喪氣話，只怕我中原武林當今還找不出兩人。可以與邪道一決高下的項思龍少俠又告再次失蹤，如有他在，我中原武林或許還有一線希望，現在卻是……任少俠武藝高強俠骨柔情，貧道懇請少俠助我中原正道一把，我中原武林正道對少俠會感激不盡的！貧道代表我中原武林正道求你了，請少俠助我中原武林渡過這場劫難吧！」

說著竟是向項思龍跪拜下去，項思龍見了慌得手足無措地急忙上前扶起青松道長，連聲道：「道長對在下行如此大禮，卻教在下怎受得起呢？道長快快請起！」

青松道長哀聲道：「少俠如不答應貧道要求，貧道就對你長跪不起！」說著強行欲向項思龍下拜。

項思龍拂出一道功力強托起青松道長下拜的身體，頭大如斗地道：「道長，有話好好說吧！在下可受不得你的大禮！」

青松道長聞言道：「那少俠是答應貧道請求了？這……太好了！貧道謹代表我中原武林先向少俠表示衷心謝意了！」

項思龍心下忖道：「反正自己終究是要與項羽對立的，何不故作大方的應了下來呢？如此到時中原武林掀起血雨腥風，自己也可以安然些了！是青松道長要求自己與魔道對敵的嘛！」如此想著，當下哂道：「除魔衛道，人人有責！中原武林有難，在下又怎會坐視不理呢？要知道在下也身為中原人氏，我波斯聖火教的武功也源於中原！道長放心，在下定當會為中原武林安危盡自己一份綿力的！」

說到這裡，頓了頓接著又道：「項羽如真是魔師傳人，諸位也先不要去驚動他，以免打草驚蛇，激發了對方魔性，那他或許就會化暗為明正式打出魔師旗號與武林正道為敵了，隱伏各處的邪道人物也便會紛紛投入他門下，那時他的實力大增只怕……

「諸位眼下要做的是，一是關注項羽動靜，看他到底是不是魔師傳人，對中原武林有何野心；二是勤加修習，增強自身武學修為，同時不動聲色地鞏固武林盟的實力，聯合各大門派組建堅實的抗魔陣線。至於如何徹底消滅魔道，在下屆時自當會與諸位商量的！咱們目前要做的是穩住對方，同時搜集有關各方邪派勢力的情報，阻住他們與項羽會合，但是又要以保存己方實力為重，並且要嚴加戒備！」

青松道長點了點頭道：「貧道定會依少俠所言去做的！但是對於現在，項羽裝出一副正道英雄模樣，大肆收絡人心，咱們卻又應如何去對付呢？這種狀況發展下去，勢頭可也大大不妙！」

項思龍皺眉沉吟了片刻道：「那就請道長去發武林帖，就說項思龍少俠十日後將重出江湖，準備召開武林大會。想來項少俠在中原武林人心所向根深蒂固，威望總比項羽要高！」

青松道長喜道：「項少俠當真還存於世？不知任少俠可否告知他的下落，貧道等好想與他一見！」

項思龍苦笑搖頭道：「在下只知項少俠已被玄玉道長所救，至於他的下落，在下卻是也不知曉了，無法相告道長。」

青松道長失望地長歎了口氣，卻又問道：「既然任少俠也不知項少俠的下落，卻又怎說……他十日後將重現江湖呢？」

項思龍心下早知對方會有此問，當下微笑道：「實則虛，虛則實，虛虛實實有誰能分得清？只要道長等與在下合作，項少俠重出江湖又有何難？想來以在下身手，裝扮項少俠還過得去吧！」

青松道長聽得一愣，但旋即省悟，拍掌叫好道：「少俠想出的此著果是妙計，如此人心又可被我們收籠了，項羽的一番心血功勞也便全會付諸東流，真要氣死他也！」

說到這裡，突又臉色一沉道：「計是好計，不過項羽如惱羞成怒，提出與少俠比武……這卻又是如何是好呢？」

項思龍道：「據在下所知，項羽與項少俠是義兄弟，想來他不會如此絕情的吧！只要我們配合得好，不讓項羽生出疑心，應該是不會出什麼問題的。如他當真提出要與在下動手，那在下也便只好奉陪了！我也正想趁機看看項羽魔功有多厲害！」

二人正說著時，聖火教主已返了回來，手裡提著一顆血淋淋的人頭，衝項思龍一晃，大聲道：「小兄弟，幸不負命，鬼宗巫師那傢伙已被老哥幹掉了！呔，這是他的狗頭，小兄弟你過目一下！」

言罷，把手中人頭拋向項思龍，項思龍順手接過，卻見是鬼宗巫師的人頭，雙目還沒閉上，一臉驚駭之色。

項思龍「嘿嘿」兩聲冷笑，把目光投向了已被自己制住穴道，嚇得像條死魚般的呂青身前，冷冷道：「在下不是警告過閣下嗎?叫你不要出賣本少爺的，你卻吃了豹子膽，把在下的話當作耳邊風了!哼，你不懼你體內的十日斷腸丸是吧！好，現在我就讓你嘗嘗在下分筋錯骨手的厲害，讓你全身筋脈寸斷，成個廢人，看你怕不怕？」

呂青聽了嚇得「不要」一聲駭然大叫道：「任少俠，不要……不要殺我！我是被鬼宗巫師所逼的，我得少俠大恩放我剛出谷不多久，便被鬼宗巫師的手下發現了，他們把我抓到了鬼宗巫師那裡，用盡許多酷刑逼我說出谷中情況……我……實在是受不了了，所以只得說了出來……還請少俠饒我不死，在下願為少俠作牛作馬！」

聖火教主在旁冷笑道：「你這樣的狗奴才，看著都覺噁心，我小兄弟又怎會收你作小人呢?還是有骨氣點吧!待會賞你一個全屍！」

呂青聽得又是一陣駭然大叫，項思龍卻是沉吟了一陣，想著這呂青終是歷史中有記載的人，自己殺了他可是有違歷史，不如就讓他來激化項羽和楚懷王之間的矛盾，借項羽之手幹掉他，那就順應了歷史了，自己也可不違背歷史。

如此想來，當下冷冷道：「好，在下可以不殺你，不過你得答應我一件，就是著楚懷王對項羽施加壓力，消弱項羽勢力，你是否可以做到呢?同時對今日赤仙谷中所見所聞不得向任何人提起，如果透露半字，我可不只是要取你狗命，且把你妻兒老小通通給殺了！」

頓了頓語氣一緩，接著又道：「如果你做得好，我不但不會殺你，且可傳你高深武學，讓你成為一流的武林高手！」

呂青把頭點得如公雞啄米般地道：「沒問題！沒問題！別說是一件了，就算是百件千件，小的也會依任少俠之意去做的！楚懷王那小子只不過是個孩童，還不是任由得我擺佈？少俠吩咐之事，小的一定會辦得妥當的，讓少俠滿意！」

項思龍「哼」了聲道：「先別把話說得這麼滿，項羽可不是個好對付的角色，楚懷王也懼他，你可得用點心力！」

呂青因被項思龍制了黑甜穴昏了過去，項思龍與青松道長一番話他可沒聽到，還不知項羽已成了魔帥傳人呢！

聞言受教點頭，卻又是口氣大大的道：「項羽雖是個狠角色，但他終不過是懷王的一名大臣而已，要不是項羽手握兵權，懷王早就對他下手了！天下各大王侯也全是屈於項羽虎威，所以不得不向他臣服，但大半可都是口服心不服。經小的近兩年的努力，也已收回了不少手擁兵的王侯，如舊韓的韓王，舊齊的田榮將軍，舊趙的陳餘將軍，他們已向懷王發誓效忠，只待時機一成熟，就準備向項羽發動進攻。少俠吩咐之事，小的定可辦妥！」

項思龍聽得心下又驚又喜，想不到楚懷王也是個有心機的人物，竟然著呂青暗中收買了各方人馬欲殺項羽，不過項羽又豈是個好對付的人物？這些傢伙是找死罷了！不過，歷史中楚漢相爭期間天下諸侯紛紛叛亂作為，或許就與自己脅呂青逼懷王對付項羽有關吧！嘿，這呂青可真還大有利用價值，就不殺他也罷！量他現見了自己的厲害後，再不會背叛自己的吧！

想到這裡，項思龍出指解去了呂青身上受制穴道，冷冷道：「你去吧！記著本公子對你說過的話和你對我的承諾！」

呂青踉蹌著站起，卻是沒動，只諾諾道：「十日斷腸丸的解藥……還請少俠恩賜給小的吧！要不……」說著見到項思龍冷冷射向他的目光，卻是不敢再說下去了。

項思龍想不到這傢伙真還信著自己給他服了毒藥，心下不覺好笑，面上卻還是冷竣地淡淡道：「方才射進你體內的三道真氣可抑制毒性三個月不會發作，三個月後只要你有所作為，我自會給你送去解藥的！好了，這裡沒你事了，滾吧！」

呂青聞言略放下心來，因項思龍方才為他解穴的指勁似是融入體內了呢，身體還覺著熱哄哄的，想對方沒騙自己！

如此想著，當下對項思龍深施了一禮道：「那……小的這便告辭了！三個月後，還請少俠不要忘記……解藥之事！」

項思龍心道：「什麼解藥不解藥的，老子全在耍你這傢伙呢！方才那三道指勁既是為你解穴也是廢你武功的，是三個月後了！只要你依我之言去做，項羽又怎會不殺你這傢伙呢？」

心下想著，口中卻還是冷冷道：「我會記著的了！」

呂青聽了安心後，牽了匹馬躍上馬背，策騎向谷口馳去。

聖火教主和青松道長一直在旁靜看著項思龍處理呂青，這刻聖火教主終忍不住心下納悶道：「小兄弟，你真放了這傢伙？要是他把赤帝……這事說了出去，只怕咱們又有麻煩了！」

項思龍沉吟地道：「我看他再不敢背叛小弟的告誡的了！這傢伙可怕死得很，野心又大，咱們可以利用他來拖住項羽！」

青松道長點頭道：「任少俠心智高明！這呂青只不過是一介小角色，殺不殺他都沒多大關係，反是放了他，對咱們大有用處！」

說著，頓了頓又道：「對了任少俠，你卻是怎麼也入了這赤仙谷來？方才谷中到底發生了什麼事？那鬼宗巫師他們……」

項思龍心道：「這內中實情可不能告知你們，因此事實在是事關重大，不容有絲毫閃失，可也不是我有意不信任你們了！」

想著時頓截住青松道長話頭，笑了笑道：「沒什麼，因不知鬼宗巫師怎的得知在下師父隱居此處，對我教聖火令動了貪念，所以出動人馬欲強行奪寶，剛巧在他們入谷時被我發現，知他們不是好東西，所以進谷與師父打退了這眾傢伙。」

青松道長目中閃過一絲懷疑之色，但聽項思龍如此說來，雖知他沒有對自己說實話，卻也不便相詢，當下對項思龍拱手告辭道：「不知少俠還有什麼吩咐沒有？如無他事，貧道等就先告辭了！」

項思龍可也不想與青松道長多說了，要是被他識穿了自己真實身分，那對自己行事可就有諸多不便，聞言忙道：「那道長等就多多保重了！」送走了青松道長一行，項思龍大是鬆了一口氣。

不知怎的，項思龍發覺自己出谷後有一種怕與自己熟識的人相處的感覺。是自己心中壓力太大？還是對眾人對自己感情的愧疚？

項思龍自己也說不清楚，他只覺自己忽地有種退出這古代生活的念頭，不想在這古代留下太多的感情債。

這種生活太累了，也不知自己對這古代到底會帶來什麼後果！

項羽已得風赤行真傳，成為魔帥傳人，他將會變成什麼樣，自己也不知道，但看他一入江湖的野心表露，卻定是已成魔道中人了吧！

自己雖與他有結義之情，但雙方終於處於敵對位置，有一日項羽魔性大發，要殺自己，卻或許會連累與自己親近的人呢！

還是少跟眾人接近的好，今後自己與項羽的戰場可是江湖武林，難以倖免的自也是江湖中人要深遭其劫了！

有什麼辦法呢？自己也無法改變這將來臨的現實，唯一能做的是盡自己的能力保護中原武林同道了！

項思龍心下的痛苦讓得他的心都快破碎了！為了維護歷史，他付出的實在已經夠多！

無法與劉邦兄弟相認，無法與父親項少龍和平相處……

一顆心更是從來沒有安定下來過……一切都是為了維護歷史！可歷史的命運卻因項羽成為魔師傳人，顯得更加形勢嚴竣，撲朔迷離……自己有能力把握歷使命運嗎？

項思龍顯得脆弱地長歎了一口氣，神情甚是落寞。

聖火教主道：「小兄弟何不說給老哥聽聽呢？一來可以舒緩一下心情，二來看看老哥有什麼地方幫得上忙的！」

項思龍心念一動，暗忖自己要是能說動聖火教主相助自己，那可是對自己實力有充實，當下歎了口氣道：「還不是為著魔師傳人的重出江湖而心煩！唉，只怕是又一場劫難將臨了！項羽乃是小弟的結義兄弟，卻又成了魔師傳人，你說讓小弟苦惱不苦惱？

「還有，項羽練成了種魔大法，小弟也不知能否是他之敵？赤帝傳人雖也將出世，但卻也不一定能敵得過魔師傳人——要知道風赤行當時敗在赤帝手下，乃是因他未練成種魔大法第十式玄宇宙！小弟聽風赤行說此招威力比之前幾招威力之和還要大，簡直是讓人不可想像了！再說魔師傳人出世，天下間隱居的各大魔頭亦將會重出江湖，投歸項羽門下，再加上項羽手握天下百萬兵權，他要做什麼事也成功了！而中原武林正道人才凋零，高手寥寥無幾，卻也不一定能對付魔師傳人呢！」說到這裡，又是長歎了一口氣，把目光投向了黑夜中的天空。

聖火教主沉默了一陣，突地道：「既然江湖還未忘記我聖火教主，那老哥也便陪小弟一道重出江湖除魔衛道去吧！我聖火教乃是在魔師風赤行手中毀的，魔師傳人卻也是我聖火教的仇人！」

項思龍聽了大喜，卻還是假裝為難道：「這……怎可因此而擾亂哥的清靜生活呢？我看老哥還是……」

聖火教主不待項思龍把話說完就已截口道：「小兄弟不必多說什麼的了，老哥心意已決！嘿，還說什麼清靜生活？現在已經是再也不清靜了！再說老哥本就沒有一顆安份的心，想修行成道我看希望也不大，還不若痛痛快快地隨小兄弟重出江湖去轟轟烈烈的幹他一番大事業，如此或許還可名垂青史！在這赤仙谷中過了三千多年的孤獨生活，老哥都煩死了！現在赤帝傳人已有著落，又讓我遇得小兄弟這等知音，我卻是怎也不會再有心思修行的了！」

項思龍這一下再也不強勸了，當下伸出一手道：「好！連老哥也有此等壯志情懷，小弟我又怎會做孬種呢？」

二人雙手緊緊地握在一起，驀地發出一陣知心的哈哈大笑。

風平浪靜地過了四天，項思龍和聖火教主卻並未因得這平靜而放鬆戒備，二人在谷中布了好多機關和迷陣，如有入谷者稍有不遜，不是會中機關埋伏，便是會被迷陣困住。

可如此二人還是輪流晝夜監察著赤仙谷的一切動靜，以防有人來犯，要知道劉邦大功告成之日也只有五天了，這段時日卻是至關重要的關頭，絕對不可讓人來擾亂，要不只怕會功虧一簣。

在這幾日中項思龍和聖火教主更是增進了信任和瞭解，聖火教主時常問起，項思龍除了隱去自己真來歷外，其他諸事也都是有問必有答，聽了項思龍的種種奇遇和輝煌成就，聖火教主是嘖嘖稱奇和讚歎不已，但聽得項思龍因項少龍，項羽、劉邦三者給他帶來的痛苦與矛盾，卻也是心情沉重。

難怪小兄弟如此沉熟而憂鬱的了，原來他心中竟有如此多的痛苦。這可也並不比自己當年失教之痛輕鬆多少，一個既要擔負起創造歷史的重任，又要擔負起拯救中原武林的重任，是何等的艱難與偉大，此等人物才是頂天立地的大英雄！

自己一定要拚著這把老骨頭也要助小兄弟一臂之力！聖火教主如此想著，也時時安慰項思龍，要他不必太過心煩，人定勝天，只要有信心和決心，有什麼事辦不成的呢？

在瞭解項思龍的當兒，聖火教主也時常說起自己的一些過去，如小時也曾凌雲壯志，欲大展胸中雄才武略啦，波斯國的一些人情風俗啦，他也談過戀愛受女人青睞啦等等一些輕鬆的話題，以放鬆二人情緒。

這一日，二人正在赤仙谷中一高岩處，把酒臨風暢談闊論時，突地一陣滾石聲和驚叫聲傳入二人耳中。

不好！有人偷闖入谷了！二人聞聲同時色變，身形也朝向谷口衝去，心下卻在想著：又是什麼人膽敢闖谷呢？

思量間，二人已是馳至布有機關的谷口，卻見一紅一綠兩個身著怪異服飾的老者正在驚罵聲中揮手出擊襲向他們的巨石，掌勁甚是威猛，身法也是江湖罕見的一流身手。

項思龍和聖火教主見了心下均是暗震。

這兩人到底是何來路的人？闖入赤仙谷來幹什麼？難道是……得知了赤帝遺

物藏在這赤仙谷的秘密？

這……此秘密已只有呂青和楚懷王幾人知曉，難道是呂青出谷後又犯了什麼事，讓這秘密給洩露出去了？

這傢伙不會如此大膽的吧！那麼……

二人正想著時，那兩個老者已是破了他們二人布下的石陣，往二人走來，目中均是閃著怪異的目光。

紅衣老者在距二人二丈多遠時，就冷聲喝罵道：「谷中那破石陣是你們二人布下的嗎？你奶奶個熊，差點讓我兄弟倆著了道兒！還幸得我們武功高強才沒事，不過卻已耗了我們不少力氣，你們卻是怎麼賠償我們這損失啊？」

聖火教主見這老者語氣如此狂妄，不覺心下有氣，冷冷道：「老夫不是已在谷石上寫下了——擅入者死的告示語麼？二位擅闖老夫禁地，我沒質問你們，閣下倒強橫起來，你們當老夫是好欺的嗎？哼，二位如是誤闖入谷，就請你們返回，這裡不歡迎外人，否則別怪老夫不客氣了！」

紅衣老者氣得「哇哇」大叫道：「奶奶的，你算什麼東西？這山谷寫了字號是你們的嗎？你不讓我們進谷，我們就便要進谷，看你們能把我玄冥二老怎麼樣?」

項叫龍聽得心下一震,失聲道:「什麼!你們就是玄冥二老?」

紅衣老者「咦」了聲,得意洋洋的道:「小子聽過我們的名號嗎?怕了是吧!如此的話,就乖乖給我們讓道!」

項思龍斂回心神,冷哼了聲道:「什麼怕了你們?兩個欺師滅祖的叛徒而已!以為你們師兄無極禪師仙去,你們又尋得了血魔做靠山,便可再入中原來無法無天了嗎?可不要忘了你們當年對無極禪師許下的誓言——此生永不入侵中原,否則必遭橫死!在下奉勸二位,識相的話還是回返大漠去做你們的大漠樓主去吧!」

這下是輪得紅衣老者失聲驚呼了,只聽他聲音發啞道:「你……你小子便是一掌重創血魔的迴夢老人弟子任道遠!」

項思龍冷冷道:「不錯,在下正是任道遠!」

紅衣老者臉現驚駭之色,但不多時就又平靜下來,強作鎮定地冷哼了聲道:「你是任道遠又怎樣?我玄冥二老難道會怕了你一介乳臭未乾的小子不成?快閃道,否則我家主人來了可有你好受的!嘿,我家主人可也正想會會你這小子呢!

只不想卻給躲在了這赤仙谷，當真是踏破鐵鞋無覓處，得來全不費功夫！」

項思龍訝然道：「你家主人？是血魔嗎？他不是被項羽給殺了麼？還有柳生青雲，都已死在了項羽手上！你所說的你家主人是誰？」

紅衣老人又面現冷傲之色道：「小子消息倒挺靈通的！不錯，血魔和柳生青雲都已喪生在了我家主人手上，我家主人正是當今天下最有勢力的楚霸王，也是當今新創天地盟的盟主！王權已歸我家主人所有，天下武林卻也均向我家主人臣服！小子，你現已知我家主人名頭，還不讓道？」

項思龍心下的驚駭讓得他整個人都給怔住了。

好快！項羽似猜透了自己的一切計畫似的，這麼短短幾日就已野心全露無遺，並且招歸降服了各方魔頭，創立了什麼天地盟，這……中原形勢當真是更加嚴竣了！不！是已嚴竣至了極點！項羽好深沉快速的心機！

這一切都源於他得了風赤行的魔種元神，受了風赤行魔道思想的影響，並且激發了項羽自己潛藏的魔種，使得他對各方危機都顯得敏感起來。

好厲害的種魔大法！竟然可以開發一個人的智慧！

紅衣老者見了項思龍的樣子，以為他嚇著了，當下更是得意的道：「小子，我家主人似很看重你呢！只要你投靠我家主人，可是前途無量啊！好了，讓道吧！聽說這赤仙谷有什麼天地赤龍和一個神秘人物，我家主人著老夫二人進谷看看，不要妨礙了我們辦事！」

說著與綠衣老者一道大大咧咧地向二人處走來。

項思龍很快收回心神，伸手一指道：「站住！此谷是我波斯聖火教的總壇重地，外人不得入內！且不管你家主人有多厲害，你們也不能入谷去！否則可得通過我們守谷二使這一關！」

綠衣老者凶目一瞪道：「他媽的，我大哥費了那麼多口舌，你小子如此執迷不悟啊！好，就讓老夫來會會你這擊殺了水月宗師和重創了血魔的小子手底下到底有多大道行吧！」

說著，身形一閃就欲向項思龍攻來，紅衣老者卻是一把拉住了他道：「二弟，不忙！咱們還是等主人來後再說吧！主人可吩咐過我們不得對谷內的人不恭呢！」

綠衣老者卻是氣憤難平道：「大哥，咱玄冥二老稱雄大漠，難道就如此受這小子的氣？別阻我，讓我跟他打一場再說！」

紅衣老者沉聲道：「二弟火氣何必大呢？待主人來收拾這不知死活的小子時，咱們請求主人不要殺死他，把他交給咱們，咱們不是有更多更好的洩氣之法了嗎？」

綠衣老者聽了點頭道：「大哥說得也是！我就暫且忍忍！」

二人對答著，聖火教主這時開口道：「不管你們作何打算，你們現有個選擇，一是滾出谷去，二是準備受死！」

綠衣老者聽得又來了火，這時只聽得一聲冷哼聲自谷口傳來道：「閣下好大的口氣！是要誰滾出谷去和受死啊？」

話音甫落，發話之人已是閃至，另有兩人飛落至他的身旁兩側，其中一人正是項思龍所見過的毒手千羅，另一個則是個面色陰冷的老者，可能就是赤尊門倖存下來的另一號頭面人物冷血封寒吧！

項思龍望著項羽，心下此時的感覺像打翻了的五味瓶，酸甜苦辣澀樣樣都有，讓得他只覺身體有些冷嗖嗖的。

項羽是變了！變得沉穩和老練了！但更讓項思龍心震的卻是項羽雙目那狂性的異光和他身上所發出的殺機。

玄冥二老見了項羽頓如老鼠見了貓一般乖馴，一點驕橫之氣也沒有了，頓上前向項羽躬身行禮道：「盟主，眼前這二人不讓屬下兩人入谷，他們甚是狂傲，根本沒把盟主放在眼裡呢！」

說這話時，玄冥二老卻是連眼也不敢抬起正視項羽。

這便是小魔帥在群魔心中的超然身分了！

當年的魔帥風赤行叱吒魔界，可他是經歷了多少年才打下的江山和名頭。今日的項羽則不同了，他才只剛剛成為魔帥傳人不多久，便在這些聲名顯赫的魔頭面前樹立崇高的威信。

項羽對玄冥二老帶有挑釁的話只輕輕地「嗯」了一聲，目光卻是一瞬不瞬地落在項思龍身上，過了好久，才沉聲道：「你便是新近風雲武林的聖火教年青高手任道遠？」

項思龍此刻心懷澎湃，對項羽的話似未聽見般，一直沉默無語。

項羽見了眉頭輕輕一揚，又道：「閣下便是任道遠？」

聖火教主這次代了項思龍回答道：「不錯，他正是老夫的小兄弟任道遠！哼，你小子便是新近出世的魔帥傳人項羽了吧！」

項羽把目光移向了聖火教主，淡淡道：「本座正是魔帥傳人項羽！教主這多年來別來無恙？宗師托我向你問安呢！」

聖火教主目光噴射出仇恨的目光道：「當年你師父風赤行滅了我波斯聖火教，你既已成為他的傳人，這筆帳自是記在你頭上了！小子有種的話便來與老夫再戰三百回合，代你師父與老夫把當年的恩怨作個了斷吧！」說著身形就欲衝出，項思龍卻是突地伸手一把按住了他的肩頭，終於開口道：「老哥，不可衝動！來日方長，要報仇日後有的是機會！」

聖火教主身軀微抖，咬牙道：「小兄弟，不要拉我！老哥苟活下來，還不是為了今日？你讓我與小魔頭一決高低吧！」

項羽這時卻道：「是任兄那話，要報仇日後有的是機會！本座今日前來這赤仙谷，卻也不是來與你打鬥的！只是據聞此谷出現了赤帝遺物，所以特來探個究竟！既然如此，二位，告辭！」

說罷，衝玄冥二老一揮手，率先向谷外走去。

對項羽這……入谷而突地又出谷……二人正想著時，項羽卻突地站住身子，轉了過來，雙目一瞬不瞬地望著項思龍道：「少俠很像在下一位朋友！記住，我今次放過你們，就是因為我突地生出的這種感覺！可下次再遇上，我就不會再對你們如此客氣了！」言罷，又轉過身子向谷口走去。

看著項羽一行走出了四五百米之遙時，項思龍再也忍不住自己的情緒，脫口道：「項羽，你給我站住！」

項羽應聲而立，身體微微一顫，轉過身來，聲音極不自然地道：「閣下，叫住在下有何見教嗎？」

項思龍話一出口已是後悔，因為他的聲音在情緒激動太過下已是恢復了原聲，想來已是教項羽聽出自己是誰來了。

不過聽項羽這語氣，似不欲與自己相認，這卻……又是為什麼呢？難道項羽是怕被感情因素牽制了他不能擴展他的野心？

難道項羽已陷入魔道不能自拔，變成了個絕情絕義之人？

項思龍只覺著一股深深的寒意湧上心頭之外，心底同時湧生起一股辛酸的悲哀，是為項羽的轉變？是為父親項少龍的錯誤選擇？還是為歷史將臨的嚴竣考驗？項思龍只覺自己也說不清，或許……這些感覺都有吧！

長長地歎了一口氣，項思龍對項羽罷了罷手脆弱地道：「你走吧！」

項思龍這話音甫落，谷中突傳來一陣驚天動地的巨大爆炸之聲，眾人心中齊都一震，不約而同向谷中望去，卻見一道奪目劍光衝天而起，一身形在這劍光之中豪光四射。

啊！是劉邦練成赤帝武學出世了！

項思龍心頭又驚又喜，一顆心不由自主地擰成了一團。

魔帥風赤行和赤帝二人的傳人相繼出世且……相遇了！

項羽知道了赤帝傳人是劉邦，會有怎樣反應呢？

只怕是一場暴風雨要在這赤仙谷中爆發了！

第三章　仙谷殺機

項思龍此刻心中的焦惶真不知用什麼言語來形容是好。一切都是那麼接踵而來的突然發生，連讓自己思量對策的機會也沒有。先是血魔出世，讓自己九死一生；接著又是魔帥鷹刀的傳聞，讓得華山派滿門被殺；再接著是柳生青雲出世，與血魔聯手尋找魔帥鷹刀的下落；隨後又是魔帥風赤行出世，項羽被選作了魔帥傳人，最終練成了種魔大法成為武林新興魔道至尊，現在又是劉邦誤打誤撞地成了赤帝傳人，卻又讓得項羽得知……真不知現實是在作弄自己還是在作弄老天？

在項思龍喜喜憂憂地想著時，聖火教主卻也驚喜地歡呼道：「啊！是天劍！是赤帝天劍！成功了！赤帝傳人終於也出世了！」

玄冥二老臉色大變，又驚又恐又忐忑地望了望天空還未消散去的劉邦身形，又望了望項羽，顯得甚是焦燥不安。

毒手千羅和冷血封寒是眉頭微揚了一下，身形卻還是動也未動，一臉冷竣肅然之色，似這天地一切都與他們無關似的。

項羽卻是嘴角浮起一抹陰毒的笑意，雙目一瞬不瞬地望著空中突然出現的豪光身形，待豪光斂去現出劉邦身形時，卻是禁不住臉色微微變了變，但很快又恢復陰毒的冷竣。

劉邦此時已收了真氣，飛身落下地來，一雙智者的目光飛快的一掃眾人，待落在項羽身上時，臉色卻是不禁又驚又疑，但很快恢復過來，衝項羽打了個哈道：「霸王，是什麼風把你吹到這赤仙谷中來了！嘿，本王也真想入楚營去拜見一下霸王，彼此敘敘舊呢！自大分封後，本王可是有得五個多月沒有見過項羽老弟了呢！」

項羽冷哼了聲道：「我道赤帝傳人是誰呢，原來卻是漢王！怎麼你不安居巴蜀，卻怎麼也入了中原來呢?嗯，可也恭喜漢王成為赤帝傳人啊！只不知漢王此番入中原有何意圖呢？」

項羽說這話時敵意甚濃，語氣也甚是森冷，根本就沒有一絲把劉邦還當作兄弟的意味了，似恨不得即刻殺了劉邦似的。

項思龍心下一凜，暗暗提集功力，準備隨時防備項羽對劉邦出手，心情既是緊張又是擔憂，喉嚨都乾澀起來。

劉邦打了個哈哈道：「有何意圖？微臣能有什麼意圖呢？只是據聞項大哥失蹤，所以入中原來探聽一下項大哥下落罷了，想來這沒有什麼不可的吧！卻不想被我誤打誤撞的闖入這赤仙谷得了赤帝遺學，可悶死我了，六天六夜沒吃沒喝，盡受太陽神珠真火的燒練，苦不堪言啊！」

項羽連道了兩聲：「好！好！」接著冷冷地道：「既然你已承襲了赤帝老鬼的武學，成了赤帝傳人，那從今以後你便是我的敵人了！今日我不殺你，十日後我們華山縹緲峰見，我要為師父報當年敗給赤帝老鬼的一箭之仇！不過我也不想乘人之危，你剛練成太陽真身，給你十天時間修習赤帝武學，十天後咱們不見不散！」說著頓了頓道：「劉邦，我知道你詭計多端，可也別負約想溜！如此的話，便是追到天涯海角我也不會放過你的！」

劉邦臉顯驚色道：「什麼！你師父……你已成了魔師風赤行的傳人？」

項羽點了點頭道：「不錯！我是魔帥傳人，你是赤帝傳人，你我的恩怨可由爭霸天下轉換到了上一代的武林恩怨！爭霸天下是我勝了，當年你師父和我師父的比鬥是你師父勝了，咱們可說是一比一成了個平手，今後究竟誰勝誰負由咱們二人來決定！劉邦你可不要讓我太過失望！」

劉邦此刻心情平靜了些，笑道：「咱們可是結義兄弟呢，何必鬥個你死我活的呢？小弟永遠是項兄手下敗將，這一戰咱們不打也罷！現在天下太平了，咱們應該和平相處的嘛！」

項羽淡淡道：「天下當真太平了嗎？嗯，即便是天下太平了，可中原武林卻還並不太平啊！尤其是你我這赤帝和魔帥傳人的出現，只怕武林更要不太平了！要想實現天下武林大一統的局面，只有再在血雨腥風中拚出一位霸者來。沒有人統領武林，武林卻很難平靜呢！」

劉邦哂道：「誰說當今武林無人統領了呢？項大哥可是當今武林人心所向的武林盟主，有他領導武林，定可使中原武林平靜無波！」

項羽有意無意地瞟了項思龍一眼，緩緩道：「只可惜，項大哥已經失蹤半年有多了，也許都已經不在世了吧！天下不可一日無主，武林也是一樣，不可一日無主，否則必定大亂！

「可不？在項大哥失蹤的這段時日來，中原武林紛亂四起，先是烏巴達邪教作亂江湖，接著又是血魔出世，柳生青雲入進中原……中原武林可說是無片刻安寧！現在既然中原正邪兩道代表人物已經雙雙出現江湖，那自也應在他們二人當中角逐出一個領導武林新霸主來。劉邦你也不要再推三推四的了，這哪有赤帝當年的王者風度？既然是上天安排了我們二人一決高下爭個雌雄，卻是想逃避也逃避不了的，還不若坦然接受這現實吧！」

劉邦苦笑道：「當真是沒有商量的餘地了？那……好吧！你要做武林盟主我讓給你好了，我還是回巴蜀去做我的漢王，發誓今生永不進入中原好了！打打殺殺的日子我過煩了，也心灰意冷了！」

項羽嗤笑道：「劉邦，想不到你這麼沒種！還配作赤帝傳人嗎？好，我答應你，無論你是勝是敗，我都不殺你！這世上可以一戰的敵手實在是太少了，如果沒有一個強硬對手豈不太過寂寞？英雄的成就快感，可是建立在打敗強敵的勝利上！你是赤帝傳人，也就是個值得我項羽一戰的對手！當年魔帥敗在了赤帝手下十次，最後一次才對魔帥下了重手，前九次都放過了魔帥，為的還不是享受勝利的快感？我項羽也會饒你九次不死，但你如太過讓我失望了，那我也只好殺了你！」

劉邦見項羽說得如此陰冷狂傲，似著自己必定是他手下敗將似的，不覺新仇舊恨一齊湧上心頭，冷哼了一聲道：「項羽，你可也不要把自己說得猶若天神了嘛！你以為我真怕了你不成？我也是讓著你！項大哥常對我說：『退一步海闊天空』！做人嘛，最好就不要逼人太甚！

「嘿，要知道我劉邦在爭天下上敗給了你，這乃是我根基不好——我可只是沛縣的一個小混混！你項羽呢？當年秦國最有權勢威望的上將軍項少龍的義子！當年楚國聲名顯赫的項燕將軍的兒子項梁的乾兒子！一出馬就有八千江東子弟兵，你得天下可是因有天時地利人和之故！我劉邦則只是一次豐西縱徒事件起家，無錢無力又無勢，能有今天的成就，靠的可全是拚勁，堅韌不拔不屈不撓的拚勁！

「只要你項羽有種再給我劉邦五年時間發展，我不打你個落花流水屁滾尿流才怪！你要跟我爭霸江湖是吧！好啊，誰真怕了你啊！我本沒有爭霸江湖的野心，被你這一激卻也不服氣了，我就便要跟你項羽比個高低！我就不信我劉邦真永遠是你項羽的手下敗將！我是赤帝傳人，你是魔師傳人，你師父當年就敗在了我師父手下，從今以後我便也要讓你項羽這狂妄小子嘗嘗失敗的味道！」

劉邦本是從來都對項羽深懷怯意，可沒有對他如此惡言相向過，一直都只有忍氣吞聲低聲下氣的份，今日也不知是被項羽逼急了，實在抑制不住了心中深藏的對項羽的憎恨，還是因服了赤帝所遺的太陽神珠使他的氣度發生了變化，竟敢對項羽說出如此一番豁出去了的話來。

項思龍心下暗暗為劉邦喝采，卻同時也為他暗捏一把冷汗。只不知劉邦的這番話是否會激發項羽魔種的殺機？

項羽臉上神色變了數變，卻是突地發出一陣哈哈大笑道：「有種！原來你劉邦卻也是個心懷野心的人物，並不是項大哥培植的一朵溫室中的鮮花！有種！我喜歡！好，我就給你五年時間，在這五年內你劉邦可施出一切手段來對付我，我都不殺你！五年過後，你如沒有擊敗我項羽，那可便是你劉邦的死期了！哈，人生如果沒有挑戰，那這人生豈不如一張白紙？還有什麼意思？人生最大的快樂不過於接受最強對手的挑戰，最後打敗他！這樣的人生才刺激精采！五年，說長不長說短不短！劉邦，你好好把握這五年時間吧！」

聽得項羽這番狂妄的話，項思龍心下的狂震和狂喜讓得他整個人都給呆住了。難道一切真的都是天意麼？想不到歷史上五年楚漢相爭，是項羽和劉邦的一個約定！

項羽也太過狂妄自大了，他的命運就葬送在他的狂妄上！

劉邦則是幸運，是上天在寵他這真龍天子！五年，五年的楚漢相爭劉邦卻是有多少次差點死在了項羽手中，卻都讓項羽給放過，這……就是今天項羽和劉邦五年約定的結果吧！也真不知是天意在作弄項羽，還是項羽自己斷送了自己？

或許項羽最後在烏江自刎前所說的「天要亡我，非戰之罪也！」卻真是表達了今日對劉邦許諾過的心痛疾首吧！

自己是終於可以對劉邦的命運稍稍鬆下一口氣了！

魔師風赤行把項羽締造成了魔師傳人，本意是要讓項羽成為天下無敵的魔尊，一統中原武林，讓魔道思想橫行天下，卻不想更增項羽狂妄自大的個性，幫了歷史的一個忙，也毀去了項羽！這樣說來，又是天意在幫歷史了！

項思龍只覺自己的眼角都因項羽對劉邦的這個五年承諾給發脹起來，現在自己所要做的事情，就是保護中原武林不遭重劫！

想項羽這等性子固執狂傲、剛愎自用的人，說出的話大半是會算話的。但願父親項少龍能被自己說服，這就是自己要做的重中之重的事情了！

項思龍心潮起伏時，劉邦卻也對項羽的態度微一錯愕，難掩興奮之情地道：「好，這可是你說的！咱們就一言為定！五年後我劉邦如還不能擊敗你項羽，那我劉邦活著也便沒意思了！」

說到這裡，頓了頓又道：「嗯，這話可得去頒佈天下才行，讓天下人人都來作個見證！要不你出爾反爾，那……」

不待劉邦把話說完，項羽就已截口冷冷道：「我項羽言出必行，怎會出爾反爾？哼，你如不相信的話，十天後咱們在武當山見，那時那裡將舉行一次武林大會，據說是項大哥重出江湖召開的。屆時我項羽當眾把今天對你的承諾再說一遍，這下你總可放心了吧！」

劉邦笑道：「項大哥當真沒事啊！好！十天後咱們就武當山見！嗯，華山縹緲峰之戰咱們就取消了吧！」

項羽沉聲道：「不！咱們參加完武林大會後，當即趕往華山決戰！無論如何我也得代師父討回公道！不過我既已答應不殺你，自是不會對你痛下殺手的，我要慢慢地折磨死你，向世人證明，魔帥傳人比赤帝傳人厲害！好了，我就言盡於此，十日後武當山見！」

言罷突又轉望向項思龍道：「你才是我項羽此生真正的對手！」說完再也沒多說一句話，縱身領了四名手下向谷口飛馳而去，轉瞬不見了蹤影。

項思龍看著項羽逝去的背影，不由長長地歎了一口氣。

劉邦此時卻又為項羽最後的那句話關注上了項思龍，雙目緊緊地盯著他，驚詫道：「這位少俠高姓大名，在下劉邦！以前似從未見過少俠呢？項羽認識你嗎？他怎麼對少俠似深懷敵意似的？」

項思龍聞言斂回心神，上上下下的打量了劉邦好一陣，發覺他果是也變了許多，顯得更加成熟和穩重了，氣質也發生了很大變化，隱隱的給人一種王者的氣勢，雙目神光閃斂，顯是武功修為又大大上了一個台階。

心下的感覺也不知是什麼滋味，項思龍只覺雙目發脹。

劉邦見項思龍只怔怔地呆望著自己，卻是沒有回答自己的問話，心下不由大是納悶，難道眼前的這少年認識自己？

心下想著，當下又微笑著問道：「請問兄台高姓大名？在下……」

聖火教主這時「嘿」了一聲道：「小子，你就是老夫小兄弟的義弟劉邦？嗯，不錯！不錯！小兄弟對你的一番付出倒也是值得的！」

劉邦聽了大叫道：「前輩……你小兄弟是誰啊？怎是我義兄？」

聖火教主笑道：「自是你項思龍大哥啊！他新認了我這老哥！」

劉邦又驚又喜地道：「項大哥！前輩知道我項大哥的下落？」

聖火教主望了項思龍一眼道：「呔，他可就在你面前呢！」

劉邦身體一陣劇顫，轉望向項思龍怔怔地看著他，良久才啞聲道：「項大哥，真……真的是你嗎？」

項思龍強壓住心中的思潮，輕笑道：「可不正是我！」

劉邦突地歡呼跳起，縱身飛至項思龍身邊，一把抱住他，興奮地道：「項大哥，真的是你！小弟找得你好苦啊！可為你擔心死了！聽說大哥失蹤了，小弟急得如熱鍋上的螞蟻，再也不想在巴蜀那鳥不生蛋的鬼地方待下去，頓偷溜入中原來尋你！」

項思龍雙手搭住劉邦的虎肩道：「大哥沒事！嗯，邦弟，你長大了，行事也顯得成熟穩重了許多！對了，你偷溜入中原，對巴蜀的一些軍政事務都安排妥當了沒有？」

劉邦點了點頭道：「都作過交代了，有張良、蕭何、韓信他們打理，應可放心！嘿，聽了大哥再次失蹤的消息，小弟傷心得差點要自殺，只覺著這天地再也沒有一絲的色彩了，還好大哥沒事！」

項思龍心下一熱，卻轉過話題道：「邦弟你是怎麼尋入這赤仙谷來的呢？」

劉邦突地面上一紅道：「這個可說來話長！」

原來自劉邦從上官蓮他們在斷魂崖被烏達邪教包圍，從雙方的對話中得知項思龍再次失蹤的消息，又驚又駭，同時得知項羽隻身入闖江湖，懷疑他有什麼野心，於是決定也身入中原，邊尋探項思龍的下落，邊暗查項羽的動機。

剛入中原不多久，卻被劉邦遇著了楚懷王身邊的大紅人呂青，劉邦於是虛與委蛇的與之交往，從呂青口中得知了這赤仙谷中有一天地赤龍和一武功高絕的神秘人物，對那天地赤龍劉邦可沒有多大興趣，但對那武功高絕的神秘人物，劉邦卻起了好奇心，因為他此番身入中原還有一個目的就是義結天下武林高手，以拉籠他們為自己日後打天下之用，於是劉邦決定去赤仙谷看看。

可在來赤仙谷途中，卻被他無意發現了項羽軍營中的一名重要人物騰翼。劉邦眉頭一皺計上心來，他自己可不想為難騰冀而開罪項羽，但他從呂青口中探出了楚懷王欲攻打項羽的行動，當下便想出了個借刀殺人之計，一面留暗號通知了呂青此發現，一面則跟蹤騰翼，在行得這赤仙谷外的山谷時，呂青他們跟上來了，劉邦便頓然開溜，任由得他們相互廝殺，自己則在谷中尋起赤仙谷來。當尋至一寫有「赤仙谷」三字的谷口時，卻也發現了岩石上的「擅入者死」四字，劉邦心下徘徊不定，是入谷呢還是算了退走？矛盾了好一陣，卻還是決定入谷看看，反正如有什麼異狀便開溜！

如此想來，劉邦便拔出了赤帝天劍，可當劍身剛一出鞘，天劍卻突地光芒大作且發出「嗡嗡嗡」的陣陣龍吟之聲。劉邦見了天劍異狀，又驚又喜。可就在這當兒，一隻怪獸出現了，望著劉邦手中的天劍鳴叫不止，劉邦大是驚駭，當即舉劍向這怪獸攻去，不想怪獸只閃不讓。劉邦嚇得魂飛魄散，驚罵不絕。不多時傳來項思龍的呼喚聲，可劉邦已被怪獸挾住飛至了一神秘洞府……

說到這時，劉邦訕訕道：「小弟當時可不知是自己福緣來了呢，人都嚇昏了過去，待醒來後在洞內發現了赤帝遺書。內中寫道：入此洞者，則是與他有緣。我當時是心下大喜，但現在可不樂觀了，項羽竟成了魔帥傳人……我只怕不是他的對手吧！」

項思龍聽得又氣又怒，斥責道：「邦弟，你怎可以用小人行徑對付騰翼？還幸得騰翼沒事，要是他出了事，被項羽得知是你從中作梗，只怕你就算是有十條命也沒了！」

說罷歎了口氣，語氣一緩道：「不過還好，你小子總算是福大命大！對了，你在赤帝仙居都遇到了些什麼現象？」

劉邦搖了搖頭道：「都是讓人受苦的事情，先是依赤帝遺言指示服了一顆什麼太陽神珠，再是依他一本遺下的天命寶典中的什麼劍魂心法靜坐七天七夜，方可練成水火不侵刀槍不入的太陽真身。

「嗯，天命寶典中還說什麼赤帝傳人一出世，魔師傳人也將出世，又說什麼要打敗魔師傳人必須花五年時間……等等，說了一大推讓人搞不懂的話，也不知是真是假，不過卻也奇怪得很，現在我卻似對書中的一切內容都記得清清楚楚，可也當真是玄奇……嘿，我也記不清那麼多的了，只覺一切都似夢般讓人感覺昏昏沉沉的不真實，直待我破洞而出，見了項羽和大哥等，才相信自己確是有什麼奇遇了！」

項思龍聽了劉邦所說的天命寶典的預言，心下又驚又服，赤帝果也是一介奇人，竟能把四千年後的事情測算得如他親眼目睹了一般，看來劉邦方才對項羽說讓項羽給他五年時間卻也不是信口說出，而是劉邦看了天命寶典後才如此說來的了。

一切都是天意！歷史靠人為的力量還是不可改變的！

項思龍心下想著，當下又問道：「邦弟對今後可有什麼打算安排呢？」

劉邦道：「有大哥在，自是一切由你作安排了！唉，本來也與蕭何、張良、韓信他們商量了今後的發展計畫的，現在卻全被項羽成為魔師傳人給打亂了，只怕一切都行不通！項羽方才的氣勢我也感覺到了，好重的殺機，讓我心底都在發毛，想來我雖成了赤帝傳人卻也是打他不過的，我有這種感覺！小弟今後要對付項羽只怕只有依仗大哥你了，項羽方才也說只有大哥你才配作他的對手！」

項思龍想不到劉邦一見到自己依賴心理就如此嚴重，當下神色一肅道：「不！要打敗項羽最終還是要靠邦弟你自己的力量，大哥我只可暗中相助你，要知道漢軍真正的主帥可是你，你如不能做出一番業績來，今後還怎麼服眾以得天下呢？」

劉邦苦笑道：「項大哥你真認為小弟可以打敗項羽嗎？」

項思龍點了點頭道：「一個人只要有勇氣和信心，就什麼事都可以做得成！你方才對項羽的一番慷慨言詞不是說得很好嗎？做人就應該有那種氣概！」

劉邦訕訕道：「我那些話是氣急之下才說出的呢，心下卻是怕他項羽的！」

項思龍沉默了片刻道：「你不是要做天下帝王嗎？怕了別人那還成！大哥會盡力相助你，但你也絕不可灰心喪氣，知道嗎？」

說罷，又放緩語氣道：「連大哥也相信你，你難道就自己信不過自己嗎？好了，咱們來研究一下，下一步對付項羽的對策吧！」

劉邦當下說出了張良和韓信制定好的發展計畫，項思龍聽得大為嘆服，張良和韓信真不虧是劉邦的一文一武兩大重臣，想出的對付項羽的計策竟與歷史相差無幾，當下出言肯定道：「一切都依原定計劃行事，項羽現在心在武林，大哥會設法牽制住他的，你就回到軍中去安心指揮大軍是了。如有什麼事，我自會前來相助！」

劉邦幽幽道：「怎麼？才見著大哥，咱們就又要分手嗎？」

項思龍見了劉邦神態，笑道：「又不是要你馬上回巴蜀去，幹嘛這副愁眉苦臉呢？記著你可要去赴約與項羽十日後的華山縹緲峰之會呢！」

劉邦失聲道：「什麼？大哥真要我去與項羽決鬥？」

項思龍一本正經道：「當然！要想消去項羽對你的關注，你就必須去赴這場決鬥！怕什麼呢？與項羽一戰既可增加你的自信心，又可消減你對項羽的怯懼心理，同時也可大大提升你的武功，為何不去？反正即便敗了，項羽也不會對你怎麼樣！他堅持要與你決鬥，無非是想滿足一下自己的虛榮心理，那你便滿足了他罷！要不，項羽會看扁你不說，只怕他還會藉此大作文章，說你是個縮頭烏龜，再有他也決不會放過你，而總是纏住你不放，你還哪有機會去擴充勢力？」

劉邦低下了頭，諾諾道：「就依大哥之言吧，我去赴約好了！」

項思龍嗯了聲又道：「你敗於項羽之手後，要裝出一副不服輸的樣子，約他每年在華山縹緲峰相鬥一次，如此項羽想著你自有一天可與他決鬥的，也便不會注意你。我則抓住項羽欲稱霸武林的心理，與他針鋒相對，儘量牢牢地牽制住他，使他分散心力，同時我們要利用各對項羽懷有異心的王侯，挑撥離間他們起來反項羽，這樣項羽因對你有承諾，不會盡力攻打漢軍，而會忙於疲勞奔命的去平息其他叛軍，如此你就有機可乘，可以放手去擴充自己實力了。有一天當你強大起來時，各被項羽逼得走投無路的王侯就會來投奔於你，那時你要寬大地接納他們，但又要堅定自己漢軍核心力量。總之，項羽施暴政，你就施仁政，籠絡人心。得道者多助，失道寡助，大哥相信你終有一天會勝過項羽，徹底打敗他的！」

劉邦聽了又來了精神，但卻還是面懷憂色地道：「但是誰知項羽會不會說話算話？再者他即便守信，但也只有五年時間，在這五年裡我可能發展至比項羽更強大的實力嗎？」

項思龍道：「有五年時間足夠了！不過你在領軍作戰時可也要勤加修習武功，只有自己充實了，才可穩立於不敗之地！呔，這便是魔師風赤行的武學寶典，項羽所會的便是這內中的魔功，但是他最厲害的魔功——種魔大法。這內中只記載了七式，威力最強的三式卻是沒有記錄，你拿去參考研究一下，或許對於對付項羽有什麼幫助！

「記住，千萬不要耍詭計去對付項羽，他手下的群魔可都是耍詭計的高手中的高手。也不要與項羽正面有太多接觸，要避其鋒芒攻其弱處。好了，我還有其他要事去辦，在這十日你就陪聖火教主老哥一道在這赤仙谷中參研武學吧！不解的地方就問老哥，他可是當年威震一時的波斯聖火教教主，武功之高當世罕見！咱們十天後在武當山見！」

劉邦接過項思龍遞過的魔門寶錄，惶急道：「那大哥還不是要與我分開嗎？有什麼事，我與你一道去做好了！」

項思龍沉聲道：「不！為了對付項羽，你得勤加修為武學！我要去做的事只宜單人出行，人多反是不好。你還是依我之言留在谷中潛心習武吧！十日後，咱們不是又可相見了嗎？」

劉邦終是怯了項思龍，當下不敢再吭聲了。

項思龍轉向了一直在旁靜聽的聖火教主道：「老哥，我邦弟就交給你管教了！可得防著他開溜，這小子詭得很！」

聖火教主怪目瞪了劉邦一眼，哂道：「放心吧，有老哥在，這小子擔保不敢開溜！十天後，我還你一個完整無缺的劉邦是了！」

出了赤仙谷，項思龍只覺心情既是輕鬆非常又是無比沉重。

楚漢相爭不日就要正式拉開戰幕了，艱苦的歷程又將來臨，自己能把握住不讓歷史結局有什麼改變嗎？

項羽成了魔，確實是變了，變得深沉冷漠而又沒有感情。

連自己這結義兄弟他竟也狠得下心來口口聲聲的說要打敗自己，且被他視作了敵人……

這確實是教人傷心又寒心！

自己心目中那有情有義的項羽形象已經是破碎了……但是卻又對他有一股複雜難言的心情，是因為他是父親義子的緣故？還是因為自己對他有一股負疚的情緒？他可也是為了尋找自己的下落而落入風赤行手中的啊！項思龍只覺心中對項羽有一種疼痛的悲哀心緒。

不過看項羽與自己見面後的情緒反應和他見到劉邦後的態度，卻似在他心中有一種矛盾的痛苦掙扎的現象……項羽還並沒有陷入魔道太深，只是他在強迫著自己絕情絕義，強迫著自己深陷魔道！

自己一定得設法使他不要沉淪魔道，雖然他說來自己是敵人，但是為了歷史，為了父親，自己都應助項羽這一把。

但是自己應該如何去做呢？魔由心生，雖然風赤行元神魔種對項羽有一定的影響，但他變得如此之快，卻也證明他自身存在著魔性的思想的啊！或許還是根深蒂固的魔道思想！

項羽魔性思想的產生就與他的野心有關，可自己又不能去強行阻他野心的擴展，要不項羽也就不是歷史中不可一世的項羽了！

以情制魔，感情是這世上最有威力的武器之一，自己是否可以用迴夢心經去引發項羽少年的回憶，激發他少年記憶中的感情倉庫呢？項羽一生至愛的女人是虞姬，自己是否可以利用虞姬去柔化項羽呢？還有項羽一生最崇拜的人是父親項少龍，自己又是否可以著父親項少龍去訓導項羽呢？

項思龍思潮如奔突的野馬，讓得他頭都想得痛了。

唉，不管怎樣，自己還是盡自己所能去救救項羽，就算是為了歷史著想吧！歷史中的項羽可不是個魔頭，而是個頂天立地的悲劇英雄。最讓自己擔心的還是劉邦和父親項少龍了！

也不知劉邦在今後起起落落的五年征程中能不能堅挺下來，這小子現在也變了許多，更懂得利用感情來作為收籠人心的武器了！自己可明顯地感受到劉邦對自己感情流露的幾許私心成份，不過無論怎樣自己卻也是心甘情願被他利用的，這技能說來卻也是劉邦的一大優勢，他之所以能讓那麼多的奇人異士甘心為他賣命，除了自己助他之外，更主要的卻是他收絡人心的高明，讓得這些人對他心服口服不忍負他。只不知劉邦將來打敗項羽，坐上漢高祖的高位後，會對自己這過命的兄弟怎樣？韓信是被害慘了，最後死在了呂后手上，張良是見機得早退隱山野，彭越、英布、盧綰等也是一一被他殲除……歷史中有哪一代開國君主不是這樣呢？狡免死，走狗烹；飛鳥盡，良弓藏；敵國破，謀臣亡！這可是政治場中的千古名言。

只怕將來自己的命運也是禍福難測了！

項思龍有些落寞地長歎了一口氣，又想到了父親項少龍。

現在歷史的命運就全看自己能否說服父親了，只要父親肯定的表態站到自己這一陣線中來，那……再大的艱難險阻自己也不怕！想來父親應該是可以想得通的吧！項羽入魔道，如讓他成為了天下君主，那中國的歷史就永遠沉沒了，父親如助魔道，那他可就成了歷史的罪人，全天下的人都會詛咒他。

以父親的理智，不會權衡不出輕重來的！

項思龍日夜兼程的飛趕往楚軍之都——彭城。

他已易容成了一個三十多歲的粗武大漢，買了一車皮貨充作了個商人，如此既可以掩人耳目，又可以獲得多方的各道資訊。

與項思龍一道趕往彭城的還有二十幾個人，都是押貨物去彭城，彭城作為天下十八王首腦國之都，自也繁榮。

項思龍的裝束雖然是毫不起眼，但他魁梧高大的身形卻還是讓得不少人關注上了他，再加上項思龍腰佩寶劍，自也更加惹人注目，要知現今天下雖已太平，但盜賊卻還是不少，一般的商人都會幾下拳腳功夫，尤其是那些獨腳商人，更是一流的武功好手。這行人行在一起卻也還不是為了防盜賊之故？人多力量大些嘛！出了事情也好有個照應，再說一般勢小盜賊見了己方人多，卻也不敢冒然動手了。

項思龍這大塊頭看上去頗有幾份氣勢的，一些想找個好幫手的人自是想與他拉上關係，所以當項思龍加入商隊不久，頓有一身材較矮，身體卻是較肥胖的漢子上前與他搭訕道：「兄台此去彭城做的是什麼生意啊？小弟方遠，請教兄台了！」

項思龍加入商隊本意就是想從中探聽些新近江湖消息來，當下溫和笑道：「在下做的是皮貨生意，兄台卻又是發哪門財路的呢？」

自稱方遠的漢子「哇」了聲道：「皮貨生意好賺頭哪！聽說南方的豹皮拿到北方價值就翻了十倍有多，只是此生意成本也大！兄台定是個大戶人家了！嘿，小弟財單力薄，就只好搞些絲綢生意賺點小錢養家糊口了！」

頓了頓接著又道：「我一看兄台氣度就知你是個做大買賣的！噢，我是彭城郊區人氏，兄台到了彭城貨源脫手後，不妨到我家裡去做客！小地方，雖然沒什麼好招待的，但我家婆娘的揚州炒飯卻還一絕！」

項思龍笑了笑道：「兄台盛情，在下一定會領！對了，在下甚少行走中原，不知兄台能否告知一些當今中原的情況否？聽說項霸王……」

項思龍的話還沒說完，那方遠就來了興趣，笑道：「兄台要想瞭解當今中原情況，問小弟可是問對人了。尤其是對於項霸王的一切事情，小弟可都會去打聽來，聽說前不久，多少年前在江湖中大有名頭的兩個大魔頭都被霸王給除掉了，為我中原武林除去了一場劫難呢！現在霸王在江湖中是人心所向，成立了天地盟，武林各大門派已是十有六七都投入天地盟門下了，看勢頭，霸王有望成為武林盟主哩！」

項思龍「噢」了聲道：「兄台還知有關霸王的什麼消息不？小弟可也是個霸

王的崇拜者呢！只是我一年中難得出門做兩次生意，所以對各方消息都不大瞭解呢！」

方遠有些得意地道：「霸王不止成立了天地盟，滅了兩大魔頭，並且制定了一套武林規約，以正江湖不正之風。就如戒淫、戒盜、戒搶、戒殺啦等等，不少江湖敗類就已給霸王處決了！以前啊，各地山賊盜賊頗多，現在卻是天下太平了許多，要不咱們這些生意人還哪敢做遠端生意？這一切可全是霸王的功德啊！」

項思龍不置可否地附和，心下卻道：「你們這些人卻是被項羽的一些假像給迷惑了，卻是哪裡知道他是魔師傳人，帶給武林的將是血雨腥風呢！」心下如此想著，口中自是不會說出，只又問道：「兄台可真是個霸王迷！但不知你對楚懷王……」

項思龍這話還沒說完，方遠就已臉色大變，壓低聲音道：「兄台不要如此大聲嘛！你不知道嗎？懷王就在前兩天被人給刺殺了，還有呂青將軍，他們的屍體都被惡人掛在集市呢！對這兄台可千萬議論不得，弄個不好會被殺頭的！嘿，小弟多嘴了，咱們快趕路吧！卻是阻著後面的人了呢！」

項思龍心下狂震，想不到項羽行事如此雷厲風行和狠毒，自己才著呂青威逼懷王對付項羽不到六七天光景，呂青和楚懷王卻雙雙被殺，只怕受累的人還不止此，項羽一定從呂青口中逼供得知了被他收買的各路王侯……這天下可真要大大不太平了！

一時間，項思龍心下是又驚又喜。

楚懷王被殺可說是項羽掌控的天下後院起火的導火線，自此接二連三的反叛事件就由此拉開了序幕，先是被封為燕王的臧荼帶兵來到韓國，以武力脅韓王韓廣去做遼東王，但韓廣硬是不服分封，佔據韓地不走，二人兵戒相見，臧荼擊殺了韓廣。與此同時，齊將田榮因未受封，發怒之下擊殺了田都、田安和田墨三大分割舊地王侯，自立為王。彭越戰功赫赫，卻因他是盜賊出身，項羽也未給他分封。氣憤不已，被田榮待機拉攏，發兵魏國。僅得三縣封地的陳餘看田榮反叛成功，也加入了田榮陣營，叛反了項羽……

這一切都是因項羽殺了楚懷王後所帶來的惡果，對劉邦來說可是大大有利，可從此以後天下將不得安寧了，戰火又將紛起中原……

受苦受難的還是百姓了！項羽如此殘暴，真不知……

心下正如此想著時，前方的商人突地傳來了一陣騷亂，只聽一人驚叫道：

「啊，馬賊！好多的馬賊！」

項思龍聽得心下一震，舉目向前望去，卻果見一隊約有三十幾個人的蒙面人策騎向眾商人方向飛馳而來，氣勢洶洶。

隊伍已是亂不成形，大家你叫我呼地趕驅馬車四散逃竄。

正當項思龍視察敵情當兒，一旁的方遠在旁衝他惶急地大叫道：「兄台，馬賊來了！快逃啊！這些傢伙殺人搶劫可是無惡不作之徒！」

項思龍聞言斂回心神，見了驚惶四逃的眾人，心生同情，頓然飛身縱上車廂，衝眾人大喝道：「大家不要慌！對方也只有三十幾人，咱們人數跟他們相差無幾，怕什麼呢？自亂陣腳只會……」

第四章　道消魔長

項思龍話音未落，一聲冷沉的暴喝聲傳來道：「不知死活的傢伙，還想充英雄啊！大爺待會就送你上西天！」

項思龍聽得心下冒火，舉目向發聲處望去，卻見馬賊已是漸漸馳近，距離眾人只有兩百多米遠了，眾商人已是成驚弓之鳥六神無主，卻哪裡聽得進項思龍告誡的話，仍是只顧四散逃命。

項思龍歎息地搖了搖頭，驀地「鏘」的一聲拔出從集市上買來的一把鋼劍，身形電射而出，劍光一閃，馬賊中一人已是慘叫倒斃落馬。

這些人作惡多端，也不必手下留情的，自己今個兒有要事在身，就出兩招狠手嚇退他們算了，如不知死活，就別怪自己不客氣，反正此等武林敗類，多殺一個就少讓百姓受些苦！

項思龍這一出手，讓得馬賊中有人驚呼出聲，其中一人又驚又怒道：「閣下好身手，只不知是何派弟子？今日之事只要閣下不插手，我們就放你一馬，閣下認為怎樣？」

項思龍仗劍而立，冷冷道：「在下無門無派，乃是江湖中的一介無名小子，會得幾下粗野功夫，爾等也就不必多問了！至於今日之事麼，在下卻是插定了手，這眾兄台可是在下同伴，在下怎可不管呢？不如賣個情面，放我們一馬自是感激不盡。如想動強麼？相信我們眾位無一人會怯你們的，只管放馬過來就是！」

對方此時已是勒馬停住，都是一雙凶目怒視著項思龍，其中一聲音嘶啞的道：「看來閣下是與我兄弟們作對定了！好，就讓大爺來領教你手底下到底有多少真功夫吧！」

言罷，身形也告飛起，揮舞一對足有百斤之重的大銅錘向項思龍飛投而來，看身速和勁道倒也真有幾分斤兩。

四處逃竄的商人此時也都停了下來，見項思龍一人面對三十幾名馬賊，有暗笑項思龍自尋死路的，也有對自己逃命羞愧難當的……但不管怎樣，卻是人人都為項思龍暗捏了一把冷汗，見了對方一大漢揮錘擊向了項思龍，幾乎所有人都驚呼出聲，認為項思龍此下必死無疑了。

眾馬賊見了也都得意洋洋，為大漢的武功哄然喝采，有人道：「二當家的，別一錘把那傢伙擊了個稀巴爛！留他一條狗命，讓兄弟們你一刀我一刀地把這傢伙身上的肉割來下酒吃，如此才……」

這人話未說完，卻是突地張大著嘴巴再也說不下去了。

因為被砸成稀巴爛的不是項思龍，而是使銅錘的馬賊！

只見項思龍在銅錘攻至身前三尺之適時，突地緩緩出劍一跳，竟是把對方銅錘挑得飛回去……

所有人都看得呆住了，沒有一人敢開口說話。

這漢子是什麼來路的人？武功竟然如此高絕？

過了好一會，眾商人才爆發出震天喝采聲，頓時人心大定，個個精神大振，也都下了馬車，提著兵器走到了項思龍身邊。

方遠自豪地對眾人道：「我自第一眼見到這位兄台，便看出他是個不簡單的人物！這不，正讓我猜對了！」

說著，又豎起大拇指對項思龍道：「兄台，好樣的！」

眾馬賊見了項思龍的神威，這刻卻是一點威風也沒有了，都驚駭地望著項思龍，身體微微發抖著，就連撤退都不敢撤退了。項思龍目光冷冷地一掃他們道：「你們是哪路的人？在光天化日之下竟也膽敢攔路搶劫，簡直是無法無天了！你們眼中還有沒有王法？哼，今日被在下碰上了，你們如不說出你們大王是誰？幹嗎要做馬賊，在下就把你們全殺了！」

項思龍這話讓得所有馬賊全身一顫，其中一人顫巍巍地道：「大俠饒命！小的全說了，我們乃是彭越將軍手下的一支分隊，受彭將軍之命在此專門堵進入彭城商旅和糧草車隊的。」

項思龍心下一突道：「什麼？你們是彭將軍的人馬？那不是反秦義軍的人麼？卻是怎地到這彭城邊界幹起這般惡行來？」

這人遲疑了片刻，才顫聲道：「因為彭將軍不服霸王未給他任何封地且看不起他，所以產生了報復霸王心理！」

項思龍「嗯」了聲，又問道：「那麼你們有多少人馬潛伏在這彭城附近？」

這人搖頭道：「這個小的卻是不知道了，彭將軍的安排是四百人守一個進城之路，如有大批商旅或押糧車隊進城，則可傳報他，再作安排！」

項思龍心下雖恨這些馬賊，但他們卻實則是在幫劉邦的忙，一來可以因此而拖住項羽，轉移項羽對劉邦的注意力，因項羽最忌恨的便是像彭越這等小人行徑的人，待項羽處理完與劉邦的決鬥後，只怕聞了此事會即刻著手追殺彭越；二來彭越將來可是助劉邦得天下的功臣之一。介於此，自己卻也不得不對這些人容忍些了，雖然他們行徑惡劣，但天下之爭卻怎能沒有代價呢！

心下無可奈何地想著，當下衝眾馬賊厲聲道：「好，看在你們是反秦義軍的份上，在下今日就放了你們，但從今以後可不得再作惡了！如被在下撞見，那時你們只怕全得都要小命不保！」

眾賊聞言如逢大赦，頓都連連應是，倉惶策騎而逃，連兩個同伴的屍體卻也不管了，由此可見彭越隊伍的劣性。

不過就正是因為這等小人多了，項羽又是個重名惡劣的人，所以被劉邦得了可乘之機，籠絡了天下各方魚龍混雜之輩，使他實力上大增才打敗了項羽的吧！

唉，小人天下，卻原來是這麼一回事！

見項思龍放走了眾馬賊，眾商人都訝然不解，卻也不敢多說什麼，不過對項思龍的仗義救命之恩卻是褪了些色彩。

但眾人還是都紛紛向項思龍大拍馬屁，簡直把他捧作名望甚高的大俠，當然大半的人是虛情假意的了！

不過如項思龍報出名號來，只怕是沒有人再敢假情假義了。

對眾人的吹噓，項思龍是不置可否地笑了笑，也知再也不便留在眾商人隊伍中了，當下叫過熟識些的方遠，指著自己的馬車道：「方兄，咱們一見投緣，那車皮貨就送給你了！在下還有些他事在身，不想去彭城了，帶著貨物也不方便，便權當是在下送作方兄的一點心意吧！可謝謝你對在下講了那麼多江湖新聞呢！」

項思龍這話一落，頓有人發出唏噓之聲，都向方遠投去了既是羨慕又是嫉妒的目光，卻也暗責自己為何就沒有先一步與這財神爺給拉上關係呢？要不一車皮貨可是自己的了！可值幾千兩銀子呢！

方遠對這意外橫財，也是驚喜得不知所措，諾諾道：「這……這怎可以呢？

小弟怎敢收兄台如此厚禮呢？」

項思龍笑了笑道：「那在下就有暇時上方兄家吃上一碗弟妹的揚州炒飯好了！諸位，在下告辭了！」言罷也不待方遠多說什麼，身形一閃向遠方逝去。

辭過方遠等一眾商人，項思龍往眾馬賊逃去方向追去。

直追了半個來時辰，待進入了一座山脈時才終於尋著眾馬賊蹤跡，身形加速幾閃，衝至了他們前頭，把手一揚道：「住馬！」

眾馬賊見項思龍這煞星突又出現，只嚇得有兩人差點跌下馬來。

先前與項思龍對話過的那人跳下馬背，身體顫抖著上前向項思龍抱拳，聲音發啞道：「不知大俠還有何見教？」

項思龍淡淡道：「又不是來要你們命，何必這麼害怕呢？在下對彭將軍大名素有久聞，想拜見一下他，不知爾等能否為在下引見？」

眾馬賊聽了你望我，我望你地對視了好一陣，與項思龍先前對話那人似得了眾人認可，當下點了點頭道：「這個我們等察報一下我們大當家的，因為只有他才知怎麼與彭越將軍聯繫！」

項思龍點了點頭，卻是問道：「你們大當家的是誰？」

答話這人道：「是我們的趙堯副統領！」

聽得趙堯這名，項思龍似覺有些印象，仔細一想，在劉邦的眾臣之中史記記載不是有一叫趙堯之人麼？許就是這馬賊大當家的吧！

想起當初在秦嶺山脈收伏了雍齒等一眾傢伙，想不到這趙堯卻也是個馬賊出身，劉邦手下怎麼這麼多江湖敗類？

心下想著，當下有些惱聲道：「那就領我先去見了這趙堯！」

眾馬賊自也不敢不從，當下默然領項思龍向山脈深處前行。

直深進了二十餘里，才在一峽谷中看見了一排房舍，哄笑聲、喝罵聲此起彼落，顯是谷內之人在尋什麼樂子。

項思龍眉頭暗皺，此時已進了谷口，有守衛阻住，指著項思龍道：「兄弟，這人似很面生，什麼來路？」

與項思龍說過話那人道：「是前來拜見我們副統領的貴人！」

守衛聞言上下打量項思龍好一陣，雙目觸著項思龍那森冷的目光，不覺打了個寒顫，忙道：「好，你們等等，我去通報副統領！」

不大一會，守衛就趕回來了，瞟了項思龍一眼道：「副統領說他在取樂子，不見外人，叫我們一刀把這人……給殺了算了！」

項思龍臉上一寒，冷笑道：「好大的架子，便是彭越見了我也得出門遠迎，這趙堯是什麼東西？敢說要殺在下？」

言罷，逕自向谷內走去，眾馬賊卻是無一人敢阻，守衛也受了項思龍氣勢所懾，身子微動了一下，卻終還是站住了。

哄笑聲越來越大，就傳自房舍中最大一間裡面，含有濃重的色情意，其中一人聲音最大，只聽他淫道：「脫啊！脫啊美人！脫光，要一件不剩！否則本大王便殺了你妹妹！」接著是抽泣聲響起。

項思龍心頭大為火光，看來對方是逼姦民女了！他奶奶的，這趙堯行為竟是如此鄙劣，卻怎麼配作劉邦重臣？

抬起一腳「蓬」的一聲把門踢開，赫然落目的是四五十個猙獰大漢圍成一圈，看著當中一個二十上下出落得若清水芙蓉的美貌少女在跳脫衣舞，少女淚光瑩瑩，一臉悲苦，身上的衣物也脫去所剩無幾，蓮藕般的手臂，修長的大腿已盡展無遺，現只剩一件粉紅肚兜和短褲了，一大漢手中提著十二、三歲的小女孩，手握一柄明晃晃的大刀，邊雙眼放光地直盯著少女，邊揮舞著手中的大刀。

項思龍這一出現讓得在場所有人都給嚇了一跳，其中一坐在一張太師椅上，身旁有兩個美女為他捶背捏手的大漢見了項思龍，從椅上跳了起來，指著他大吼道：「他媽的，哪裡闖進來的野小子？活得不耐煩了，敢掃大爺興致？兄弟們，去把他剁了餵狗！」

說完又坐回太師椅上，再也不看項思龍一眼，似已認為他已必死無疑似的，只衝著圈中少女又淫笑道：「美人，快脫啊！討了大爺歡心，不但可保你妹妹性命，說不定大爺還會娶你作押寨夫人，那可就是你的福份了！」

大漢說著這話時，已有四人氣勢洶洶地提刀閃身向項思龍揮砍過來，怒喝道：「野小子，去死吧！」

項思龍此時已是怒火中燒，恨不得殺人了，見了攻來四人，目中殺機一閃，冷笑道：「找死的還不知是誰呢？」

言語間雙掌已告揮出，用「吸」字訣吸過四人手中單刀，再沉喝了聲「去死吧！」雙掌一推，被吸來滯在空中的四柄單刀頓如勁箭般向四人分射過去，只聽「啊」的四人幾乎同一時間發出的慘叫，單刀從四人心臟射體而出，四人身體在項思龍掌勁左右下給刺釘在刀上，掛在了屋頂。

這一驟然變化只在電光火石間完成，剛剛驚覺過來的眾大漢無一不是駭呆住了，瞳孔放大地直瞪著項思龍。

好……好厲害的武功？眼前這漢子是……何來路？

場中少女也是睜大雙目呆望著項思龍，不過見了這等慘象卻是沒有驚叫出聲，顯是非同一般的家世小姐。

項思龍大踏步走進屋內，對場中少女溫和道：「姑娘穿上衣服吧！這冷的天，可注意著涼！」

言罷，又轉向那手提小女孩的大漢，冷冷道：「放了那小女孩！」

大漢如著了魔般竟自動鬆開了提著小女孩的手，小女孩此時已是昏了過去，眼看著跌到地上，項思龍見了當下揮出一道柔和功力托住小女孩，把她吸至身邊，舉掌抵在她背後的中樞穴上緩緩輸入一道真氣，不多時小女孩「啊」的一聲醒了過來，項思龍頓收了掌力。小女孩見了少女，叫了聲「姐姐」向她奔去，少女此時已著好衣物，把小女孩摟入懷中，低聲道：「小妹，不要怕，有好人來救我們了，這是方才救醒你的大哥哥！」

眾大漢此時驚魂稍定，坐在太師椅上的大漢再次站了起來，卻也顯得甚是鎮定地衝項思龍抱拳道：「在下趙堯，不知這位兄台高姓大名？是否是兄台要見在下？」

項思龍真想一劍殺光了這眾傢伙，但想著這趙堯可是劉邦將來的手下大將，當下強抑心下怒火，冷冷道：「正是在下要見你！哼，虧你們還是反秦義軍，竟然作出此等卑鄙的事來，可真是讓你們白受百姓的愛戴了！在下命你們放了谷中所有搶來民女，並且歸還她們財物，再跟我去見彭越！」

項思龍這等大口氣，可真把這大漢也給震住了。不過卻主要還是威懾項思龍那高絕的武功吧，一出手就如此利索輕鬆的殺了四人，武功之高當至少可列江湖一流高手行列。

大漢面上一紅，訕笑道：「是，在下這便著人放了谷中民女！但不知兄台乃是……」說著頓了下來，卻是沒有再說下去了。

項思龍哼了聲道：「在下就是項思龍！閣下聽說過吧！」

「項思龍」三字一出，讓得屋內幾乎所有人都失聲驚呼。

大漢這刻可是額上冒汗道：「少俠……真的是項思龍將軍？這……小的不知

將軍大駕光臨，多有得罪，還請將軍降罪！」

說著頓向項思龍跪拜下去，身體也禁不住抖了起來。

其他之人自是也都惶恐地忙下拜，嚇得連頭也不敢抬起，膽小者更是嚇得牙齒都打咯了。

那少女則是雙目放光，眼睛睜得大大地直盯著項思龍。

項思龍看了這眾人聽了自己名號的態態，心下厭惡之極。欺善怕惡，便是這些小人的本性了！方才還那般驕橫，現在卻像個乖孫子似的！心下詛罵著，當下冷冷道：「你們起來吧！儘快聯絡上彭越，著他來見在下！」

眾人應聲顫抖而起，趙堯口中則是連道：「是！是！小人這就去辦！」

不多時一行人便退出屋內，只剩項思龍和少女、小女孩三人了。

靜默了好一陣，少女走到項思龍身前，冉冉下拜，朱唇輕啟地脆聲道：「小女子單婉兒謝過項少俠救命之恩！」

項思龍默運內力托起少女道：「姑娘不必言謝！嗯，不知姑娘是哪裡人氏？在下著人送你回去吧！」

少女單婉兒聞言卻是突地落淚，淒聲痛哭起來，弄得項思龍一時間卻是不知如何是好了。還好，少女只哭了不大一會便止住哭聲，收淚哽咽道：「小女子姐妹二人本是跟母親一起欲進彭城投親去的，不想卻遇上這眾惡賊，被他們提了來，差點……就要受到污辱，還幸少俠相救及時，不過……小女子的母親卻是因受惡賊姦污，給咬舌自盡了！」說到這裡，秀目淚珠兒卻是又給滾落下來，但用牙極力咬住下唇不致哭出聲來，可見這少女是個性極強之人。項思龍聽得緊握拳頭，低罵了聲：「他奶奶的！」也不知是在咒趙堯還是在咒彭越，亦或是咒歷史。

柔聲安慰少女道：「姑娘不必難過，在下會為你討回這個公道的！對了，不知姑娘在彭城親戚是誰？家屬何方？在下不日也正要去彭城，姑娘如不嫌跟著在下這麼一個大男人不方便的話，就讓在下護送你去投親吧！」

少女面上一紅，淒中含喜地向項思龍拂身行了個萬福之禮道：「如此小女子就先謝過少俠了！」

說著頓了頓，接著又道：「聽我娘親說我們要去彭城投的是一個叫項少龍的叔叔，乃是當年秦國的上將軍。至於這位叔叔家居何方，娘卻是沒對我說起過。

項少俠，憑此消息可以尋到我那項叔叔嗎？你名聲大，面子廣，路子寬，還請少俠勞煩了！」

項思龍聽得驚叫起來，怎麼就這麼巧？被自己救了父親舊熟人的女兒！只不知這少女的母親是不是父親的老相好？如是的話，那自己可是又多了兩個親妹妹了！

項思龍又驚又喜地想著，壓下心中震驚，笑道：「項上將軍的大名在下可是如雷貫耳，姑娘要找他包在我身上好了！」

說這話時，心下卻又在想著，如這兩個姑娘正是自己同父異母的妹妹，那自己對她們好點，哄住她們，待見著父親項少龍時，豈不可利用她們勸說父親？雖說這是有私心，可自己卻無惡意啊！嗯，就如此做好！少女在項思龍想著時，大喜道：「原來項少俠認識我項叔叔，那……太好了！只是娘一生就想著見項叔叔一面，卻……」說著又自悲自苦地抽泣起來。

諸位看官，你卻道這少女是誰？原來卻是當年受項少龍之助成了魏國王后的單美美的女兒。看過《尋秦記》的讀者定都知道項少龍與單美美的一些恩恩怨怨，二人在醉風樓相識，當時單美美是醉風樓的一個紅牌歌姬，卻受了呂不韋的控制，香唇渡毒差點要了項少龍一命，幸得項少龍發覺得早，才度過一劫。

後來單美美因項少龍不計舊惡，派人通知已對單美美心生愛慕的魏國太子，把她從呂不韋的魔爪中救了出去，所以對項少龍一直又敬又愛，再後來項少龍兵敗逃至魏國，幸得有單美美之助才逃過了一劫，不過也自從救項少龍時與他的那番親熱，卻是讓得這已成他人妻妾的美女對項少龍魂牽夢縈，怎奈事不由人，無法與項少龍結成世好，只得強忍心中思念。

後來魏被秦滅，單美美僥倖得逃性命，但一介弱質女流，卻帶著了一個女兒，也即單婉兒，卻教她如何生活下去？無奈之下在逃亡了兩年流浪生活後，只得擇人嫁了，對方乃是個大戶人家公子，因貪戀單美美美色，對她倒也疼愛得很，母女總算有了個落腳之處。

一年多後單美美為富家公子生下一女，也即那小女孩，一家生活倒也過得和和睦睦，但單美美的一顆芳心卻是繫在了音信杳無的項少龍身上。日子就在這種不平靜的平靜中過去，年前單美美突聽得項少龍已經重出江湖重現中原的消息，芳心大喜，恨不得長了翅膀飛到項少龍身邊，但想著自己有家室，又怎忍心拋棄丈夫和兩個女兒呢？就在這種痛苦矛盾中又過了兩年。不想災禍突又降臨，富家公子身患重疾，不治而亡，平靜的生活因此頓被打破了，一直嫉恨單美美的富家公子原配夫人和另幾位妻妾聯手終日漫罵詛咒單美美，說她是隻狐狸精，她們相公是被她給害死的。這個家是再也待不下去了，單美美知道眾夫人是忌自己母女三人去分她們家產，心下也再次想到了項少龍，於是收拾了些細軟之物，帶上兩個女兒來彭城尋項少龍，不想……

少女輕啼著道出了自己的身世，卻是再也忍不住地再次放聲大哭起來。

項思龍心下大生憐愛，想少女從當年的一國公主而降身為個富家之女，現在卻是淪為了無依無靠的孤兒，還要帶著個妹妹……

項思龍心下長歎了一口氣，不管怎樣，自己既然遇上了這事，就要管個到底不可，再說這少女即便不是自己妹妹，她母親卻與自己父親……也算有點親戚關係呢！伸出手輕輕為少女拭去臉上淚痕，柔聲道：「姑娘放心吧，在下一定會幫你找到你項叔叔的！好了，不要哭了！餓了吧，我著人送些食物給你們！」

少女本是欲搖頭的，但當目光觸及妹妹身上時，又點了點頭，低聲道：「謝謝項少俠了！」說著這話時，梨花帶雨的俏面上卻是突地浮上兩片紅雲。

項思龍看得一呆，這少女長得當真是嬌媚十足，美豔絕倫，她母親單美美一定也是個大美人，難怪會與父親有一腿呢！

心下怪怪想著，當下大叫著人為單婉兒送來精美食物。

谷中的幾百名馬賊現在是大氣也不敢出了，谷中的喧鬧已不復存在，顯得甚是清冷。可不，項思龍的名頭在江湖中可是響噹噹的，不說他是漢王劉邦、楚霸王項羽的結義兄弟，單是他在江湖中的名聲和他那身深不可測的武功，已是讓得這些平時作惡多端的人心驚膽寒了。

弄不好激怒了這煞星，可是小命不保！試想還有誰敢不安安分分？沉默在這時候可是比拍馬屁要好，因為項思龍在江湖中可是以俠義著稱，這些江湖經驗老到的惡人觀顏察色見風使舵的本事還是有的，要不還怎麼在黑道上混？

項思龍冷冷地望著已是嚇得快要屁滾尿流的眾馬賊，最後把目光落在了已是額上冒汗的趙堯身上，慢慢道：「已是兩個多時辰過去了，彭越怎麼還不來？他架子倒是挺大的嘛！你有沒有把消息傳給彭越來這裡見我？」

趙堯被項思龍的目光盯得猶若身上長了無數的刺般，額上汗水流得更多更快了，陪笑著諾諾道：「小的早就飛鴿傳書給彭將軍說項將軍在這裡等他有要事求見了，不過彭將軍住處離此地甚遠，來回至少五六百里⋯⋯項將軍請再安心的等一會，想必已是快到了！」

項思龍冷哼一聲，當下轉過話題道：「谷中搶來民女可是否都已放走？待會如讓在下查出一人未放，你可小心你的腦袋！」

趙堯顫聲道：「項將軍之命小的怎敢違抗呢？谷中二十五名婦女已是全都送了她們馬匹金銀糧水讓她們走了，現在……就只剩下……將軍身後的姐妹二人，這……是否也放她們走？」

項思龍淡淡道：「不必了，她們二人由在下送她們出谷！對了，殺死她們娘親的人是誰？趙統知道該怎麼做吧！」

項思龍這話的意思是說：「老子知道你這傢伙是罪魁禍首，但是對你網開一面不追究你的責任了，但是為了消這兩個姑娘的心頭之恨，你可總得找兩個替死鬼來幹掉吧！」

趙堯乃是老江湖，怎會聽不出項思龍這話中言外之意？不過他卻想錯了點，就是還以為項思龍也是看中了這少女，想泡她，所以故意來討好人家。不過無論怎樣項思龍卻是放了自己一馬，這麼一點小要求又怎可不滿足他呢？當下對項思龍會意地點頭一笑，轉過身面對已噤若寒蟬的眾手下時，卻是變了臉色，面色一沉地來回掃視了眾馬賊兩遍，突地指向雙腿發抖的四人冷喝道：「他媽的，是不是你們姦殺了這兩位姑娘的母親？簡直是畜牲不如！來人，把他們拉下去砍了！」

這兩人聽了這話是面無人色，「撲通」、「撲通」地一屁股跌坐在了地上。其他諸人則是如逢大赫，頓然精神一振，聞聲應「是」，當即有七八人如狼似虎地衝撲向四人。四人見了卻是又突地「呼」的聲從地上縱起，拔出大刀，作掙扎垂死地大叫道：「副統領，姦污那娘們的可不止咱四人，還有……」不待四人把話說完，趙堯就已阻聲喝道：「奶奶的，還敢反抗！兄弟們，亂刀砍死這四個敗類，把他們剁成肉餅，看他們還敢反抗？」

其餘心下有鬼害怕這四人胡說亂說把災難降到了自己頭上的人，頓即也都拔刀加入戰團，四人怎是眾人敵手？再也來不及把話說完，已是相繼慘叫倒地，這些人卻當即依了趙堯之言，在四人死後，仍是揮刀往他們屍體砍去，不大一會，四具屍體就已血肉模糊，真個是成了肉餅了，由此可見這些人性子是怎樣凶殘？

項思龍看得直想作吐，但面上卻還是冷冰冰的不動聲色。

這等惡人多死幾個，卻是世上少了幾個禍害！沒什麼好同情的！

那少女卻也並未驚叫，反而目中滿是仇恨地看著這血淋淋的一幕，小女孩則是把頭埋進了少女懷中，不敢多看，也沒叫起。

趙堯著人抬走屍體後，精神放鬆了許多，向項思龍恭聲道：「項將軍還滿意嗎？如不滿意，小的再殺他幾個！」

項思龍心道：「最好是連你這傢伙也給殺了，那才乾淨利索！」

心下如此想著，口中自是不會說出，因為天下間這等惡人實在是太多了，殺一個只能是一個，治標不治本，要想這等惡人減少，便需成了一個君主專制的封建制度國家，制定出相關的法律來制約這些惡人，同時發展生產，讓人民都富起來，讓天下太平，那麼惡人便會少了。

殺一個趙堯有什麼用呢？留著他的狗命吧！無論怎麼說他也是史記中有記載的人物，又是劉邦將來的重臣之一，自己卻也不能殺他的！

心下暗歎了一口氣，當下罷了罷手道：「算了，這事就此了結，但是從今以後你們可不得強搶民女，殺人搶劫。對一些惡人富商行動一下無妨，但也要有個節度。嗯，彭越還沒來，你派人出谷去看看吧！」

趙堯連聲應：「是！是！」正要吩咐手下去谷外視察一下時，卻突聽得一陣馬啼聲傳來，同時有守衛飛奔而來稟報道：「彭將軍他們來了！」

項思龍聽了頓時舉目向谷口望去，卻見一身著戰甲跨騎駿馬的滿臉橫肉大漢行在前頭，在他身後還跟有十多個武將服飾的漢子，後面則是一隊約有二三百人的騎兵。

一臉橫肉的大漢想來便是強盜出身的將軍彭越了，這傢伙排場大得很嘛！來見自己竟也帶這麼多兵馬來！

這時趙堯三步並作兩步地上前去向橫肉大漢躬身行禮道：「彭將軍，你來了！項將軍都等你多時了！」

橫肉大漢彭越沒理趙堯，只望著項思龍面現詫色，口中卻是哈哈大笑道：「什麼風把項少俠給吹到了這裡來？」

說著翻身下馬，目不轉睛地望著項思龍向他走來。

項思龍知彭越對自己身分懷疑，因自己現在還是一副商人裝扮呢！當下淡淡一笑道：「在下只是偶經此地，被你手下阻劫，所以也就想見見彭將軍了！嘿，將軍風采照人，當真是有王侯風範呢！」

沒有人不喜歡拍馬屁的人，彭越自是也不例外，更何況項思龍的話說到了他的心坎上，當下哈哈一陣大笑道：「項將軍真會說笑話，我可是一介粗野武夫，卻哪有什麼王侯風範？」

說著突又面現恨色道：「項羽分封十八王，我彭越戰功無數，卻是什麼也沒撈著，真他媽的氣人！嗯，項少俠要見在下不知是有何事？」

項思龍望了身旁眾人一眼，沉吟道：「事關重大，可否借彭將軍一步說話？」

彭越聽了略一遲疑，卻是點了點頭道：「好，咱們去屋內再說！」

言罷，當即留了幾名武將吩咐他們把守，另幾名武將則是隨彭越一道進了屋內，項思龍怕有變故，也把單婉兒姐妹帶上進了屋內。

彭越目光落在單婉兒身上，詭笑道：「這兩個小姐是項少俠的馬子？長得不錯嘛！水靈靈的！兄弟有眼光！」

項思龍面上一紅，也不作解釋，只衝彭越不置可否地笑了笑。

單婉兒則是俏臉紅如熟透了的蘋果，似怒又喜，把頭垂得低低的。

此屋是間會議室，佈置也甚豪華，地面鋪有地毯，屋中心則是一張長形方桌，兩邊擺有十多把太師椅。

雙方分兩邊坐定，彭越這才面色一沉道：「項少俠，不是老夫不信任你，依江湖規矩，少俠可得拿出件信物來證明一下你的身分。」

項思龍早知彭越會說此話，當下微笑道：「那是當然！」說著解開背後的包裹，取出鬼王劍來握在手中，道：「彭將軍可知在下所使的是什麼兵器吧！」

彭越見了鬼王劍對項思龍身分信了一大半，卻是又道：「據聞項少俠會使當年趙國上將軍李牧的蓋世絕妙劍法雲龍八式，不知少俠能否使出兩招來，讓在下等開開眼界？」

項思龍道：「那有何難？」言罷身形凌空飛起，「鏘」地一聲拔出鬼王劍，閃電揮出，施出雲龍八式中的「旋風式」，只聽得「嚓」的一聲，項思龍劍勢已收，彭越等人看得莫名其妙，項思龍劍法雖妙，劍速也快，輕功更是世所罕見，但是他只使了一劍，卻看不出他劍法的威力呢？

項思龍見了眾人詫色，卻是神秘一笑道：「在下現醜了！」

彭越終是忍不住發問道：「項少俠方才那招……就這麼完了？」

項思龍道：「是完了。嗯，彭將軍看了桌面有何變化沒有呢？」

眾人舉目望去，卻見項思龍手掌一揮，運用「吸」字訣，桌面頓然木屑紛飛，全被項思龍吸入掌前凝成了一個木球。

項思龍手托木球，推了推手道：「諸位再看看桌面是了！」眾人依言再次往桌面望去，卻見桌面現出了「雲龍八式」四字，字字深透木面，顯得蒼勁有力，龍飛鳳舞。

彭越驚愣了一陣，率先拍掌語氣不自然地叫「好」道：「好劍法！好劍法！電光火石間發招用劍勁往桌上寫了這四個字，並且勁字化木成粉，此等神秘劍法，此等高深功力，當世之中除了項思龍少俠，卻是還有幾人呢？老夫信了項兄弟身分了！」

其他諸人此時也回過神來，皆都附和著彭越哄然叫好。

單婉兒一雙秀目更是如似水柔情般癡迷地望著項思龍。

項思龍淡淡笑道：「不敢，不敢，彭將軍過獎了！」

雙方客套了一番，又再坐定，彭越大叫著人端酒送肉來，邊衝項思龍大大咧咧地笑道：「今日有緣見識項兄弟，我老彭非常高興，咱們可得來個一醉方休，暢暢快快地乾它一場！」

項思龍罷了罷手道：「不用，在下只是奉了漢王之命與彭將軍商議大事的，所以不便飲酒，還請彭將軍見諒一二！」

彭越面容一肅道：「哎，項兄弟今日無論如何也要陪我老彭乾它幾杯，否則便是看不起我老彭了！嘿，我可是個粗人，性子直，有什麼便說什麼，不會拐彎抹角的，言語間有得罪項兄弟之處，還望不要見怪！至於其他事麼，待喝酒時邊喝邊談吧！如果項兄弟或漢王有何差遣，只要項兄弟一句話，我彭越能做得到的一定會效犬馬之勞！」

項思龍知也不便再推辭了，像彭越這等草莽出身的人，性子雖是凶殘，但大般都是心直口快，頗有江湖道義的直性人。再說彭越雖是做殺人放火的強盜勾當，但他卻也在反秦時做出了相當大的貢獻呢！可見此人也是個心懷抱負有正義感之人，只是入了黑道，難免有些劣行，手下兵將也盡是些無惡不作之徒，這卻也不能太過責他的吧！在這亂世之中，人如果不夠狠，卻是怎麼能在黑道立足呢？

項思龍突地對彭越觀感改變了許多，當下也大笑道：「既然彭將軍一片盛情，在下也就恭敬不如從命了！」

二人說著這當兒，酒菜已是端進擺好了。

彭越舉杯衝項思龍道：「來，項兄弟，我敬你一杯！」仰頭乾了後，接著又道：「江湖傳聞項兄弟失蹤了，這卻是怎麼一回事？」

項思龍也舉杯一飲而盡，笑道：「那是在下去追查有關魔帥魔刀的傳聞去了！」

彭越面色一動道：「項兄弟查出什麼沒有？近來江湖有傳魔帥魔刀已被項羽所得，且他已得魔刀的真傳，不知此消息卻是否當真？」

項思龍點頭道：「此事確是不假，在下雖沒跟項羽交過手，卻是已見過他兩次面，項羽已是練成了魔道的最高武學——種魔大法，就是在下也恐不是他的敵手。不過在下卻也有喜訊要告知彭將軍，就是漢王也奪得赤帝武學，成了赤帝傳人，項羽將來的對手只怕只有漢王才夠資格了！」

彭超面色陰沉地又自飲了一杯，笑道：「那是恭喜漢王了！他媽的，項羽這小子怎有這狗屎運？竟讓他得著了魔刀！不過還好赤帝天劍被漢王得到，嘿，只希望漢王能幹掉項羽！」

說到這裡，頓了頓接著又道：「聽說項羽近來在江湖中大出風頭，成立了什麼天地盟！這小子胃口倒也挺大的，做了西楚霸王還嫌不夠過癮，竟還思量著想做武林盟主！有項兄弟在，他這野心想來是怎也不會得逞的吧！來，我再敬項兄弟一杯！」

一邊閒聊一邊喝酒，不覺已是多個時辰過去，彭越已是有了幾分酒興，心中對項羽的怨氣也不覺發洩了出來，只聽他罵罵咧咧地道：「項兄弟，你卻是來評評理，我彭越在反秦鬥爭中可是立下了汗馬功勞，但項羽卻什麼也沒分封給我，反是對那些無功的傢伙封以王侯，他媽的！」

第五章　風雲變幻

項思龍聽得彭越此言，知道火候已差不多，是該提出自己此行目的來了，當下也氣憤地道：「可不是，漢王在反秦鬥爭中功勞可不謂不大，大奸賊趙高可也是被他所殺的，秦王子嬰也是先向漢王投降的，漢王是率先攻下咸陽城的，依義帝當初許諾，誰先入咸陽，誰就可獲封關中王，但項羽卻仗著他勢大欺人，把漢王趕入了窮山僻水的巴蜀，封了個漢王！項羽可還是漢王的結義兄弟呢！竟然如此待他！

「現在卻又要與我爭搶中原武林的武林盟主之位，還哪裡顧想了結義之情！在下今日來見彭將軍，乃是奉了漢王密命邀請將軍與漢王共謀大事的，大家同病相憐，與其窩囊活著，還不如豁出去自立旗號與項羽對著幹了，如此成也英雄敗也英雄，活得轟轟烈烈總比過著忍氣吞聲的日子是好！」

彭越聽得一呆，卻是突地長身而起，「咕嚕咕嚕」連喝了兩杯烈酒，再深吸了一口氣，仰天一陣哈哈大笑道：「當真是英雄所見略同，我彭越早就想反他媽的項羽！怎奈自個兒人單勢寡，在江湖中的影響力號召力又不大，所以只得搶他媽的項羽糧草，阻止他媽的商旅進彭城去做生意，專在背後幹些小事來發洩心中對項羽的憤恨。現聽了項兄弟的這一席話，可真是讓我彭越有幸遇了知音的感覺啊！好，沒得說的，承漢王和項兄弟看得起我彭越，今後這條命就賣給漢王了，如有什麼差遣，便是赴湯蹈火，我彭越也定在所不辭！今日之話我彭越說了自當永不言悔，如有不誠，當如此筷！」

說著，雙指暗下發力，手中的筷子已是「咔嚓」一聲當中而斷。

項思龍端起酒杯一飲而盡，也站了起來，朗聲道：「彭將軍當真痛快！好，咱們就如此約定，不日在下就請命漢王派人給將軍送來將軍印！」

頓了頓，卻是又語氣一轉道：「在下有句話不知當不當說？嘿，因在下怕說出了彭將軍心裡會不痛快！」

彭越「哎」了聲道：「項兄弟有話但請直說無妨，咱們今後可都是一家人了，什麼話不能說的呢？便是兄弟要罵我老娘，只要罵得在理，我彭越不但不會生氣，卻還要謝謝項兄弟的點醒呢！」

項思龍面色一肅道：「如此在下也便直言了，像彭將軍現在這樣在彭城周圍活動，拖項羽後腿，只怕卻是不大明智之舉呢！」

彭越「噢」了聲道：「項兄弟此話卻是怎講？」

項思龍道：「在下有三點分析可供將軍思量，其一將軍這般打劫商旅殺人放火，只怕會壞了將軍在百姓心目中的形象，要知我們也是貧民出身，我們隊伍的發展壯大也是需要百姓的支持，如果失了人心，那卻還怎麼求發展？將軍因參與了反秦義軍行列，你雖是盜賊出身，但卻因你這義舉在百姓心目中定然會對你以前的印象大有改觀，可將軍成了人們心目中的大英雄，還是做從前般的惡事，卻只怕會是讓百姓對將軍死了心更加的深惡痛絕了！

「其二便是將軍在這彭城附近與項羽作對，對將軍的人身安全可大有威脅，要知彭城乃項羽老巢楚國都城，實力何等強大！如將軍所為激怒了項羽，讓他發兵來大施圍殲將軍，將軍只怕是只有坐以待斃了。這裡可是中原中心，四面均是項羽的勢力範圍，屆時將軍是想逃也逃不了。再說項羽現在成了魔師傳人，性子可變得凶殘了許多，想來將軍聽得義帝和呂青將軍被殺之事吧！項羽這人最是惱恨別人幹些小人行當，並且還是針對他的。現在項羽是因被江湖中事纏住，無暇顧及政事，只怕他稍清閒下來，得知將軍在此行惡，卻是絕對的不會放過將軍的了。

「其三便是將軍如此小打小鬧卻又能成什麼大事呢？個人的私憤是無關緊要的，欲成大事者如不能做到一個忍字，那他端不會有所作為的。我們要有規模有計劃的策動反項的勢頭，要儘量爭取更多的同盟者，同時也要潛心擴展自身兵力，待時機成熟時，咱們就揭竿而起登高振臂一呼，反項浪潮便會掀起，將軍現這般的行為可說是根本動不了項羽根基的分毫，反是白白浪費了光陰！」

彭越聽得連連點頭應「是」，臉色都有些發白地道：「聽君一席話，勝讀十年書！項兄弟所言分析極是，真的是要讓老哥汗顏了！不過，項兄弟卻能否指點一下老哥今後應該怎麼做呢？」

項思龍沉吟道：「將軍乃草莽出身，自還是幹老行當好了，這樣可盡展將軍之長。不過在下又要提出三點建議，一是收斂惡行，制定嚴格軍規約束部下，行事要有三不，一不強搶民女，二不打劫貧民，三不殺人放火。對於那些達官貴人、貪官奸富，自是可狠一點。可對劫搶項羽後方物資之行照做。二是轉移陣地，這彭城邊界之地太招眼，也難守難退，將軍還是把勢力轉至你的發源地巨野澤一帶為好，那裡將軍地勢甚熟悉，人緣較廣，同時巨野澤方圓百里是一片水鄉澤地，乃是個易守難攻的好地方，也便於發揮將軍專打遊擊戰的特長，也可伺機擴充勢力，對威脅項羽雖不能有正面感，但卻定會讓他頭痛非常，三是將軍在此同時要把手下人馬訓練成一支正規軍，保持與漢王的聯繫，大家互相合作共謀大事，總比碌碌無為要好吧！」

彭越沉默了一會，突地長身投向項思龍下拜道：「多謝項兄弟指點！日後我彭越如能有發跡的一天，定要送百個美女給你享受享受！」

項思龍知自己是徹底說服這強盜頭子了，心下大為輕鬆，上前去攙扶起彭越道：「將軍快快請起！在下卻是怎受得起將軍如此之禮呢？將軍可正是要折煞小弟了！」

彭越正顏肅色道：「這一拜項兄弟端是受得起的！好，老哥會依你之言，即日就撤軍巨野澤！」

項思龍只覺心頭如一塊巨石落下，想不到自己此次彭城之行，卻給自己誤打誤撞地為劉邦說服了彭越，這可是喜事一件。

彭越是將來助劉邦打敗項羽的一支重要力量之一，同時他給項羽後方確實是帶來了無窮禍端，項羽多次派兵去剷除他，卻總給彭越溜掉，這可說真是自己說服彭越的功勞。要不想來他早就不會有得性命在了吧！說歷史是天命決定的，可有時卻也是自己這現代人幫了大忙了，如沒有自己，這古代的歷史只怕不會如此順暢。

心下樂悠悠地想著，信心和勇氣是陡增許多。自己對這古代的歷史還是起著了舉足輕重的指引作用的，自己還是有能力左右這古代歷史的！項羽，你就等著受死吧！

項思龍領著單婉兒姐妹倆辭別彭越出了山谷，繼續往彭城趕去，一路上單婉兒那柔情似水的眼睛總盯著項思龍，讓得項思龍渾身的不自在，心下暗暗叫苦不迭。

看來這少女是迷戀上自己了，竟是這麼大膽熱情，才與自己相識多長時間啊！就只差沒有投進懷中與自己親熱了，想還是有小女孩在側的緣故吧！

要不這女孩只怕當真是要主動向自己示愛了。

這可是大大不行，不說自己已無任何獵豔心理，家中已是妻妾成群，且有幾個醋罈子……再有，這少女可是有可能是自己的同父異母妹妹呢！

再說這少女現刻迷戀上自己，卻也大半是因自己救了她姐妹，對自己生出的感激之情吧！自己可得把持住，絕不能傷害了這女孩，她的命運已是夠苦了，如再受了感情的傷害，可真不知會造成什麼後果！

自己得疏遠她，與這少女保持距離，要不讓她陷情太深，自己可就有得麻煩了！待至彭城見了父親項少龍後，還是把她們交給父親打理好了！

心下想著，項思龍心情稍稍舒鬆了點，突地只聽一陣急促的馬蹄聲傳來，同時有人高喝道：「閃開！閃開！他媽的統統地閃開！」

項思龍聞聲驚詫地回頭望去，卻見是一隊二十多人的官兵正疾馳向自己這方向馳來，其中一人揮舞著手中的鞭子驅趕著道上的行人，氣勢甚是凶惡，其他二十幾名官兵則是森嚴的押著一輛囚車。

押的是什麼重囚？竟然如此急著進城！項思龍心下納悶地揮手示意單婉兒姐

妹二人退往路旁，自己也站了過去，駐足觀望這隊官兵。

囚車中的人披頭散髮，遮蓋住了臉面，身上衣物也多處破爛不堪，手足全被巨大鐵鍊鎖著，囚車卻也竟是鐵製的。

到底押的是什麼重犯呢？看這些押陣的官兵步伐穩重，目射精光，顯然個個都是一流的武功好手，是什麼犯人需要這等排場？

第六章　父子相會

項思龍心下想時，車隊已是馳至了近前，這刻再舉目向囚車中的那犯人望去，一張久違了的熟悉面容落入了項思龍的眼簾，讓得他差點驚呼出聲。

啊，囚車中被押的人竟是自己初到古秦時來的授業恩師——李牧！

李收不但是自己的授業思師，而且是他從陳平手中把自己救了出來，傳自己以畢生所學，授自己以畢生兵法研究……可以這樣說，如沒有李牧對自己的教導，自己斷然不會有今天的成就。

師父卻是怎麼落到了這些楚軍手中的呢？難道是師父被人發現了他隱居峽谷的蹤跡給告知了楚軍，所以被擒？又或是師父出了峽谷露出了自己身分所以被擒？

項思龍的心如被浪濤打翻的木船般在心海裡七上八下的。

不行！自己一定得想法救出師父，如讓他落入了項羽手中，只怕會是凶多吉少！師父對自己恩重如山，自己無論如何也要救他！

但是單婉兒姐妹怎麼辦呢？自己可是分身乏術，要去救師父就無法兼顧她們，可若她們落入對方手中，自己可就……

項思龍心下又焦又急地想著，望了單婉兒一眼，見著她腰上的束帶，心念一動，突地出手解去她腰帶，在單婉兒心下驚呼著時，已是以閃電般的速度揮出腰帶把她和小女孩縛在背上，同時道：「姑娘，穩住了！在下要去出手救人，不得不出此下策，委屈姑娘姐妹一下！」

說著時身形縱起，阻在了官道中心，大喝道：「停車！」

對方正向前衝馳而來，距離項思龍只有二十幾米遠，前頭揮鞭開道的軍官見項思龍帶著兩個如花似玉的女人阻道，不由又訝又怒，加快馬速衝上前來揮出一鞭，冷喝道：「閃開！你找死啊！這是囚車，你這傢伙窮叫個什麼？是不是娘子生病求大爺治啊！那好，大爺就賞你們夫妻三人一鞭，讓你們下地獄去吧！那就……」

話未說完，突發覺揮出的長鞭已被對方用雙指夾住，任自己怎發力卻是收不回來，臉色頓然一變道：「原來是個會家子！大爺卻是看走眼了呢！嘿，膽敢攔路阻礙公差！別怪大爺狠手了！」

說著，空著的左手突地一抖，幾道寒星頓向項思龍飛射而來，取的竟是他的周身大穴。

項思龍見了毫不驚慌，只把另一隻沒有夾鞭的手揮出一道圓弧，對方射出的暗器頓給項思龍發出的掌勁給吸入圓弧中心，同時口中冷喝道：「閣下出手如此狠毒，在下可要教訓你一下，給我滾下馬來！」說罷，夾鞭的雙指微一發力，猛地一拉，軍官頓然驚呼一聲，長鞭被拉脫出手，馬背上的身體也沒把持住，整個人如被給拋了出去似的，從馬背上跌落地上，高大的身體「撲通」一聲跌得地面揚起一道灰土。

後面的官兵見了又驚又怒的又有四人策馬衝上前來，不問青紅皂白舉刀就向項思龍怒喝著劈來，其中一人道：「閣下何人？難道敢劫朝廷重犯麼？這可是個誅連九族的大罪！」

項思龍身形一閃避過四官兵攻來刀勢，同時手指一屈施出彈指神功，彈射出幾道罡氣，四人頓被點了穴道，也「撲通」「撲通」地從馬背上滾落了下來，卻還是忍痛衝後面押囚車的人道：「點子辣手，快放信號彈，召護國護法他們來！」

押囚車的人早就見狀不妙，排成陣勢嚴戒項思龍，信號彈在這人發話時也已「砰」的一聲衝天而起，在空中發出尖銳的呼嘯聲。

這批人的機警和訓練有素讓得項思龍看了心下暗暗震驚。

如項羽手下有這等兵士萬人，當就可奮戰天下了，劉邦手下的雜牌漢軍卻是怎麼與之匹敵？看來自己也得告誡劉邦，讓他秘密訓練出一批精良的戰士出來。

心下想著時，已是飛掠至了押陣的剩餘二十來人前頭，沉聲喝道：「在下不想出手殺人，只要你們放了囚車中的犯人！」

一軍官模樣的楚軍把手中單刀一揮的冷聲道：「要想救人？可得勝過我們再說！」話一說完，又衝身後的眾楚軍道：「上！殺了這傢伙，賞黃金兩百兩！」

重賞之下必有勇夫，這些人本見了項思龍所露的兩手，已對他心懷怯意，聞言卻是精神一揚，呼喝著向項思龍圍攻上來。

己方有二十餘人，對方才只一人，且還背著兩個婆娘，怕什麼呢？殺了他，可是有百兩黃金的打賞啊！

人的貪性就是這樣，可以衝動得連危險也不怕！

項思龍冷冷一笑，揮出一掌制住一人奪過他手中的單刀，雲龍八式中的破刀式應手而出，只聽得「噹！噹！噹！噹！」一陣兵器磕碰之聲響起，有十多人手中單刀全被項思龍一招擊落。

這些官兵雖是一流好手，但在項思龍這絕頂高手面前可就又算不得什麼了，自是只有挨打的份！

見了項思龍施出的這招劍法，一旁那軍官失聲驚呼起：「啊，是雲龍八式中的破刀式！閣下怎會這套劍法？」

項思龍冷冷道：「因為在下是李牧將軍的弟子！」

項思龍這話一出，眾楚軍無不駭聲驚呼，囚車中的李牧也身軀一顫，睜開了雙目往項思龍望來，但見項思龍的商人打扮，卻是滿眼疑惑之色，更何況項思龍施功變了聲音？

那軍官這時面現驚色地道：「閣下難道是……項思龍少俠？」

項思龍淡淡地點了點頭道：「不錯，在下正是項思龍！」說著伸手抹去臉上的易容物，露出一張英俊剛毅的面目來。

眾楚軍見了又是一陣驚呼，那軍官顫顫地道：「你……你真是項思龍少俠？怎麼……這般的像項上將軍？」

項思龍心下一痛，冷冷道：「在下像項上將軍？這……是嗎？不過在下倒不覺得！我是項思龍！重出江湖的項思龍！」

囚車中的李牧這時身體急劇地顫抖著，激動得大叫道：「思龍！龍兒！真的是你麼？真的是你麼？」

項思龍聽得這熟悉的聲音，也是激動得聲音發顫道：「師父，是我！我是思龍！師父，你等會！我來救你脫困！」

此時那些想得賞金圍攻項思龍的人卻是一個也不敢動了，因為性命終究是最重要的。要不沒了性命即使有大把的金子銀子，卻也無法花啊！項思龍的名頭可是曾在中原紅破了天的，有誰不怯他？況且人家還是自己霸王的義兄，開罪了他可沒好日子過！

那軍官對項思龍的態度也恭敬了起來，向他行了一禮道：「原來是項少俠，小人多有冒犯了！不過這李牧乃護國護法玄冥二老擒下來向霸王請功的，小的等也不敢擅自放了他。項少俠要救人，還是待護國護法他們到了後再說吧！可請少俠不要為難小的等！」

項思龍心下大怒，暗罵道：「又是玄冥二老這兩個老怪物！竟還被項羽封作了什麼護國護法！哼，上次在赤仙谷因項羽的出現而放過了他們，這次他們竟擒了師父李牧，卻是怎麼也不可再放過他們的了！這等魔頭殺一個少一個，江湖就多一份平靜，同時也可消滅項羽的實力！」如此想來，當下道：「好吧！我就等這兩個老怪物來！不過你們卻也不要阻在道路中心擋住行人過往了，還是退往一旁去吧！」

這眾楚軍知了阻道之人是項思龍，對他話哪敢不從？當下頓忙依言撤往了一邊，事情才剛辦定，項思龍正準備到囚車旁去與李牧聊兩句時，遠遠的就聽得玄冥二老的聲音傳來道：「是什麼狂徒敢來動項霸王的囚車？簡直是活得不耐煩了！」

話音甫落，一紅一綠兩個身影已是現入眾人眼簾，片刻間便閃掠至了眾人身側落下，見了地上穴道被制未解去的楚軍武士，紅衣老者出指射出幾道罡氣邊為他們解穴邊道：「怎麼這般沒用，虧你們還是毒手千羅的人呢？是什麼點子在此滋事？」

說著這話時目光落在背著二女的項思龍身上，卻是沒對他太過在意，但是見了自己指勁竟沒解開五人受制穴道，才一凜道：「對方是什麼來頭的人，連老夫玄冥真氣也解不開他們穴道？」

那軍官望著項思龍諾諾道：「是……是項思龍少俠！」

紅衣老者聽得一怔道：「什麼？是誰？項思龍？就是那與項王是結義兄弟，失蹤了的武林盟主項思龍？」

說著時一對怪目緊緊地盯著項思龍，一臉的驚訝之色，似不信眼前的項思龍便是他口中所說的項思龍般，過了好一陣才衝項思龍道：「小子，你就是項思龍！不會是冒牌的吧！」

項思龍目中殺機一動，冷冷道：「在下是如假包換的項思龍！」

紅衣老者聽了卻是突地發出一陣哈哈大笑道：「好！好！你是真的項思龍就好！看來咱兄弟倆近來運道不錯，剛剛被我們擒到了當年的趙國大將李牧，現在又遇著了你這小子！我們主人正要見你呢！小子，你是束手就擒，還是要老夫動手？」

項思龍冷哼了聲道：「在下只想救人，不想去什麼地方！」

紅衣老者喋喋一陣怪笑道：「看來小子是自信手底下有點真功夫了！好，就讓老夫來會會你這曾經的中原武林盟主吧！看看你到底有多少斤兩，值不值得我家主人曾那麼尊敬你！」

說罷身形一閃，已是揮掌向項思龍欺來。

項思龍冷笑一聲，正巴不得對方向自己先動手呢，如此自己殺了他們，項羽知了卻是也會無話可說，因為是他們想殺自己啊，自己自衛不得不殺了他們！如此想來，當下把功力提至十層，在對方掌勁攻擊至距離自己只有尺餘時，也閃電出手，重出一拳，與紅衣老者拳掌相接。

「蓬」的一聲巨響，紅衣老者身形頓如脫了線的風箏般向後暴飛，在空中時就「嘩」的一聲急噴出一口鮮血。

綠衣老者見了大驚，忙飛身過去接住紅衣老者墜下身體，卻只見紅衣老者面色蒼白，氣若遊絲連鼻孔也在出血，顯是活不成了。

綠衣老者驚急得惶聲道：「大哥！大哥！你醒醒！醒醒啊！不要睡了過去，

咱們還要擒了這小子去向主人領功呢！」

紅衣老者極力地睜開了雙眼，掙扎著道：「二弟，我……我不行了！這……少年好……好厲害！他的內勁……好威猛！二弟，你……還是回……大漠去吧！中原……藏龍臥虎，是個是非之地，不適合咱兄弟……闖了！咱們都已……老了，還是永遠也別想出人頭地了吧！大漠才是我們的家！在那裡生活了二千多年，我……喜歡上了大漠！二弟，都是我不安份，慫恿你重出中原，無極師兄當年曾告誡過我們，我們今生如入中原將會不得好死，不想這話卻果也應驗了！二弟……我死後，你把我的屍體帶回大漠去，把我葬在大漠，那裡才是我們的家，我喜歡大漠……」說到最後聲音愈來愈弱，終至沒有聲息了。

綠衣老者頓然伏屍嚎啕痛哭，足有盞茶工夫才漸漸止住，卻是非常冷靜地站了起來，轉身向已呆住了的那軍官道：「你轉告項王，說我兄弟不能再為他效力了。」言罷，再也沒多說一句話，只仇恨地狠狠盯了項思龍一眼後，走過去抱起紅衣老者的屍體，悲嘯馳身去了。

項思龍也覺心情有點怪怪的，他想不到自己十層功力的一拳就竟然可以輕鬆地擊斃紅衣老者，對方可也是在江湖中盛名卓顯的玄冥二老之一！如自己十二層功力的一擊，威力真不知會高到何等程度？不知自己能否打敗練成種魔大法第十式玄宇宙的項羽？如打他不過，那項羽的威力可真是不可思議了！這天下只怕沒得第二人能是他的敵手了！那時……天下危矣！

項思龍想著，卻也覺著自己出手是不是太狠了點？那綠衣老者的樣子好可憐的啊！紅衣老者在他臨死前也說了番省悟的話！只不過一切都太遲了！唉，為什麼人總是只有臨死前才體會得到人生的一些真理呢？要是早一步想通不就可以保住性命了嗎？

項思龍長歎了一口氣，斂回神來冷冷地一掃眾楚軍武士，冷冷道：「你們現在還有什麼話要說沒有？如沒了的話，那就快滾吧！在下不想殺你們，不過奉勸一句，你們還是少作點惡事的好，要不然必遭報應，會不得好死的！嗯，你們可以走了！」

眾楚軍武士此時嚇得連屁也不敢放一個，聞名不如見面，這話可真沒說錯，以前他們聽過項思龍的大名，卻還真有些不服，現在見了項思龍只輕鬆一拳便了結了不可一世玄冥二老的老大，可見對方確有驚人武術，心下是畏服得不得了！

聞言，眾人如逢大赦，卻哪裡敢多說什麼？帶了五名昏過去的武士，上馬飛奔而去，卻是沒往進彭城方向馳去，而是踏上了來路。

項思龍知道這些人必是去向項羽傳報今日之事的了，不過自己卻也不怕什麼的，自己殺了紅衣老者本是想挫一下項羽銳氣，同時把他的注意力從劉邦身上轉到自己身上來，被他知了今日之事卻是更好，雖說不能打擊項羽，但至少消弱了他的實力，玄冥二老可是群魔為數不多的厲害人物之一，要不項羽也不會封他們為護國護法了！

反正自己幾天後在武當山是要現露身分的，項羽卻也猜知自己的雙重身分了，他得知自己殺了紅衣老者也沒多大關係。

一切的親友關係最終都會破滅，直至煙消雲散

項思龍收回目光，落到囚車中的李牧身上，「鏘」的一聲拔出鬼王劍，揮劍往囚車劈去，只聽「咔嚓」「咔嚓」數聲，囚車已是成了個稀巴爛。

在項思龍的攙扶之下，李牧出了囚車，雙手顫抖著搭住項思龍的肩頭，上下打量著他，目中淚光閃閃地微笑著道：「龍兒，你長高了，人也顯得成熟了！很好！很好啊！師父已經聽說過有關你的一些傳奇故事，真是虎父無犬子啊！」

項思龍神情愧然的道：「弟子能有今日的成就，全仗師父的教導！」

說著「咚」的一聲向李牧雙膝跪下拜道：「弟子不孝，讓師父受累了！」

李牧笑得苦澀地搖了搖頭道：「不怪你！師父不怪你！」說著扶起了項思龍，又道：「你能做出一番事業來，就不枉師父對你的厚望了！唉，師父老了，今後的天下是你們這些青年人的！」

言罷似是欣慰又似是悲壯地長長歎了一口氣，見項思龍還背著二女，當下又笑道：「龍兒，你背後的兩位姑娘可都快喘不過氣來呢！」

項思龍聽了頓然記起單婉兒姐妹，自己方才一心想著救師父，卻倒是把她們給忘了，只不知自己方才在打鬥中有沒有讓她們受傷？

慌慌忙忙地邊解開縛在身上的絲帶，邊不安地道：「姑娘，你們沒事吧！」

單婉兒是貼靠在項思龍背上思緒連篇得都快睡著了，尤其雙方肌膚相接，一對堅挺的酥胸壓在項思龍的虎背上讓得她心如鹿撞，渾身燥熱，直至見了項思龍露出真面目，偷看到了項思龍那英俊剛毅的臉面，一顆芳心更是有若蜜甜，把項思龍摟得更緊。

要是自己能嫁得他……那終是只能活十天也願意！

但是人家看得上自己嗎？他救自己姐妹純是出於一片俠義與同情之心……

不！不管他看不看得上自己，自己今生也要跟定他了……

正如此心下七上八下地癡心想著時，聞得項思龍的叫喚，心神一震醒了過來，一張俏臉紅得如旭日初升時的朝霞，想著項思龍背了自己姐妹二人這麼長時間，慌忙從他背上拉著小女孩跳了下來，低聲道：「我們沒事！倒是讓少俠累著了！」說著時這大膽的姑娘卻也顯出幾分羞澀來。

李牧本以為單婉兒是項思龍媳婦，聽得她們說話的生疏，不由大訝的道：「龍兒，這兩位姑娘……不是你媳婦啊？」

項思龍聽得俊臉一紅，忙道：「不是！她們是弟子從一夥馬賊手中救出的苦難姑娘，是去彭城探親的，因為她們娘親……遇難了，她們又是頭一次來彭城，人生地不熟的，所以弟子帶了她們去彭城尋親！」

李牧大是滿意地連連點頭道：「為人處事，就應有始有終，如此才不失男兒英雄本色！好，思龍，師父為能收得你這麼一個好弟子而感到驕傲！」

項思龍淡淡地笑了笑，卻是肅容轉過話題道：「對了師父，你不是一直居在泗水郡城外的那無名峽谷的麼？怎麼卻……給玄冥二老找上門了呢？」

李牧沉吟了陣，苦笑道：「還不是因太過牽掛你這小子，所以忍禁不住出谷探聽些有關你的消息，得知你做出那麼多驚天動地的事，師父是由衷的高興。可前些時再出谷時卻聽到你失蹤的消息，師父一顆平靜的心頓然不平靜起來了，終是決定出谷來探聽你的下落，不想一日見到幾個官兵調戲良家婦女，氣憤難忍之下出手管了這事，可想不到這幾個官兵武功竟是非同小可，師父久攻不下，忍不住施出雲龍八式劍法，才把他們打退。

「然禍事也就因此而來了，待我剛救了那被調戲的婦人不多時，突有兩老鬼怪找上頭來，他們狂傲非常，武功卻也絕高，師父幾個招面就敗陣下來被他們制住了。這兩個怪物把我擒下後帶至了一官府刑室，不想那些官兵中有人認出我來，當下對我嚴刑逼供，問我知否思龍你的下落，同時逼我交出雲龍八式劍訣和太公兵法秘本，我自是毫然不理，他們問不出什麼結果來，便把我關進囚車押著上彭城。說是要交給西楚霸王處決！」

說到這裡，歎了一口氣又道：「想不到師父當年馳騁沙場風雲一世，卻是幾經挫折，國破家亡不說，還落得個虎落平陽的悲局人生！唉，現在的世道當真是變了，江山代有才人出，自古後浪推前浪啊！」

項思龍聽得默默無語，可也是的，史記上所載的李牧是個何等頂天立地的沙場猛將，但是他僥倖苟活了性命，卻又是為了什麼呢？還不是為了不使一生絕學不至失傳？有了傳人後，卻又是把一顆心放到了傳人身上……這是何等偉大而又悲壯的人生？項思龍只覺自己的眼角有些發脹，收拾了一下心情後，笑道：「師父不必太過於悲沉的，你的功業世人永記，歷史將永遠的流傳下去，沒有人會說師父不是個英雄！其實以師父的實力再戰沙場，只怕還將是威風不減當年！嘿，弟子還曾想著請師父出山為漢王劉邦領兵打仗呢，只是怕師父不願，所以也便沒去驚擾你了！這次師父既已出谷，咱師徒倆就來個雙劍合璧，轟轟烈烈的幹他一場，看有誰敢說師父老了！」

李牧笑著搖了搖頭道：「重臨沙場？師父只怕是心有餘而力不足的了！對了思龍，聽說新近江湖中群魔紛出，攪得天下一片不安寧，你卻也突地神秘失蹤了，這卻到底是怎麼回事？還有聽說你跟你爹……難道就沒有修好的餘地？你們可終究是父子啊！」

項思龍苦澀道：「彼此政治立場不同，各為其主……不過今次我到彭城去卻也正是要去見爹的，但願能勸他回心轉意吧！項羽得了天下，成了不可一世的西楚霸王，但現卻成了魔師風赤行的傳人，也即成了魔道至尊，讓他執政天下……

只怕是會讓中原成為魔道橫行的慘局了！」

說到這裡，頓了頓又道：「喂，既然師父出谷了，咱師徒也相遇了，不如師父也陪我一道去彭城見見我爹吧！師父也可幫我勸勸他！至於現今天下和中原武林以及徒兒的一些事情麼，咱們路上邊走邊聊吧！」

李牧遲疑了片刻，卻也點了點頭道：「好吧，師父既已又有一顆不平靜的心了，那便順應了這心潮吧！或許是天意要我復出江湖呢！嗯，也好想見見你父親這當年讓為師敬服的老故人了，不知他是否風采依然呢？」

與李牧重逢，讓得項思龍的心情又放鬆了許多，不過也有些怪怪然的。李牧在史記中記載可是被趙王毒酒釋兵權給賜死了的，只是想不到這內中還有別情，李牧以李代桃僵之計逃過一劫，卻在流亡時被當時是泗水郡守的石申也即陳平所擒，被關押地下牢多年，在項思龍也因殺了「石申」之子石猛，也被石申擒住關進地牢，剛巧與李牧同一牢房，二人在李牧早就挖好的窄小地道中得以逃得性命，李牧也收了項思龍作弟子，傳給了項思龍雲龍八式劍法和玄陰心經、太公兵法，奠定了項思龍在這古代神奇一生的基礎……現在自己請李牧重出江湖，如被世人知曉，記入了史冊，那卻不是自己也改變了歷史嗎？

不過管他的呢，自己早就下定了決心，從今以後行事不拘一格，不墨守陳規，不受制歷史，只注重歷史結果，讓劉邦成了漢高祖，其他創造這歷史結果的過程嘛，卻是不必太過理會的了。反正待劉邦成了漢高祖天下大定後，史記可得由劉邦監製而寫的，自己把學自現代的史記內容一股腦的著劉邦讓寫史官員照寫不誤不就得了。

要不自己為這秦末漢初寫一部史記，讓劉邦作為宮廷正史流傳後世。歷史卻也不是沒有改變嗎？反正史記中也有許多東西是虛構的，這古代的歷史要真如實寫來，可是古怪離奇得很，簡直是猶若一部現代裡的長篇武俠小說了，後世之人聞了誰信？

項思龍心下如此想著，一路上卻也把自己在這古代的一些離奇遭遇和所為之事都對李牧簡略扼要地說了一遍，一直從遇上陳勝、吳廣起義，結識張良，遇上漢王劉邦，與父親項少龍第一次見面，得遇鬼冥雙怪……一直說到自己入了天外天尋父，跌入無量崖被玄玉道長所救，記憶喪失，再出江湖解了烏巴達邪教天衣神水的毒汁……為恢復記憶，聽笑面書生之方，到武當山狼谷尋求恢復記憶之法，不想又一次失足跌進無量崖底，得遇迴夢老人授以迴夢心經……再就是項羽成為魔帥傳人，劉邦成為赤帝傳人，自己為之急得焦頭爛額……直待說到救了單婉兒姐妹，與彭越辭別上彭城，不巧救了李牧，項思龍才笑了笑道：「弟子與師父別後的經歷就這麼多了！唉，可都焦心死了呢！中原武林的安危得由我去解救，劉邦項羽爭霸天下我也不能置身事外，然彼此卻又存在著那麼一種的親友關係，能不叫弟子頭痛麼？我現在都不知該怎麼辦是好了！」

李牧則是聽得雙目睜得大大地直盯著項思龍，歎道：「奇才！奇才！思龍，師父也感到你高深莫測呢！可也真不知上天對你是恩寵還是折磨！」

項思龍苦笑道：「或許兩樣都是又或都不是吧！我只是感覺到有點累，但是卻又一切都放不下，像是我前生欠了這時代什麼，上天今世讓我來償還似的！」

單婉兒這時突插口道：「不，我看少俠是上天派來拯救這多災多難的天下的！」

李牧笑道：「不錯！思龍的奇遇當真是只可用神人下凡來解釋！」

三人有說有笑地一路行來，不知不覺卻也行至了彭城。

現在天下暫時大定，彭城又為項羽選定的楚國之都，經濟自是空前的活躍，城內處處人流陣陣，店鋪琳瑯滿目，叫賣聲喝喊聲響成一片，紅男綠女個個都是笑容滿面。項思龍見了這安定的繁榮景象，不禁心下慨歎道：「沒有戰爭的日子是多麼的美好啊！怎奈天不由人，這安定的日子卻是不多時便要被打破了！楚漢相爭一拉開戰幕，紛戰又將重臨這剛剛歷經滅秦滄桑的中原大地，那時又不知有多少人會家破人亡，妻離子散了！」

心下悲哀地想著，突只聽得一陣哄亂吵雜聲傳來。

項思龍眉頭一皺，李牧歎了一口氣道：「想不到在這楚國皇城腳下竟也還有官兵搶劫之事發生，難道當真是上天在預示楚國不是天下長久的盟主？」

項思龍此時已回復商人打扮，為的是怕自己那太像父親項少龍的容貌引起不必要的麻煩來，他此次來彭城的目的可只是為了見父親項少龍一面，勸他回心轉意，不要再固執地站在項羽一方了，可不想太過招人耳目。

但眼前這七八個楚軍士兵強蠻地在毆打一家金鋪的老闆，逼他交出銀子來這等事被項思龍撞見，你叫他怎能坐視不理呢？

冷哼一聲，項思龍加快身速往人群集中的地方走去，李牧似想說什麼卻又沒有說出，當下招了單婉兒姐妹跟住項思龍。

一四十上下的肥矮中年漢子，被一個三十左右的官兵用腳踩住腦袋，其他有三人用腳朝這中年漢子身上猛踢，用腳踩漢子腦袋的官兵喝道：「董老頭，你欠官府的稅銀現在已經是三千八百五十六兩了，可你只繳了八百兩，剩下的繳不繳啊？嘿，說沒這麼多稅銀不願繳啊！你他媽的以為你自己是誰啊？由你說了算？這是項霸王頒下的律令，金鋪稅銀加倍繳！怎麼樣？有沒有銀子啊！開金鋪的會沒銀子！鬼信啊！今天你如不把稅銀納齊，老子就踢死你！」

其他四位官差則是衝圍觀的眾人大喝道：「看什麼看啊！他媽的全散開！官家辦事沒什麼好看的！散了！散了！」

項思龍看得心下怒火狂燒，正待想出面時，突地只聽一陣馬蹄聲往這裡急促馳來。

遠遠的就聽得一混沉的聲音傳來道：「什麼人敢在皇城腳下行兇！」

話音甫落，卻見一身武將服飾的一人策騎馳近了來，在他身後還跟著十多名武裝服飾的人，項思龍舉目望去，心下一喜，原來來者是自己熟識的鍾離昧，以他的耿正性子，當不會容忍這幾名官差如此作惡行兇的吧！

心下想著，項思龍當下又收回了剛邁出半步的身體，在人群中靜觀其變來。

那幾名官差見來者是鍾離昧，果是嚇得臉上色變，頓再也顧不得向地上那中年漢子逼要稅銀，忙恭敬的上前向已下得馬來的鍾離昧躬身行禮，齊聲的道：「屬下等見過鍾將軍！」

鍾離昧一雙冷眼直盯著八人，著身後的兩名武將去攙扶起地上的中年漢子，才冷冷地衝八人厲聲道：「到底是怎麼回事，給本將軍如實講來！」

隊中其中一似領隊的人，惶聲答道：「屬下等是受霸王座下的一名使者傳信來著我們收稅銀的，說是霸王為修建天地盟的府第，需要大筆資金，所以……至於這開金鋪的董老頭，因他拒不交稅，屬下等只好用強了！」

鍾離昧聽得似甚想發作卻又給忍住了，只冷哼一聲衝身後的眾武將道：「把這八人押上霸王府，交由項上將軍處理！」

眾武將一聽沉聲應「是」，動作甚是剛猛的向八名官差走去。

八名官差則是臉色蒼白，那領頭者卻突地大喝道：「我們是屬霸王直接統轄的禁衛軍，鍾將軍卻憑什麼要擒我們！哼，憑你還不夠資格管制我們！我們做錯了什麼嗎？收稅銀可是霸王的使者傳下來的命令，即便我們犯了錯，也只有霸王才可處置我們！」

說著時竟是招呼另七名官差拔出兵刃來阻止眾武將來擒他們。

鍾離昧似想不到這幾人竟膽敢反抗，直氣得臉色鐵青的冷聲道：「王子犯法與庶民同罪，你們是霸王的禁衛軍又怎麼樣？難道可以無法無天嗎？霸王可是有律令在先，他不在軍中之日，本將軍負責軍務事情，你們口出狂言以下犯上，已是論罪可誅！眾衛士，擒下他們！如有反抗，格殺勿論！」八名官差見鍾離昧動了真火，可也怯了，其中三人拋下兵器站出出采道：「小人願隨將軍聽候主公發落！」

另五人見了氣勢洶洶的眾護師衛士也都敗下陣來，不戰而降。

鍾離昧可是霸王身邊的大紅人，軍中的頭面人物，激怒了他只怕當真是要小命不保了！

識時務者為俊傑，還是不作反抗吧！反正此等小事情也沒什麼大不了的。最多受一頓軍棍責打，這卻總比沒了性命要好吧！端不會因此小事沒了性命的吧！

圍觀百姓見鍾離昧的這等秉公執法，禁不住拍手叫好。

項思龍卻是隱隱覺著鍾離昧還是有許多的顧忌和苦衷。

楚軍陣營中到底發生了些什麼變故呢？是因項羽成了魔師傳人所引起的嗎？唉，只不知父親現在怎麼樣？

項思龍心下想著，見鍾離昧等要離去了，禁不住發功傳音給鍾離昧道：「鍾將軍，在下項思龍，可以借一步說話麼？」

鍾離昧剛翻上馬背，聞言身體一顫，當即勒馬舉目向圍觀眾人掃視過去，當落在項思龍身上時，項思龍衝他打了個手勢，鍾離昧頓即知曉這商人便是項思龍了，臉上肌肉連動了幾下，盯了項思龍好一陣才轉身對自己的眾武將道：「你們先押了這八人去霸王府，把他們交給上將軍處置，本將軍有他事暫不回去了！」

眾武將聞言一怔，臉上顯出詫異之色，卻還是沒多說一句的應聲去了。

人群漸漸散去，那被打得面青耳腫的金鋪老闆在兩名店夥計的攙扶下，顫巍巍地走到鍾離昧身前，「撲通」一聲給他跪了下去，激聲道：「多謝將軍救命之恩，老朽董公向你叩頭了！」

一旁站著的項思龍聽了這話，心下大震。

董公？在劉邦取下漢中，南渡黃河進軍洛陽時，行軍途中不是有一叫董公的老翁向他進言，討伐項羽如借用項羽殺了義帝之舉為號召，天下群雄必會來投奔他的。難道眼前這金鋪老闆就是史記所說的董公？可這人只有四十幾歲啊！可不是什麼老翁！但他又對鍾離昧自稱老朽，難道這金鋪老闆卻也是個大有來歷的人？他並沒有以真面目示人，而是戴了人皮面具或施了易容術？

心下震驚的想著，鍾離昧扶起這自稱董公的金鋪老闆，歉和的笑道：「老先生不必多禮，這本乃我輩份內之事！我們下屬行兇，卻是我們沒有管治好呢！」

董公敬服的向鍾離昧拱手道：「將軍真乃一介名將也！只是這天下像將軍這般明智的將軍卻是太少了！唉，老朽本以為項王大定天下，這世上就可太平下來了，可不想……世局並不如老朽先前所想般的太平，只怕這天下卻是要比三年的反秦起義更加動亂了！」

項思龍聽得又是一震，這董公之話卻似大有深意，對將來天下局勢的預測卻也甚是準確呢，難道他真是史記中的董公？

鍾離昧也面現憂色，沉默了片刻，喃喃自語道：「老先生不要亂講，這等話可是大逆不道的，如被些小人聽去了，在霸王面前去大作文章，只怕老先生卻要大禍臨頭呢！」

董公淡然一笑道：「老朽已是行將就木之人，卻又何懼生滅呢！只是將軍要好自為之，別把大好青春浪費了！」

鍾離昧肅然道：「謝謝老先生提點，在下要告辭了！」

董公拱手道：「鍾將軍慢走！老朽不遠送了！」

項思龍在旁聽得他們二人的對答，覺著二人似是相識又似不相識的，並且那董公後來的語氣口吻是一派江湖中人的意味，看來這董公當真是個不簡單的人物，自己在見過父親項少龍後，卻也來拜見一下此人才是，說不定他真是歷史中所載的董公呢？

鍾離昧此時向項思龍使眼色，飛身上馬策騎往城西方向馳去，項思龍和李牧、單婉兒姐妹也緊緊隨後跟去。

項思龍一行人與鍾離昧相聚在一家甚是豪華的酒樓包廂裡。

鍾離昧瞟了一眼李牧和婉兒姐妹三人一眼後，衝項思龍抱拳行道：「項少俠，咱們上次一別至今可是有好幾個月了，兄弟可好是想念你呢！」

項思龍還禮道：「小弟也何嘗不想念著大哥，怎奈事出有變，直至新近小弟才有暇重入江糊。只是……短短幾月時過境遷、物是人非，當今的中原武林卻接二連三的發生了些驚天動地的大事！」

鍾離昧沉默了片刻，歎了口氣道：「想來要是項少俠沒有失蹤，有你坐鎮武林，卻也不會發生這麼多事的吧！唉，許是天意吧！」

說到這裡頓了頓轉過話題道：「對了，項少俠是為何事隱沒江湖這麼長的時間呢？江湖傳聞你……是不是真的？」

項思龍點了點頭，苦笑道：「此事說來話長了，小弟先是因失了記憶，接著又因失足再次跌下了無量崖，幸得玄玉道長相救，可先後兩次墜崖，我皆受了重傷，以至數月失蹤江湖，可剛一出道便聽得江湖中出了大事的消息，所以決定在武當山召開一次武林大會，這次來彭城卻是來請項霸王去參加的，隨便也護送兩位來彭城尋親的姑娘求見項少龍上將軍。對了，鍾兄，上將軍近來身體可都還好？他沒有因項羽……而有什麼異狀吧！」

鍾離昧愁容滿面的道：「自從項少俠失蹤後，上將軍就一天也沒有開心過，終日閉門不見任何人，心情很是不好。尤其是近來朝中更是發生了件大事，上將軍查出范老軍原來軟禁著漢王劉邦的娘親，而這女子卻又……為了這事上將軍與范軍師鬧翻了臉……上將軍卻更是憂鬱了。直至近來傳出霸王得了魔帥鷹刀，成了魔帥風赤行的傳人，且霸王性子變了許多，剛一回府便與上將軍鬧開了，霸王一氣之下離朝出走……現在楚國朝中是一片混亂，尤其是義帝新近又被人暗殺……唉，為兄也不知怎說是好。只怕唯一可以拯救霸王助他脫離魔道的只有項少俠一人了，還請少俠為了天下安定著想，救救霸王吧！要不……中原天下只怕真要如董公聽說的般不太平了！為兄代表天下萬民求求少俠了！」

說著竟是向項思龍跪了下去，只慌得他手足無措的忙上前扶起鍾離昧道：「鍾兄有話可好好說，何必這樣呢？唉，霸王可也是我義弟，與我有八拜之交的交情呢，我又怎會眼睜睜的看著他淪入魔道呢？就是鍾兄不說，小弟也當義不容辭的盡自己能力去點醒項羽的，不過如他陷入太深，則只怕……小弟也無能為力的！」

鍾離昧憂中帶喜的道：「只要項少俠答應盡力拉項王一把就是了，如……實在無力，或許是天將降大難於世吧！」

項思龍無語，突轉過話題道：「鍾兄認識方才那金鋪老闆嗎？小弟看他並非常人哩，鍾兄可知他來歷出身？」

鍾離昧點了點頭道：「項少俠眼光高明，我的確認識那金鋪老闆，此人來歷可不簡單，乃是當年有神運算元之稱的鄒衍先生的師兄，他們共承星宿派唯一傳人星宿老人的弟子，鄒衍先生因創五德始終說名顯當代，被梁王強邀入政壇。董公則看薄名利隱匿於市，星宿派神算絕學卻是只怕比鄒衍先生更是高明。

「為兄認識此老乃是多年前的事了，是一次我因被仇家追殺逃匿於此老家中，後仇人迫至，此老誤指對方我逃亡方向，才致倖存。在此老家中躲藏兼養傷數日，與他在言談交往中，看他談吐不凡，便留心查探他的家底，果也被我查得，可卻也被此老知曉，他當即氣怒地把我趕出他家，此後我再去尋他，他卻已是搬家沒有音信了。前日在巡城時又被我無意發現此老，我上前去與他打招呼，他卻對我毫不理睬，幾次登門拜訪也被他閉門謝絕。直至今日我才與他說了幾句話。嗯，少俠問起他來幹啥？」

項思龍隨口道：「沒什麼，只是覺著他不似一般的生意人，心生好奇，所以問問罷了！卻果被我給猜對了！」

說這話時，見鍾離昧不時打量李牧，當下笑著介紹道：「這位是我師父，前趙大將軍李牧將軍，對我可是恩重如山呢！」

鍾離昧聽了「哇」的一聲站了起來，衝李牧行了一禮道：「原來是李將軍大駕，倒是在下眼拙了！」

李牧對鍾離昧顯也大存好感，忙也還禮道：「不敢！不敢！老夫賤名倒叫鍾將軍見笑呢！」

二人客套一番話，項思龍才道：「小弟有件事想請鍾兄幫忙一下，不知鍾兄可應允否？」

鍾離昧道：「只要為兄幫得上忙的，為兄一定鼎力做到的，項兄弟請說吧！」

項思龍道：「小弟想見上將軍一面，鍾兄能否安排？」

鍾離昧笑道：「這等小事自無不可，想上將軍雖是心煩，拒不見客，但如知少俠要見他，卻是會答應的吧！」

二人再閒聊一陣，鍾離昧告辭去了，吩咐酒樓老闆給項思龍等安排上等客房，酒樓老闆認識鍾離昧，知他是當今天下最有權勢的項王手下大將，自是連應不迭。

項思龍和李牧幾人也便在這酒樓給住了下來，酒樓老闆知項思龍幾人是鍾離昧的朋友，哪敢怠慢，對四人照顧甚是周到。

項思龍可是個坐不住的人，叫他在酒樓中坐著等人，他可有些受不了，何況他也想多瞭解一些彭城的各方情況，以便對付項羽。

著李牧照顧單婉兒姐妹和在酒樓中靜候鍾離昧的消息，自己則出了酒樓，在彭城中蹓躂起來。

此時已是太陽西下的黃昏時分了，街上來來往往之人卻還是不少；項思龍信步行走在這人流之中，心中既是欣慰又是沉重。

唉，什麼時候百姓才能徹底過上這種平靜的生活呢？

戰爭不只是創造歷史和英雄，卻更多的是給百姓帶來了深重的災難，但是歷朝歷代戰爭的發生卻又不可避免！

但願自己能早一日完成自己的歷史使命，那麼這古代的戰爭也就可較長時間的暫告一段落了！

只不知自己今次能不能說服父親項少龍？只要說服了他，維護歷史不被改變卻又有什麼困難？即便連自己也打不過項羽，但只要能拖五年，歷史也便會對他的命運進行判決！

嗯，父親發現了被范增囚禁的美蠶娘，只怕也是知了劉邦乃他親生兒子的秘密吧！現項羽又因成了魔師傳人而入魔道……想來應該是可以勸服父親的！其實說父親意圖助項羽改變歷史，他卻也並沒做出什麼危害歷史的事。說把項寶兒諦造成了項羽麼？這卻不但不是過錯，反可說是歷史的大幸呢！如沒父親把項寶兒諦造成項羽，只怕歷史才真有危險呢！如這古代沒有了項羽，那也就沒有這古代的傳奇歷史了！只是現在項羽成了魔師傳人入了魔道，這卻是自己也始料不及之事吧！

只不知這秘密被項羽知道沒有？如若被項羽得知，只不知他和父親項少龍的關係會發展至怎樣的境地？

父親現在只怕是他一生最痛苦最矛盾的時候吧！

項羽是他的義子，劉邦卻是他的親子！他究竟幫誰是好呢？

歷史！這就是歷史的殘酷了——決不能有完美的結局！

與父親在天外天時約定李代桃僵不殺項羽隱瞞歷史的做法，現在只怕是行不通了，因為項羽現在成了魔師傳人，他的野心是空前的壯大，卻是無論怎樣也不會放棄他的事業吧！

如不能讓項羽脫離魔道，唯一可行的方法就是狠心殺死他了！

一個人痛苦總比全天下人痛苦要好！

父親想來應該可以想得通的！

項思龍一路邊走邊思量著，一時忘卻了其他的一切，也不知行至了何處，只知跟著人流走，天色已是暗下來了也不知道。

待斂回神時，卻只見自己已是行至了彭城官家重地——霸王府！門前，城樓上全是崗哨，並且閒人不得靠近其百米以內距離，府第也顯得甚是莊嚴氣派，項思龍忽地心念一動，忖道：「自己何不偷溜進府去探看一下父親動靜再說？也好摸清他的政治立場！」

如此想來，當即尋了處霸王府守衛較薄弱的偏僻處，施出輕身功夫，乘守衛不注意時飛躍進了府內。

霸王府甚是豪華巨大，本是義帝的皇宮所在，後義帝被項羽逼迫讓了出來，且被項羽流放至一個小小的郴縣做皇帝。

項思龍在浩大霸王府裡轉了好一陣子，仍是沒尋到父親項少龍的寢宮，反是被他找著了范增的住處。

這項羽手下第一謀臣的居所卻是並不奢華，反是室外擺滿花木盆景，顯得甚是優雅，可見范增心境非同凡人。

項思龍是聽得范增的自言自語才知他居在此處的，只聽范增道：「唉，老夫一心想為項王做點什麼，豈知……我因禁美豔娘，得知劉邦為主公義父之子而一直未向他人道起，為的是什麼呢？還不是怕因此而引發一場政治危機對我大楚未穩基業不利？還不是怕因此而影響項王鬥志，破壞項王和他義父關係？但是想不到這事卻還是被上將軍覺察了！只怕一場大變迫在眼前了！項王現在又成魔帥傳人，性子大變，無心處理朝政而一意醉心江湖爭霸，讓得舉國上下誰人不是人心惶惶？難道天意真要亡我大楚？」

項思龍聽得范增這番話心下大定，知道他還未把劉邦與父親項少龍的關係告訴項羽，不過這范增對項羽實在太過忠心，智慧又非同一般，自己可也得儘快讓陳平施離間計害死范增的計畫實施，此老一日不除，對劉邦可是一個大大的威脅。心下正如是想著，突地只聽一陣「有刺客！有刺客！」的驚呼聲傳來。

接著便是兵器磕碰聲和慘叫聲及腳步聲、吵雜聲，一時間本是寧靜的霸王府頓時不平靜起來，火把四處閃動，人聲四處響起。

項思龍心頭一震，是什麼人竟然如此大膽，敢來這守衛森嚴的霸王府行刺？真是活得不耐煩了嘛！

如此想著，當下也不再聽范增言語，當然也因范增驚覺出事沒有再出聲，而走出了房間，衝向正趕來保護他的武士道：「發生了什麼事？」

其中一名說道：「稟軍師，是有一刺客欲行刺主公！」

項思龍這下可也大驚，在屋頂上飛起身形直朝打鬥處奔去。

遠遠就可見一光頭之人正揮動長劍，大開大磕的與圍攻他的百多名武士打鬥著，光頭人武功似是高極，每發一招頓有人倒地身亡，但眾護衛武士卻是前赴後繼，毫不退縮。

待項思龍馳近來時，光頭人的面目才清楚落入眼簾。

啊，是笑面書生！這傢伙怎來行刺父親！

心下又驚又急，此時只聽得鍾離昧的聲音傳來道：「大膽刺客，竟然敢來霸王府行刺！說，閣下是何來路？什麼人派你來的？」

笑面書生邊與眾武士廝殺邊哈哈笑道：「你管佛爺是何來路！有種就殺了佛爺，沒種就不要窮叫，老子是什麼也不會說的！哼，魔帥傳人的狗腿子，人人可得以誅之！」

鍾離昧驚怒道：「閣下原來是江湖中人！你與霸王有恩怨過節就依江湖規矩去與他決鬥解決是好了，霸王府卻是官家重地，端不會由得你來撒野！」

頓了頓接著又道：「嗯，閣下既是江湖中人，咱們也就以江湖方式來解決好了，只要你能打得過在下，在下就任你出府怎麼樣？免得這樣混殺濫殺許多無辜！」

笑面書生冷笑道：「就憑你們這眾小兒想阻佛爺？哼，我想來便來，想走便走，除非是項羽小兒到來，方才夠資格留下佛爺！好，你小子既想先一步早死，佛爺就成全你吧！但聽你說話還有點人模人樣，佛爺就留你個全屍吧！」

言語間身形突地衝天而起，揮出一道劍氣阻住追擊他的武士，再突地劍出掌揮，電閃的向鍾離昧當胸擊去，口中同時冷喝道：「小子，接佛爺這記掌勁看看你到底有多少斤兩！」

鍾離昧見笑面書生來勢疾迅剛猛，心下暗凜，但他已把話說在前頭，不接對方這記掌勁可不行，當下也沉聲大喝一聲，雙掌推出，準備來個硬抵硬接笑面書生一招。

項思龍可知笑面書生的厲害，這傢伙可是有千年以上修行的老皮頭，武功又得日月天帝真傳和鬼影修羅真傳，武功之高便是自己當初剛遇笑面書生時也不敢小視，鍾離昧在江湖中雖有鐵手神劍之稱，一身武功也入一流高手行列，但比起笑面書生來卻還是差得遠了。眼見二人掌勁就要相觸，不容項思龍再多遲疑，當即從藏身處電射而出，就在雙方掌勁相距不過尺餘時，項思龍已飛至了雙方掌勁中間，只聽「蓬」的一聲巨響，項思龍竟同時硬承了二人掌勁，身形也禁不住晃了兩晃。

鍾離昧見是項思龍，「啊」的驚呼一聲，一臉惶急之色，失聲道：「項少俠，怎麼是你？你沒事吧？」

笑面書生見了項思龍硬承了自己一記掌勁，心下大是駭然，暗忖當今天下只怕能硬受自己全力一擊的人為數不多，對方是何來頭的大人物？難道是已成魔帥傳人的項羽？

一雙怪目怔怔的盯著項思龍，其他武士也都看得呆了。

這和尚武功之高雖不十分清楚，但已是高手中的高手了。鍾離昧的武功之高，大家卻是清楚的，一掌只怕可擊死一隻猛虎。

可眼前這商人打扮的漢子竟能同時硬受了二人兩道剛猛掌勁卻還毫髮無損，這怎不教人驚駭呢？

項思龍衝鍾離昧苦笑點頭，同時傳音給他道：「鍾兄，這和尚乃是小弟朋友，只不知他緣何來此搗亂，還請鍾兄賣個面子，放過他吧！回頭我問明情況再向鍾兄解釋如何？」

鍾離昧聽得一愣，當下也傳音道：「項少俠看著辦吧！不過你這和尚朋友來府行刺上將軍，又殺了這麼多人，只怕還得做做戲，不讓眾人猜疑才行呢！」

項思龍道：「那是！」言罷，當即轉向笑面書生道：「飛雪，你這是在幹什麼傻事？到霸王府來行刺，你不要命了！」

笑面書生聽得雙目睜得大大的盯著項思龍，良久才歡呼著傳音道：「項……少俠，是你！真的是你啊！原來你真沒死！好！太好了！唉，少俠記憶恢復了！天大好事！天大好事！」

說到最後竟是不自禁的笑出聲來，但見得項思龍射來的凌厲目光，當即又面容一肅，不敢言笑了。

項思龍這時開口道：「閣下膽敢闖入霸王府來行刺，當真是有種！在下乃是霸王座下的總護法，這裡人多，不便打鬥，咱們還是出府去擇地決鬥吧！免得驚擾了太老爺！」

笑面書生也配合的哈哈大笑道：「本佛爺難道會怕了你不成？好，咱們就去城北的城樓上大戰一場，讓佛爺看看你這項羽小子手下的狗腿子到底有多厲害！佛爺先走一步，去那裡等你了！誰不赴會，誰就是他媽的烏龜王八蛋！」

言畢，閃身飛馳而去，那身法讓得鍾離昧也歎為觀止，知道自己不是對方敵手，方才若不是項思龍出手，只怕自己現在不死也得重傷了，當下向項思龍投去了感激的目光。

其他眾武士則是暗暗慶幸笑面書生離去，要不以他那驚人身手，自己等又不知要死多少人，只怕有可能災禍要臨到自己身上，現在對方被霸王派來暗中護府的總護法驚走了，可真是天大喜事一件，真得拜拜菩薩謝謝他！

項思龍待不見了笑面書生身影，確定他已出了霸王府沒有遇到阻攔後，衝鍾離昧抱拳道：「鍾將軍，咱們這是第二次見面了！嗯，那野和尚就交由本護法去處理，希望鍾將軍加緊府中戒備，嚴防刺客，保護太老爺。要不太老爺出了什麼事，霸王怪罪下來，你我可都吃罪不起！今次幸得霸王早探聽消息，知曉有人今晚欲來霸王府行兇，所以派了本護法來護府。」

鍾離昧抱拳還禮道：「恭送總護法，希望總護法把那刺客手到擒來，如此兄弟們全都對總護法感激不盡！」

項思龍大笑聲中身影閃起，轉瞬即逝。

項思龍冷冷地瞪著笑面書生，笑面書生卻毫不在乎的激動興奮的道：「項少俠你要罵便罵吧！老衲現在什麼錯都認了！嘿，自上次狼谷失誤，致使你跌入無量崖，我嚇得魂都散了！之後的日子你不知我活得多痛苦，簡直想自殺，但又想著你在這世上還有許多心願未了，於是便四方奔走，助少俠完成你生前心願，只想能藉此減輕自己的過錯罪孽，獲得些許心理安慰。不過我心底卻還是隱隱感覺你不會有事的，現果也如此，少俠吉人天相，再次重出江湖了，對了，項少俠，你跌入無量崖後到底有什麼奇遇？」

項思龍心下感動，但卻還是不答反問道：「你為什麼要進霸王府去刺殺項少龍上將軍？你不知我為了救他不惜冒生命危險嗎？」

笑面書生哂道：「當然知道，不過我卻是不解你為何要捨命救自己的敵人？那項少龍可是項羽的義父，而項羽又是你義弟劉邦的強硬對手，項少龍死了不是對你和劉邦有利嗎？」

說到這裡，頓了頓接著道：「我今次去霸王府卻也不是去殺那項少龍，而是想把他擒來作為人質要脅項羽的！項羽現今成了魔師傳人，練成了種魔大法，獲得了魔師鷹刀，又自創什麼天地盟，意欲一統武林！這還行，武林盟主可是項少俠你呀！若讓項羽征服中原武林，那這天下還有得好日子過？你義弟劉邦只怕也沒好日子過！我想擒了他義父項少龍作為人質，他終顧忌著，卻想也不敢太過橫行霸道吧！我只是一心想為項少俠做點什麼而已，即便做錯了卻也管不了那麼多了！當然，從今以後我唯少俠之命是從，再不敢任意胡為了，你讓我幹什麼我就幹什麼，這總行了吧！」

項思龍聽得不置可否的搖了搖頭，笑面書生也是一心為自己著想，自己卻也不能責他太重了，這等魔道的宗師級人物可是個不可多得的對付項羽魔道的好手，自己可得好好的穩住他，讓他甘心為自己所用。心下想來，當下放緩語氣道：「看你沒鬧出什麼大亂子來的份上，這事就不跟你計較了，不過可不許再有下次，知道嗎？」

笑面書生見項思龍不再責備自己，大喜道：「知道！方才說過了，今後我唯你命是從，決不越軌半寸！」

項思龍無奈笑笑轉過話題道：「你對項羽動靜可知悉些麼？」

笑面書生面色凝重道：「這小子已征服了江湖中幾乎三分之二的門派，因得他手提血魔和柳生青雲二大魔頭的人頭，江湖中許多名門正派也因此而被他迷惑投入了他的門下，他的實力現在是空前強大。並且赤尊門隱匿各方的餘黨也紛紛出世投歸到他的門下，使得他實力更增。

「這小子可會耍心計呢，殺了江湖中幾大惡名遠昭的採花賊和獨腳大盜，讓得他在江湖中的聲望極高。而背地裡卻又指使手下去向太平寺、五岳劍派、逍遙派挑戰。表面上也對這中原武林正道的三大泰山北斗也客客氣氣的。簡直是個偽君子，虧江湖傳言他是個敢作敢當敢說敢為的英雄呢，這是一朵鮮花插在狗屎上了！

「還有啊，項羽正派人去查探烏巴達邪教的下落，想把他們也收為己用。再有呢，就是他派了冷血封寒這當年赤答門餘黨繼毒手千羅之後的第二號人物，領了大批高手去了波斯國，遠征神水宮去了！項羽正似乎想獨霸武林呢！

「不過，自近日青松道長發出武林帖，說項少俠你將重現江湖，準備在武當山召開武林大會的消息後，項羽的強勁勢頭才收斂了些，但已有人提出讓少俠和項羽打上一場，決個勝負來定奪武林盟主的最終人選，現在是向著項羽的呼聲似蓋過了向著項少俠你的呼聲。不過向著項羽的大半是些無足輕重的小門小派，向著你的卻是名門正派，項羽的真正實力還是投歸他的各方隱世魔頭，你們二人比來，卻也是勢均力敵了吧！以項少俠你的身手，打敗項羽卻也不無可能的，對了，還有一大江湖重要新聞呢，便是克制魔師風赤行的赤帝傳人也出世了，聽說就是你那義弟劉邦吧！江湖有傳，說數日後，項羽和劉邦要在華山縹緲峰效法當年的風赤行和赤帝要來場生死決鬥呢！」

項思龍聽得心下又驚又喜，沉吟點頭道：「嗯，不管項羽如何興風作惡，你卻也是暫且不要去動他。咱們要對他進攻就來個迎頭痛擊，給他一記重創，而不要小打小鬧的去打草驚蛇，以免讓對方生出戒備心理，而對我們加以防範，那我們就甚難找到機會向他下手了，再者切忌單獨行事，如此只會是平白送死，徒損我方實力而已。要知項羽現在是魔師傳人，手下好手眾多，實力非同小可！你還是回返武當山去與青松道長他們會合是好，不要再滋生事端了！」

笑面書生點頭受訓道：「依少俠之言就是了，你一定可要多多保重！」

項思龍心頭一熱道：「我會的了，你也多保重！」

項思龍與笑面書生別過，正欲準備回返酒樓時，突地只聽得一聲悠悠的歎息傳來道：「思龍，想不到你果真還活著！唉，爹這下終可放心了，項羽的事想必你也已知道……我也實在是看透一切了，只想從此不再理會這古代的一切事情，但願思龍你能給這古代歷史劃上一個圓滿的句號！不過……如有可能的話，為父希望你還是能給項羽一線生機，他……本性也還不壞的！」

項思龍聽得全身一顫，舉目往發聲處望去，卻不是久違了的父親項少龍是誰？卻見他顯得面容憔悴，神情甚是痛苦和失落，整個人竟是比在天外天見到時還消瘦了許多。

項思龍的心一陣震顫，父親終於想通了！自己並沒有費什麼口角，他卻主動向自己說出不再理會項羽和自己爭鬥的話來，看來他是對項羽心灰意冷不想再插手歷史了！

自己最大的心病，自己一直擔心著的事情，想不到如此不費力氣的就解決了，從今以後自己可以放手去助劉邦與項羽決一死戰了！

父親作出這決定定是痛苦非常的了。由此可見自己所作的一切感化父親的手段並沒有白費……

項思龍激動得熱淚盈眶，怔怔的望著項少龍……

聽父親這時語氣，似有幾許看破紅塵的意味，他不會……做什麼傻事的吧！自己可得穩住他的情緒才行！

項思龍心下想著，沉默了良久才道：「爹，謝謝你！謝謝你對孩兒的理解！一切都是個定數，歷史的命運是天意早就安排好了的。我也不想看著項羽的淪亡，但是我們能做些什麼呢？歷史不容被改變，我來到這古代來的責任便是維護歷史的不被改變，我得盡自己的軍人天責！」

項少龍苦笑道：「我也並不是讓你放過歷史而致使歷史被改變，只是項羽如不是實在無可救藥的話，還是儘量救救他，至少我不想看到歷史中頂天立地的悲局英雄，會是個天下人人共憤的魔頭！我的意思是說，項羽即便逃脫不了歷史滅亡的悲局命運，卻也希望他如歷史所載般轟轟烈烈的做個悲劇英雄！」

說到這裡又歎了口氣道：「人的一生只要轟轟烈烈的活過，不管成敗與否，都已可算是不枉此生了！何況項羽曾有過他事業的頂端輝煌，他這一生已是光采的一生了！」

項思龍又不說話了，過了好一會才道：「那爹你今後有何打算呢？還是跟孩兒一道作些對歷史有意義的事吧！項羽現淪入了魔道，他的野心空前暴漲，但他的內心卻是極其空虛，唯有人間至愛才是能攻破他魔功防線的唯一途徑，要改造項羽，得有爹你幫忙才行！」

項少龍聽得臉上現出一絲生機的顫聲道：「真的能有辦法不通過武力解救項羽脫離魔道苦海？這……人間至愛……只怕是行不通呢！我與項羽見面談過話了，是在他成魔帥傳人之後，他不但連我的話一句也聽不進去，反是對我粗暴的大吼，叫我不要去干預他的事，否則父子之情也沒得商量……我真想不到自己又一次錯了，為了培育項羽我付出那麼多，回報的卻是這等大逆不道！

「現在我唯一的願望便是想喚回項羽的人性，我不想自己再次締造出來的英雄是第二個殘暴的秦始皇，要不我這一生可真是太失敗了！只要能看到項羽有史記所載般的一個淒美悲局歸宿，卻也可讓我欣慰些吧！

「直至現在我才感覺，這世上只有愛才是昇華生命色彩的源泉，其他的都是過眼雲煙而已，不能讓生命有著永遠美好的回憶。曾受一個締造秦始皇的失敗，我已經夠了，不想再嘗同樣的第二枚苦果。悲局有時雖然淒涼，但更能打動人的心。不是嗎？歷史中的項羽雖是敗給了劉邦，但是他留給世人的敬仰和緬懷卻是比劉邦要深刻得多吧！我不願締造一個世人厭惡的君主，寧可選擇悲壯的淒涼。

思龍，你教我怎麼拯救項羽吧！這是我今生唯一的心願了，其他的我什麼都不會再去過問，思龍你放手而為就是！」

聽得父親這一番落寞的話，項思龍在欣喜之餘卻又是感覺心中酸酸的，改變父親立場的原來卻是愛，一份對愛的奉獻和愛的調整……

第七章　武林大會

項思龍只覺心中有一股說不出的複雜情感充塞著。

「愛」這個字在自己從小至大的心裡一直都是個充滿誘惑的字眼啊！

從他降生的那一刻他就沒有了這世界上一樣寶貴的愛——父愛！為之他和母親周香媚默默忍受了他人多少的冷落嘲諷和辛酸屈辱！他人罵他是「野種」，罵他母親周香媚是「婊子」！

可以這樣說，項思龍之所以有這古代傳奇的一切經歷，都是為了尋找那自童年時代就在追尋的父愛，為了這兩個字，他歷盡了世上的一切痛苦磨難。

現在父親項少龍不是也在渴望著親情之愛嗎？

項羽已經深深的刺傷了他一顆父親的心……

唯一能慰藉父親的或許只有自己這個現代來的兒子了。所以父親向自己妥協了，說出了一番推心置腹的心裡話，雖然這內中飽含著許多的無奈和矛盾，但這是父親信任了自己的一個證明！

他的一顆被這古代折騰得破碎的心漸漸的靠向了自己……

劉邦雖也是他的兒子，但劉邦卻是這古代的真龍天子，與父親已是因此而拉開了一段無形的距離，更何況政治人物的殘酷也讓得項少龍逐漸心寒……小盤在未被項少龍換充作太子時，不是也對他有若父子般的感情，但是其後呢？隨著年齡的增長，心理的成熟，權力的鞏固，不是漸漸疏遠了彼此的距離？而至最後還落得個逃亡避至塞外的下場？可悲嗎？

但是那時的項少龍從不言悔！現在呢？項羽是他一手養大且一手造就的義子，卻也因得走上了政治這條路，在項羽功成名就達至事業的巔峰階段時，父子倆的感情也一下子就決裂了……這能不讓他傷心，能不讓他失落，能不讓他反省麼？

項少龍這次是真正的後悔了，如果自己不再生野心，如果自己不領項羽進入中原，而一直待在塞外草原，現在應是一種怎樣幸福美滿的生活啊！就不會有困惑與苦惱，就不會有一切的痛苦失落了，也就不會弄得父子成仇與項思龍為敵了！就因一念之錯而終至悲劇再次發生，這怎能不讓項少龍後悔呢？對劉邦，項少龍可真是不敢再接近了，哪怕是在心底裡留下一份對他的愧疚也好！總好過屆時的痛苦！

確實，項少龍只覺唯一可以讓他欣慰的是項思龍這麼個兒子，竟是用生命來救自己，這是何等深沉的一份孝心啊！在失落中，項少龍在項思龍身上找到了一份精神寄託。

項羽已經快走上小盤的老路子，自己還何必對他有太多寄望呢？這天下可是經受不起再一個秦始皇的折騰了！

還是順應了歷史吧？也算是自己知錯有改了！固執下去，只怕自己會成為歷史的罪人，且會讓思龍恨自己一輩子！

但是項少龍對項羽的一份父子之情，卻又怎是可說割斷就割斷的？無論怎麼說，父子二人可是共處了近二十年，何等深厚的感情？所以項少龍在傷心失望回省下只好退而求次了。

能讓項羽如歷史所載般成為個可歌可泣的悲劇英雄，卻也是自己在這古代政治生涯中的一大成功了！

然如項羽成了個無惡不作，十惡不赦，人人共憤的大魔頭，那卻是自己對歷史犯下的罪了！

不管怎樣，項羽是他項少龍一手締造起來的啊！締造了一個歷史魔頭，不是自己的過失之罪是什麼？項少龍唯是求助項思龍這兒子了，只有他才或許有能力改造項羽，如他也愛莫能助，那自己這歷史罪人可是當定了！

項少龍把所有的希望都寄託在了兒子項思龍身上。

驀然間，項少龍是覺得自己老了，再也沒有當年叱吒風雲的豪氣了！

他一陣氣餒下便又是一陣心灰意冷，只覺什麼都是淡淡的。

什麼功名也罷，利祿也罷，轟轟烈烈的生活也罷……一切都不重要了，項少龍唯一渴求的便是寧靜，與世隔絕的寧靜！

他突覺得這古代的一切都不真實起來，他突地好懷念現代的生活……或許是他想逃避這古代的生活。

父子倆相互對望而沉默著，都感到一種父子親情的心與心的交融……他們真正是在這一刻才相互瞭解了對方。

項思龍用緩沉的聲音終於開口道：「爹，我答應你，不到萬不得已時我絕不傷項羽性命，我會在這將近五年的楚漢相爭期間，盡己所能的想出辦法來破項羽體內魔種的！只要魔種一破，他的魔功也自會不攻而破，他就又可以回復到以前的心性了！

「不過我現在想出的就是以愛破魔之法！爹在今後與項羽接觸中要儘量的容忍他接納他，用親情去打動他，而不應去斥責他，抵觸他冷落他，並且爹要發動與項羽關係親密的所有人都如此對他，讓他感覺到生活在一種愛的氛圍之中，讓他因魔種而變得殘忍冷漠的心感受到一種愛的溫暖，讓他的心靈不寂寞，如此他體內的魔種就會漸漸被愛的感覺給感化過來，魔功也就無法大成，讓他無法徹底沉淪魔道成為魔界之尊，直至有一天他心靈裡再一次烙上了你們的影子，對你們也產生了愛的回報心理，那他的魔種便有了縫隙了，他魔功也便無法練至大成了。如此長期以往下去，相信他體內魔種會被愛感消融掉的，那時項羽便脫離魔種的控制而恢復他以往的心性了。

「千萬不要與他抵觸，不要激怒了他，而要遷就他，依著他的性子，魔種的特性就是遇強則更強，遇弱則自弱，只要滿足了他體內魔種導致他產生的野心和虛榮心，魔種便無法被開發出全部的威力來。然如過多的刺激讓他惱怒，他體內魔種活性增強，魔功也便會得以提升！」

項少龍皺眉道：「這魔道神功怎這般詭異？遇強則更強，遇弱則自弱！思龍所說的精要便在這兩句話上吧！」

項思龍點了點頭道：「不錯！爹可自行酌情思法破解項羽體內魔種的魔性！嗯，爹見到劉邦母親美蠶娘了嗎？」

項少龍聽得臉色一變，不自然的道：「見過，美蠶娘也已把一切都告訴我了！不過我還沒有告知項羽，也囑范增不要把這秘密洩出去！我不想見到項羽痛苦的樣子！現在，看來是更不宜告訴他！嗯，劉邦知道這秘密嗎？」

項思龍搖了搖頭道：「我什麼都沒跟他說！也跟爹一樣，我不想讓我們跟這古代歷史有牽連的秘密洩出去，那對劉邦對歷史都沒有好處！現在這秘密就只有爹和我，美蠶娘和范增幾人知曉了……我希望這秘密在這古代裡永遠成為秘密！」

項少龍聽得一震道：「思龍難道是要……這……不大妥當吧！」

項思龍苦笑道：「我也知道如此做來是心狠了點，但是范增卻是歷史註定了要被項羽猜忌而氣得死去的，只要爹你稍稍做些手腳，想來可以讓歷史如實而現，至於美蠶娘，爹卻是不能存婦人之仁的了，歷史既已因我們父子來到這古代而發生了微妙的改變，那麼我們自是也應對自己的行為負責！」

項少龍呻吟道：「思龍真要我去如此做？這……我只怕自己到時下不了手呢！范增這人是個奇才，與他日久相處，雖是因此事鬧得不愉快，但我對他卻也是有著敬服之情，美蠶娘則更是……讓我不忍下手了！」

項少龍沉聲道：「爹下不了手也沒關係，那你就負責看緊他們二人，絕不要讓他們洩出此秘，對付他們的事交給我吧！這也不是我們狠毒，為了歷史，我們不得不面對現實的，其實我們在這古代生活了多年，滋生了感情的又何止一人十人百人？對於這感情，我們不可因此干涉了歷史啊！這也是無可奈何的現實！」

項少龍舉首望天，喃喃道：「一切都是我的錯，又或一切都是那見鬼的時空機器的錯，好吧，我答應你了！」

項思龍見自己此次彭城之行的目的已經是差不多基本都達到了，不由大是鬆了一口氣，道：「爹，謝謝你對孩兒的理解了！」

項少龍脆弱道：「我現在只是在補償我的過失！唉，其實方才思龍那和尚朋友如真刺殺成功，一劍殺了我有多好，一了百了，什麼煩愁都隨著生命的終結而煙消雲散了，有多好？」

項思龍一呆道：「方才我和笑面書生的對話，爹都聽到了？」

項思龍點了點頭道：「全都聽到了！在你沒來見你那和尚朋友之前，我便已跟蹤了他，早躲在暗處靜候你的到來！唉，項羽的罪行這下可深重了，竟是領導群魔來向武林正道挑戰，並且心機那般深沉！思龍，你可務必要阻止項羽和劉邦華山縹緲峰的決鬥，要是他們……唉，項羽他也是在自斷前程自取滅亡吧！竟幻想著一統中原武林！朝中諸般紛亂已是夠讓人焦頭爛額的了，眾王公大臣已是對他成為魔帥傳人議論紛紛，各大王侯也都想以此為藉口蠢蠢欲動！尤其是項羽指使英布殺了楚懷王，更是大失人心……霸業的衰亡也是天所註定了的吧！」

說罷，又長歎了一口氣，滿是傷感悲涼之意。

知曉了父親項少龍的政治立場，項思龍心中最大最重的一塊石頭總算落了地，現在就只剩下兩人了，一是項羽，一是劉邦，他們將臨的五年楚漢相爭，怎樣安然度過，才最是讓項思龍心沉的了。

看來是不用自己施計，項羽便主動來上鉤了，他來跟自己爭霸江湖卻是正合己意，反正自己無論是勝是負自己都不在乎，只要劉邦能抓住這機會發展壯大他的隊伍就是了！

不過看來項羽心下對自己的嫉恨心理頗重的，倒是不知怎樣才能讓自己與他溝通？如相互不溝通，自己卻還怎麼去思忖對策來破他體內魔種？這卻甚是讓自己苦惱的事了。

自己可是已經答應了父親需竭力拯救項羽脫離魔種之困的，說出的話可得算數，當不能只是當作說說而已的，要不可也就辜負了父親對自己的信任了！他可也還就了自己之意呢！

項思龍邊往城西酒樓方向行去，心下邊苦惱的想，不知不覺也就已行至了酒樓，卻見鍾離昧已在樓上雅座上等他了，似是有話要與他說似的。

項思龍大踏步上前去，道：「鍾兄這麼晚了還沒休息？已經都快天亮了呢！」

鍾離昧搖了搖頭道：「睡不著，也便想來與項少俠聊聊！嗯，你見過項上將軍嗎？」

項思龍一怔道：「你都已知道了？我和上將軍剛剛別過！」

鍾離昧道：「那就不必再讓我為你們引見了吧！對了，你那和尚朋友為何進霸王府去刺殺上將軍？可真是險呢！若不是項少俠出現，只怕……後果不堪設想呢！為兄也謝過項少俠的援手救命之恩了！」說著向項思龍拱拱手。

項思龍此刻已坐了下來，笑道：「區區小事，鍾大哥何必掛齒？喂，你這麼晚來見小弟，是不是另有他事？」

鍾離昧沉吟了片刻道：「你先回答了我那問題，我再告訴你！」

項思龍無奈把笑面書生入霸王府刺殺父親項少龍的目的當真說了出來，接著道：「這下可說出你來找我的真正目的了吧！」

鍾離昧神色凝重道：「在項少俠追你那和尚朋友去後不久，霸王府突地來了一批江湖人物，持有項王的令牌，說是奉項王之命前來保護上將軍的，領頭的自稱是冷血封寒，共有十多人，個個都是一流的武功好手，我跟那冷血封寒說是有刺客來府過，不過剛被項王派來的護法給誘出城外去了。那冷血封寒聽了忙問刺客是不是個老和尚，並且說出了你那和尚朋友的相貌特徵和衣著裝束。

「我如實說正是此人，那冷血封寒聽了臉色一變之下，又是嘿嘿一陣冷笑，又問救走和尚之人是不是個商人，並且說出了項少俠你的相貌特徵和裝束，這就讓我心下大是驚訝了，這冷血封寒怎地如在現場見過你們般，對你們知曉得如此清楚，當下又如實說了，那冷血封寒臉色這才沉重起來，當下最後問我上將軍有沒有出事，我說沒有，他們也沒有多說什麼，卻是匆匆去了！這……項少俠，這批人似對你那和尚朋友和你的行蹤動機都非常清楚呢！我真不敢細想下去了！」

說著凝重之中顯出幾許悲憤之色來。

項思龍聽了也是心下暗暗吃驚，項羽手下耳目竟如此廣泛厲害，連笑面書生行蹤、動機都可摸測，自己則也想不到在項羽手下耳目監視之下而毫無所覺。看來自己可是低估了項羽實力了，短短出世不到一月之中就組建了如此厲害的探子隊伍，項羽的本事可真超出自己估測了。

鍾離昧提出的疑問也甚有道理，項羽知了笑面書生欲上霸王府來殺父親項少龍，他沒理由讓自己派來手下後一步到的啊！這其中只有兩個原因，一是冷血封寒他們在來彭城途中受阻，一是項羽對父親……但願不是這種可能是好，要不真是太讓人不能忍受了！可是如果有人阻止了冷血封寒他們進城的話，那這阻道之人又是誰呢？是笑面書生早就發現被人跟蹤，所以埋伏下人阻擊，還是另有他人暗中相助笑面書生？也沒問問笑面書生這方面的情況，現在只有是亂猜了。鍾離昧現向自己提供的這情報非常有價值，讓得自己需對項羽實力作個重新估量了，要不一直被對方的人跟蹤著，自己還怎麼能跟人家鬥？

心下驚疑不定的想著，鍾離昧突地放沉聲道：「項少俠，今後天下的安定大局就全都掌握在你手中了，希望少俠能好好把握，創造出什麼奇蹟來！好了，不再多打攪你了，希望咱們今後有緣再見面吧！」說著，顯得有點醉醺醺飄飄然的站了起來，手裡還提著一壺酒，邊跟蹌下樓邊道：「告辭了，項少俠！」

項思龍見他那樣，心下一陣黯然，鍾離昧可是項羽一生的戎馬生涯中最為得力的戰將之一。想不到現今卻也為項羽成魔帥傳人的改變，而傷心苦悶得用酒澆愁。

或許項羽成了魔帥傳人，是讓他成了武林第一高手，天下無敵；但是塞翁得馬焉知非禍？這卻讓得他大失人心，此點卻成了他今後敗於劉邦手下的至命隱患吧！

有一得必有一失，世上因果循環當真是屢應不失。

項思龍心下慨歎的想著，起座上前去欲扶鍾離昧道：「鍾大哥，你醉了！讓我送你回府吧！」

鍾離昧一把推開項思龍，口中含糊不清的道：「我沒醉！誰說我醉了？項少俠若有意，我們再來大乾三百杯也無妨！不信，就來比試比試！嘿，我是人醉心不醉啊，項兄弟！」

言語間已是搖晃著下了樓去，在一旁打著瞌睡恭候這大老爺的店小二聽了腳步聲，頓驚醒過來，強忍住睡意忙上前陪笑道：「鍾將軍，你要走了！哎，你喝醉了吧！可得慢走！」

鍾離昧「咕嚕」一聲仰頭喝下一大口酒道：「他媽的，我項兄弟說我醉了我都不服，你這小二卻也來起什麼哄？今晚給我連喝上十壺酒，責你失言之罪！明早我來查驗，如沒有喝到十壺之數或有什麼欺瞞，小心腦袋不保！」

說著已是悠悠遠去了，可把那店小二卻是嚇急得一張臉有若個大苦瓜。我的爺，這是要我命啊！我平時喝上一壺酒也就差不多了，今次要我喝十壺……不過能不依言喝了麼？人家可是大將軍，要殺自己這等一個小人物，簡直比踩死一隻螞蟻還容易！沒得法，只好拚著性命也要喝完十壺酒了！醉死總比拉去殺頭的好！喝了十壺酒醉死了，一可讓自己死後也作個醉死鬼，二可讓自己證明給平時看不起自己的人瞧，自己也可喝十壺酒，也乃是酒中英雄一個也！

如此想著，這小二倒不覺失聲笑了出來，不過笑聲卻是比哭還難聽。

項思龍自知鍾離昧罰這小二的十壺酒是罰給自己的，心下苦笑時卻又不禁一陣傷感。鍾離昧敬自己這十壺酒只怕是自己與他最後的一次朋友共飲了，今後雙方將是沙場上見！

鍾離昧與自己是敬英雄惜英雄，怎奈雙方共主不同，不能攜手共進退，而是必須成為敵人！或許鍾離昧今晚夜半前來對自己說這一番話，一是向自己告誡不要低估了項羽，二是向自己暗示著些其他的什麼吧！

項思龍心下想著，驀地飛身下樓向那已自櫃檯取出了十滿壺酒望著酒壺發呆的小二走去，敲了一下桌子道：「小二哥，不用發愁，這十壺酒乃是鍾將軍借你之手要我喝的，不用你喝的了！」

小二聽了驚惑道：「這位大爺此話當真？不過，鍾將軍可說過了明早如被他查知我沒喝完十壺酒，小命可是要不保了！」

項思龍笑道：「你放心就是，我與鍾將軍是好朋友，明早他來了，我為你應付，定保你性命就是！」

小二聽了搖頭道：「不成！不成！這還是不成！」

項思龍訝道：「這怎麼不成？我說過可保你性命的了！你是不信我嗎？那好，你且看我這狂龍吸水的喝酒功夫怎樣，當可知我有沒有能力說這話吧！」

小二卻又搖頭道：「不是不信爺，只是要喝也應咱們倆個人一道喝，這才作共同患難嘛！十壺酒可是十斤，大爺酒量好就多喝兩碗，小的酒量差點就……只喝個兩碗吧！再說一個人喝酒多麼乏味！」

項思龍想不到這小二說了半天的「不成」，原來……卻是要跟自己講義氣，不覺大是好笑，卻也笑道：「小二哥說得有理，好！夠義氣！來，咱們就乾了這十壺酒吧！」

二人邊飲邊聊，項思龍問道：「不知小二哥是哪裡人氏？姓甚名誰？像你這等義氣的兄弟，卻是應去行走江湖嘛！」

小二已喝得面紅耳赤，雙目迷離了，聞問便道：「小的叔孫通，秦朝薛地人，小時家境不壞，也曾習文通武，曾幻想著長大後要去做個俠義之士仗劍走天下的，怎奈秦被楚滅，家人也在亂中喪生，我僥倖苟活了下來，為了生存，便在此酒樓做下人了！」

項思龍聽得這話心下一突，叔孫通？劉邦手下不是也有這麼個人麼？哈，想不到被鍾離昧這麼一鬧，卻又被自己給劉邦尋出了個將才來！只怕如不是自己與他這番奇遇，這叔孫通卻不一定能出人頭地吧！嘿，小子，是你福緣來了！

項思龍心下想著，當下對這叔孫通大起親切好感，給他指點迷津道：「小二哥難道就甘心在這酒樓做一輩子下人麼！嘿，男子漢大丈夫，當應出去闖出一番事業是嘛？」

叔孫通諾諾道：「小的何嘗不想啊！可有誰願收留我呢？我雖能文能武，但都只習了個半吊子，身體又這麼單薄，誰看得中我？唉，喝酒！喝酒！」叔孫通似被項思龍說中心下苦悶之事，竟是連乾了三大碗，只怕喝下肚的酒卻是比項思龍還要多了。

哈，這小子的酒量挺不錯的嘛！只是酒一下肚就臉紅，讓人誤以為他不勝酒力罷了！

項思龍也陪著乾了三大碗，朗聲道：「那是那些人狗眼看人低！我就一眼看出小二哥是個胸懷大志之人！據我所知，天下諸多王侯中以漢王劉邦最是唯才是用，是個謙和王者，小二哥不如今後也去碰碰運氣吧，說不定也能被漢王看中你的才識呢！」

叔孫通赤紅的雙目放光道：「漢王劉邦！小人記住了，多謝大爺為小人指點迷津。」

後來果然叔孫通在劉邦與項羽拉開曠日持久戰，攻打楚都彭城時，前去投奔劉邦，使他成了漢初將相群體中的一員。

當然這是後話，咱們暫且不提。叔孫通與項思龍二人是愈聊愈投機，邊聊邊喝，十壺酒沒多時就給喝光，二人還覺不過癮，又拿了十壺出來，直到喝了個壺朝天，方才雙雙倒伏桌上睡去，說起來共二十壺酒，到底誰喝得多些，卻只怕還是叔孫通吧。

是單婉兒的叫喚聲把項思龍叫醒了過來，揉了揉迷濛雙眼，想著自己竟然醉酒沉沉睡去，不禁心下一緊，頓然斂回神來。

幸好沒有敵人來犯，要不自己睡得如此沉，被暗算了都還不知道！心下想著，都不由驚出一身冷汗來。

李牧冷冷的望著醒來的項思龍，斥責道：「龍兒，你怎可以如此疏於防範？要不是婉兒姑娘昨天整晚都關注著你的動靜，見你喝醉昏了過去，叫我把你扶進了房來，只怕是被敵人抓住了，都還睡得死死的！作為一個江湖高手，怎地這麼一點戒備之心也沒有呢？」

項思龍被訓得面上一紅，默然受訓；不過卻也奇怪以自己功力喝上十壺酒卻是怎麼會醉呢？只怕是受人暗算了吧！

當下臉色一變，試提功力，卻發覺丹田真氣提不起來。面色蒼白的再試了一次，仍是無效，項思龍一顆心疾往下沉去。自己果真是疏於防範，中了對方詭計了！但不知在酒中下毒害自己的人，是鍾離昧，還是那叔孫通呢？

李牧見了項思龍面上神色，也是驚駭道：「思龍，你……真遭暗算了？」

項思龍慘然一笑的點了點頭道：「對方所下的這奇毒，連我體內的七步毒蠍和冰蠶蠱都化解不了，可見端是厲害無匹，只不知是何種奇毒？對方下毒之後卻又何不來擒拿自己等呢？」

項思龍這話音甫落，卻只聽得一聲冷沉的聲音傳來道：「不擒拿你們，因為你們已是囊中之物。我毒手千羅一生使毒，要對付你項思龍這等高手，那自然需用最拿手的無影七色花這堪稱天下植物類毒草之祖的奇毒了。項少俠體內七步毒蠍和冰蠶只是活物的七絕之毒物，對這無影七色花奇毒卻是起不了功效的吧！但我們用此下策卻也事出有因的，就是四天後的武當山武林大會卻還請項少俠退讓一下，把武林盟主之位讓給我家主人！

「小魔帥與項少俠是結義兄弟，他不忍心對你出手與你傷了和氣，所以只得讓項少俠近日安靜一下，七色花乃是專封制人內勁的奇毒，天下無藥可解，但也無藥自解，自服下之日起，七天後便會毒氣自去，功力盡復，倒請項少俠不必擔心害怕的！我是奉小魔帥之命來對付少俠的，所幸沒有負命。這可乃是因你太過是性情中人害了你，對鍾離昧也可毫無戒心嗎？他可是小魔帥身邊的人！嘿，奉勸少俠一句，今後對人可不要太過信任了！」

言罷卻只見毒手千羅緩緩推門走了進來，在他身後就跟著一臉愧色的鍾離昧，連目光也不敢抬起與項思龍對視。

毒手千羅對項思龍倒甚是有禮，對他拱手道：「在武林大會召開之前的這幾天，項少俠的安危小魔帥可是交代給了我，所以從昨天晚上項少俠喝了已早就被我下了無影七色花奇毒的十壺酒，老夫就得負責起少俠幾人的安全責任了！」

項思龍聽了心下又驚又怒又急，目光複雜的瞪了鍾離昧一眼，衝毒手千羅冷冷道：「閣下好卑鄙的手段！用毒傷人勝之不武，在下功如恢復了，今後第一個必不饒你！」

毒手千羅哈哈笑道：「這個無妨啊！哈，我毒手千羅自入中原來還只碰到兩個對手，一是任道遠，二是小魔帥，也正嫌這世上敵手少了些，怕得寂寞呢！少俠既然找上門來，那老夫自當樂意奉陪了！不過現在你卻得聽我指揮，最好不要要什麼花樣！雖然魔帥不允許我對你怎麼樣，可沒說過不許對別人怎樣？這兩個小姑娘長得花一般嬌豔，只怕會迷死人的呢！」

項思龍怒火中燒道：「毒手千羅，你會為你今日之話付出慘重代價！在下要殺光你手下的影子殺手隊，讓你只是沒了爪牙的老虎，然後再一根一根的抽你的筋，扒你的皮！」

毒手千羅卻是不怒反笑道：「好啊，我等著那一天！嗯，現在已告誡過你了，希望你與老夫好好合作吧！老夫不願發生不愉快的事情，因為小魔帥著我可要照顧好你！」

言罷領頭又緩緩向門口走了出去，鍾離昧始終沒有抬頭看項思龍一眼，只是臉色煞是蒼白，顯是愧疚項思龍吧！

項思龍和李牧、單婉兒姐妹雖說是沒有坐囚車，但卻實是被人押著上武當的；沒得了自己的行動自由，只能任由毒手千羅一行二十來人領著往武當山趕去。

不過毒手千羅對四人照顧也確是詳盡周到，不但管吃管睡，管有馬車坐，還管為他們打理人身安全，倒像是他們保鏢似的。

項思龍試過多次，始終無法提集丹田真氣，失望之下卻也大是安下心來，吃就吃個飽，睡就睡個痛快。

李牧更是拿得起放得下，與項思龍一樣照吃照睡不誤，不過他卻是為了養足精神思謀著怎樣伺機逃跑，然毒手千羅等守衛卻甚是嚴森，二十餘人輪四班日夜守著他們，讓得李牧心中想了千個萬個計畫，卻還是沒有一個行得通的。

單婉兒對項思龍已是芳心默許，雖為項思龍生死安危擔憂，但想著能跟項思龍在一起多一段時日，卻也還是為這段旅程興奮非常，一點也不感覺這種日子不好過。小女孩嗎，她是唯姐姐命是從，單婉兒叫她幹什麼就幹什麼，對眼前這危險更是渾然不覺。

這一日，一行人已是行至距離武當山只有百十里的一個集鎮了，毒手千羅等卻恢復了四人自由之身突地與他們分手了，臨別前毒手千羅對項思龍道：「現在已是快至了武當逍遙派的實力範圍，可也請恕老夫等不再護送項少俠了，想來只要項少俠報出自己身分，卻是自有那些名門正派的人來接你們的吧！」

項思龍只被毒手千羅氣得肝火直冒，但還是強忍住了沒有發作出來，不過恢復自由之身總還是讓感覺上舒暢些的吧！只是自己功力暫失，這次的武林大會卻是要慘敗於項羽定了。

只不知項羽是否真是怕傷了自己與他的結義感情才對自己施毒的呢？還是有著其他的原由呢？

不過不管怎樣，自己這次是栽在了項羽手上！

項羽好深沉的心機，原來自始自終自己都在他的算計之中！

他就是利用鍾離昧曾經與自己有過的交情，又用他懲戒幾名宮差為惡讓鍾離昧在自己面前出場，以獲自己好感；接著又在笑面書生入霸王府行刺時讓鍾離昧放了自己和笑面書生一馬，讓自己覺著欠鍾離昧一份人情，同時與自己距離拉近，最後就是佯裝鍾離昧半夜至酒樓造訪，說出一番提點自己的知心話，同時用話緊扣住自己的心緒，直至說要罰那也是被項羽安排來作替死鬼的叔孫通十壺酒，否則取他性命。

這也正是摸著自己必不會見死不救的性子，為怕自己生疑且讓叔孫通陪了自己喝酒……這一切計畫可謂甚是周密，眾人的演技也都一流，尤其是鍾離昧酒醉下樓那一幕，更是深深的震動了自己的心……

這一切都只因自己的感情太過脆弱了，被項羽抓住其弱點而進行利用了……不過想來有一點卻是他項羽怕沒能預料到的吧，便是自己與父親項少龍的見面談話，相互達成了共識……這一點，卻是足可彌補自己其他的一切損失了！

父親偷偷跟蹤笑面書生出府，而不是跟蹤自己出府，顯是他早知項羽在派人監視著他了，難怪父親如此傷心，對項羽也徹底死心，想想也是，一個諦造了兒子的父親，到頭來卻不能得兒子信任，被他派人監視，是件何等讓人覺著悲哀的事？

也不知父親和項羽之間的關係到底是為著什麼而鬧到此等局面的？不過父親卻還是一心想著項羽，可也真是可憐天下父母心吧！項羽這次算計了自己，卻也不知為什麼不殺自己？也沒廢自己武功！是因念著自己還是他義兄？還因想著如殺了自己這強硬敵手，怕這世上就沒有可以與他一戰的敵手了呢？

若是後者原因的話，他大可不必教毒手千羅施毒使自己失去功力，並且傳話來威脅自己啊！

他大可以在武林大會時與自己一拚以決高下的。若是前者原因的話，那項羽是一定本性被體內魔種刺激得如此狂性大發，連父親項少龍也大加不敬！

想來想去，項思龍可真想不出項羽要陷害自己又不殺自己且不毀去自己的原因了，不由頭大如斗起來。

管他的呢！反正從今以後自己可得提高警惕是了，同時也再不能這般太過感情用事！自己在這古代的使命歷程還很長，必須做到冷漠無情才行，要不自己可真是會無法去面對楚漢相爭了！

反秦鬥爭三年自己還算冷酷，沒有對那些秦兵秦將存婦人之仁，但對秦人自己本身是沒有感情的啊！

現在的楚漢相爭卻是不同的，一方是劉邦，一方是項羽，二人都是自己義弟，都與自己有著深厚的感情，自己如太過感情用事，卻只怕是行不通的！

為了歷史，為了天下前途的命運，自己務必得狠下心腸來！

項羽現在這樣的對待自己，自己還對他客氣什麼？

一定要振作起來，竭盡全力助劉邦打敗項羽！

項思龍心下患得患失的想著，卻是突聽得青松道長的聲音傳來道：「前面四人可是項思龍少俠一行？」

項思龍聞聲斂回心神，苦笑道：「是青松道長麼？在下正是項思龍！」

青松道長聽得項思龍這聲音，失聲道：「你……怎麼……不，任道遠少俠……」

項思龍心下好笑，卻也還是裝作大訝道：「任道遠？他是什麼人？青松道長，咱們才三四個月沒見，你莫非聽不出我的聲音來了麼？」

上官蓮激動的聲音這時傳來道：「啊，是龍兒！是龍兒的聲音！真的是他哩！龍兒說話的聲音我可是絕對聽得出！」

項思龍聽了上官蓮這話心頭一熱道：「姥姥，你也來了嗎？」

雙方才這幾句對話，青松道長等卻是已飛馳至了項思龍等四人身邊，有上官蓮、天絕、地滅、孤獨驚鳴等一眾項思龍熟識的人，其他的則是三十幾名武當逍遙派弟子，項思龍有的是識得但卻叫不出名字來。

眾人所有的目光都落到了項思龍身上，過了好一陣，上官蓮才衝上前去一把摟住項思龍，老目流下兩行老淚道：「龍兒，你都快嚇死姥姥了！」

項思龍眼角也是發脹，只聲音發澀的道：「姥姥，我沒事了！現在不是好好的在你面前了麼？」

天絕這時也是老淚縱橫的向項思龍躬身行禮道：「少主，你回來就好了！現在大家終於有了主心骨，可以與那小魔帥項羽一戰了！這傢伙可狂著呢，竟然指名道姓的要與中原武林的三大派對戰！」

項思龍卻是淒然一笑道：「我也正是著了項羽的道，功力盡失了呢！」

項思龍這話一出，全場中頓時所有人都驚呼出聲。

第八章　料想不到

青松道長聲音發顫的道：「什麼？項少俠……你……當真功力盡失了嗎？」

說著這話的青松道長是一臉的失落和焦惶之色。

項思龍點了點頭，苦道：「都怪我不小心，著了人家道兒！」

眾人都本還抱著一線希望，希望項思龍是在開玩笑，但得到了他的再次證實，不由心下都是涼了一大截，一時間全場靜默無聲。

大家都是盼望著有救星來克制項羽，拯救中原武林呢？現在……

青松道長長歎了一口氣道：「現在一切都指望那任道遠少俠來扭轉此次中原武林之劫的乾坤了！唉，難道是老天要亡我武林正道？」

上官蓮卻是故作輕鬆的道：「只要龍兒安然無恙就好。」

天絕也道：「夫人說得是，咱們為中原武林安危可是盡了自己的所有能力了，如……當真被那項羽得了武林盟主之位，也是……少主是我們的精神支柱，他武功雖失，但咱們可以返回西域去，在西域獨自為政，卻也可以不受項羽小子的管轄的吧！」

青松道長聽了臉色變了變數，卻也悶聲不吭的沒說什麼。

項思龍見了眾人神色，知道再說下去有可能己方就要相互鬧情緒了，當下聳肩道：「我功力也並不是當真失去了，是中了毒手千羅所下的七色奇花毒，使我功力暫時喪失，七日後自是可自行恢復過來。不過在這幾日內我卻是形同廢人，是無法與人動手的了！」

眾人聽了這話均都噓了一口氣，青松道長訕笑道：「項少俠怎麼不早說？讓得大家……暫時喪失功力這也沒什麼緊要的，即便被項羽在此次武林大會上得了武林盟主之位，但有項少俠在，咱們還是有信心與項羽鬥爭到底，最緊要的是咱們從此以後要團結一致！」

項思龍突地只覺著青松道長似與自己疏遠了許多，自己說功力喪失了時，他是那般的……現在聽說了自己只是功力暫失卻又——

唉，人與人之間的關係，始終是存在著一種利益的相互利用，當你有利用價值時，別人便會捧你贊你……當你沒了利用價值後，則便把你冷漠了……

這便是現實的人情關係！好是讓人感覺傷感！

世上唯一永恆的只怕還是親情吧！這裡才有無私的愛和奉獻！

項思龍心下有些刺痛的想著，他突覺得人生好生黯然，了無生趣。了卻自己在這古代的使命後，自己還是返回到屬於自己的現代去吧！

這古代的一切終究是不屬於自己的，雖然在這古代也有讓自己眷戀的東西，但是到時劉邦成了漢高祖，項羽烏江自刎……父親項少龍定是悲痛欲絕……自己的命運也福禍難測……

還有，在今後的五年楚漢相爭歷程中，也不知有多少的親人朋友會受難……

這古代對自己將定是一個讓人神傷魂斷的世界！

返回現代去……一切將都會成空！這古代的記憶將會隨著時間和空間的轉換而逐漸淡忘，終至消失……

項思龍長歎了一口氣，斂回心神回到現實，掃視了在場眾人一眼道：「項羽雖然已成魔帥傳人，但赤帝傳人也已出世，只要大家不氣餒，擁護赤帝傳人，卻還是可與對方群魔一決高下的，要知道魔帥風赤行當年可是赤帝手下敗將！」

青松道長聽得臉上神色激動的道：「項少俠……此言當真？赤帝傳人當真已經出世？少俠是怎麼得著這些消息的？」

項思龍淡笑道：「在下剛與赤帝傳人分手，道長說這消息真不真實？」

青松道長老臉一紅道：「這……太好了！有赤帝傳人與項少俠聯手，再加上任道遠少俠，項羽又有什麼可怕的？咱中原武林正道有望了！」

說到這裡，頓了頓接著又道：「項少俠能否告之赤帝傳人乃是何人？」

項思龍道：「是漢王劉邦，道長也見過他的！」

青松道長喜道：「原來是漢王，那大家本都是一家人嘛！對了項少俠，漢王怎沒跟你一道來武當山？你卻又是怎……著了賊人道兒，喪失功力的呢？」

項思龍道：「漢王因初得赤帝遺物，現在正在勤練武功，所以沒有與我同來武當，不過已與他約定武林大會召開之日相會的，屆時他自會出現！」

說罷，臉上露出一絲苦澀，把自己中了毒手千羅的奸計，因信任鍾離昧，無防孫叔通，所以中了七色奇花毒之事說了一遍，接著又苦笑著道：「都怪我太過粗心大意，竟喝了那十壺毒酒！不過人家只暫讓我喪失功力，卻沒取我性命，想還是項羽念著我與他的一份結義之情吧！」

上官蓮這時突地發問道：「龍兒，你與那任道遠少俠是什麼關係？聽青松掌門說武林大會召開是任道遠讓他這般做的，由那任道遠來裝扮你，怎麼任道遠沒出現，龍兒你卻當真出現了？」

項思龍知上官蓮已懷疑自己就是任道遠了，想著現在既已露出身份。卻是也再無隱瞞什麼的必要了，當下做了個怪臉道：「因為任道遠和項思龍都是同一人啊！嘿，姥姥，我如實說了你可也不要生氣，我之所以不顯出真實身分來與你們相見，卻也是有著說不出的苦衷的，當時我要去做的事太多了，又適逢各路魔頭現身出世，因怕露出身分一來連累了大家，二來抽不開身，所以……」

上官蓮冷哼了一聲截口道：「所以連姥姥也瞞著，累得大家為你擔心！」

說到這裡，見項思龍一臉苦瓜之色，當下放緩語氣道：「你這死小子，可知姥姥等是怎麼的掛牽著你！你既沒事，也應暗中告知姥姥一聲的嘛，有什麼事不可以好好商量的呢?你要去辦事，姥姥也會知全大局讓你去做的嘛！今後不許再如此作弄姥姥了，否則我決不饒你！你小子不知道自你失蹤後，整個天下都亂了套了！待在西域地冥鬼府的一眾婆娘前幾日全都來了中原，她們可都消瘦許多了呢，今後你可得好好補償她們！」

項思龍聽得心下既酸又甜，對上官蓮的訓示連連諾諾應「是」。

孤獨驚鳴這時也開口道：「小子，我侄女可已是託付給了你終生，你可還沒與她圓房呢！今次你無論如何也得與她洞房花燭，我還想抱抱外孫子呢！我北冥宮可全指望你能為孤獨家留條根的了！」

項思龍臉上一紅，不知怎麼回答是好，他心下何嘗不想與眾位妻妾歡好，但眼下事態危急，卻叫他怎提得起這種心情呢？

還是上官蓮為他解了此危，轉過話題問項思龍道：「龍兒，在你失蹤的這些日子來，你都做了些什麼？你不是被笑面書生那老怪物害得又跌下了無量崖嗎？怎麼……你是何時重出江湖來的呢？」

項思龍舒了口氣道：「這事可說來話長了！」說著當下把自己第一次跌入無量崖被玄玉道長所救，但功力卻莫名其妙的失去了，記憶也未恢復，自己也不知自己是誰；第二次跌入無量崖卻又奇遇迴夢老人，得他傳授了迴夢心經絕學，功力和記憶都告恢復等等諸事說了一遍。

眾人聽得無不唏噓出聲，天絕「哇」了聲道：「少主可真是福大命大，幾次躍入萬丈深崖都得以大難不死，那也就必有後福了！迴夢老人乃傳鷹大師唯一傳人，連赤帝和風赤行都是他弟子，項羽又有何足懼哉？只待少主功力一恢復，定可以殺那些魔頭個屁滾尿流的！」

青松道長也面現笑容道：「項少俠當真福緣深厚，只怕古往今來也是獨一無二，身兼魔道兩家之長，可也真乃我中原武林之福了！」

上官蓮卻是又喜又憂的道：「龍兒三番奇遇雖說是福，但從今往後卻只怕是個勞碌命了！唉，人有時還不若平凡些的好，如此至少可獲得份清靜。龍兒現在則成眾魔之的，可只苦了他了！」

眾人紛說不一的議論了好一會，上官蓮才把目光落在了一直在旁默不作聲的李牧和單婉兒三人身上，疑惑道：「龍兒，他們三位是……」

項思龍「噢」了聲道：「我來作介紹，這位就是我首任授業恩師李……雲龍，這兩位是我新結識的義妹！」

說著指了指李牧和單婉兒姐妹。

上官蓮盯著單婉兒姐妹，上下打量了她們好一陣子，方對項思龍道：「嗯，龍兒選媳婦可還真有些眼光，兩個小姑娘都長得水靈靈的，氣質非凡，媚而不俗，不過那小妹妹卻是年紀太小了點，怕只有十一二歲吧，龍兒你怎麼……」

上官蓮才說到這裡，單婉兒的一張俏臉卻是脹得通紅了，低垂著頭，五指不安的捏弄著衣角，似欲上前向上官蓮見禮卻又止住了，那嬌羞俏模樣兒動人極了，不過但看她眼角上的喜色，便可知她對上官蓮這誤會之說卻是歡喜得很。

項思龍見上官蓮誤會了，卻是頓忙截口解釋道：「姥姥，她們是我新結識的義妹，卻並不是我……媳……媳婦呢！」

上官蓮哂道：「義妹就不可做你媳婦啦！姥姥已經看上了這倆位姑娘，你卻是索性娶了她們！那妹妹嘛，現在年紀太小，再過幾年跟你圓房。你小子一生桃花命，是需多娶些老婆來沖沖你的其他劫數的。姥姥日前為你算了一命，你此生需娶一百房妻妾方可安然渡過你命中殺劫，這可是姥姥精研卜卦之術數月才給你推算出來的，你小子今後廣納女人也好，姥姥不會責你的，你的眾位妻妾我也跟她們說通了，她們也不會反對。」

項思龍聽得哭笑不得，正欲反駁上官蓮，青松道長這時卻疑聲問李牧道：「這位兄台貧道有些眼熟，似在那裡見過呢！嗯，讓我想想，對了，是在趙國，前趙國！閣下是前趙的……李牧大將軍是吧！怎麼？李將軍當年不是……」

項思龍心下一凜，聞言忙插口道：「掌門眼光當真銳利，我師父正是當年趙國李牧將軍的兄長李雲龍。因他與李牧將軍是同胞兄弟，所以二人長得極像，許多人都誤把師父當作了李將軍呢！師父當年就因為此，所以避隱於世，甚少在江湖中露面！」

青松道長笑道：「原來如此，貧道當年因受趙王之邀，前往趙宮講授道家學說，曾見過李牧將軍一面，項少俠師父可正如李將軍長得一模一樣呢，原來卻是李將軍的胞兄！」

項思龍不想再就這問題討論下去了，要知李牧已成歷史故人，是不宜再現江湖的，自己今次力勸他重出江湖，可也向他保證不洩他身分的，因李牧大名實在太響，如被外人知曉，尤其是各大王侯，他們不競相來挖他去他們軍中效力才怪，屆時只怕又會因此而引來一些不必要的麻煩了，當下轉口道：「對了，道長對今次的武林大會諸般事宜，都安排得怎麼樣了？」

青松道長答道：「都安排妥當了，武林中百分之七八十的門派都發了武林帖，現也齊聚了百分之四五十，剩下的想來在近兩日也會相繼趕來。防衛工作也都作了周密安排，除非是項羽出面搗亂，否則其他門派皆不敢胡來。對於各大門派中的人物底細也都作了暗查，沒有什麼危險人物，上次的神水之亂不會再次出現，現在唯一的隱患就是項羽，他是公然向我中原武林正道挑戰，說屆時要一會天下群雄。敗者一是歸降他，二是死！這小子很狂妄，目空一切，意圖一舉雄霸武林！」

項思龍道：「由他好了！道消魔長，咱們現在勢弱，不宜觸其鋒芒，要避實就輕的與他們打遊擊戰，逐步消弱項羽勢力，同時咱們要滋養生息充實自身，最後再與他來個決一死戰！目前我們要聚斂人心，向大家指出項羽危險，讓他們雖明服項羽，但暗不服他，只要咱們力量一強過他，就隨時準備與對方硬拚！自古都是邪不勝正，就讓項羽逞一時威風，但最後勝利的卻定是我們！」

一行人邊走邊談，不覺已是太陽西下，卻也終至了武當山腳下。

早有一大群人在等候迎接眾人了——因上官蓮在得知項思龍真實身分後，就著地滅先一步回去向大家報喜了，眾人聽了自是歡喜得不得了，項思龍的一眾妻妾三十幾人和圓正大師、向問天、鬼影修羅等一行近百多人就全下山來為項思龍接風洗塵了。

見了項思龍，眾人自是又一番激動的相互問候，項思龍的眾位妻妾更是把他團團圍住，給足了他女人的柔情蜜意，讓得項思龍一雙虎目都給紅腫了起來，心下激情滿懷。

自己今生還有什麼遺憾的呢？雖然歷史的困結讓得自己苦不堪言，但是在這古代卻也還有這多至愛自己的女人，自己今生應是無憾了。

項思龍在武當山住了下來，與眾女的柔情密意自是不必言表，為了尋出恢復功力之法，項思龍卻是不得不狠下心腸，謝絕了眾人造訪。

上武當山來參加武林大會的人相繼趕至，眾武林豪傑歡聚一堂，相互暢談闊論吹牛皮，好不熱鬧。

當然對於項思龍失去功力一事，因青松道長等嚴令知情者不得外洩，所以知曉此秘之人為數不多，大家還都對項思龍復出江湖充滿信心呢！

項羽一方對項思龍失去功力卻也隻字未提，不知其葫蘆裡賣的是什麼藥，武當山暫且表面上是顯得甚為平靜，但內藏的危機卻是讓得所有人心下都在打著悶鼓，因為此次武林大會也可說是中原武林正邪兩派勢力的初次正面大交鋒啊！小魔師項羽現已顯露出其真家野心來，卻自是會讓得不少人心懷忐忑，而把希望都投注在了項思龍身上。其中自也不乏一些持中間立場的人，不管正邪之戰勝敗如何，他們都暫作觀望，而後再來思量投靠哪方。

已受項羽控制了的門派呢，則是大肆宣傳項羽的厲害和天地盟勢力之大，說什麼項羽乃是頂天立地的大英雄，武林眾望所歸的偶像，尤其是把項羽殺了血魔和柳生青雲二人的威猛說得更是神乎其神，就如他們在旁親眼看到了此戰似的，簡直把項羽吹作了武神。

青松道長等則是在安置群豪之餘，一方面加強防衛工作，一方面則也對群雄進行思想鼓舞，說赤帝傳人已經出世，項思龍少俠得迴夢老人真傳等等一些讓眾人精神振作的話，這果也起到了些許效果，武當山上一時盡是議論赤帝傳人和項思龍的聲音，尤其對當年魔師風赤行多次敗於赤帝手下之事，更是當作了美談。

一時間群豪對擊敗小魔師項羽的信心大振。

不過，當項羽領了毒手千羅、冷血封寒等一眾魔道元老級高手上得武當山來時，單是那氣勢排場就擊垮了眾人的一切信心。

項羽那冷森的目光如利刃般讓得人不敢呼吸，尤其他背後那柄通體漆黑的鷹刀，更是讓人見了為之心寒。

再加上毒手千羅、冷血封寒等一眾魔道頂尖高手那冷冰冰的面孔和身上釋發出的殺機，能不讓人心怯嗎？

還有項羽此次領了足有上千人馬上得武當山來，其中為數不少都是群豪所識的一些黑道高手，簡直是來打仗的嘛！

赤帝傳人還沒出現，項思龍少俠也沒有照個影兒，而武林大會明天就要舉行了。群雄心下怎能不翻江倒海？

青松道長見了氣質大變的項羽，一顆心也不由自主的提了起來，但他身為此次武林大會召開的東道主，自是還得去接待人家。

喉嚨乾澀的聲音甚是不自然道：「項霸王大駕光臨，讓得敝派蓬壁生輝，也讓此次武林大會增色不少，貧道有失遠迎了！」

項羽只輕斜了青松道長一眼，作個禮數的點了點頭，語氣卻是冷冷道：「掌門還是不要稱呼在下霸王吧，在下現在是以江湖人物身分涉事江湖，自是應以江湖稱謂稱呼。掌門可以稱在下為閣下或項盟主！」言罷虎目緩緩的一掃在旁圍觀的群豪，神態甚是傲慢，似是已把他自己看作了眾人主宰者似的。

青松道長乾笑一聲道：「項少俠遠道而來，沿途勞累，就請暫居敝派陋室休息吧！」說著作了個請的手勢。

項羽卻是沒理青松道長，只又冷冷道：「中原各大門派的人物都到齊了嗎？嗯，怎麼不見項思龍大哥？他莫不是與我生疏了不成？竟然也不出來與我相見一下？」

群雄也都關心著項思龍，聞言齊都把目光投向了青松道長，青松道長一陣心慌，正不知怎麼回答時，突地聽得山下傳來一聲音道：「霸王原來比小弟早到了一步啊！」

言語間，卻只見兩人飛步向眾人所處馳來，青松道長等看得眼前一亮，發話之人卻不是漢王劉邦——赤帝傳人是誰？劉邦身旁的老者自也是聖火教主了。

二人身形一站定就把目光齊都投向了毒手千羅，目中盡是怒恨之色，似巴不得一拳把毒手千羅打死似的，顯是他們已得知項思龍受毒手千羅七色奇花毒之害，失去功力之事了，只不知他們卻是怎麼知曉的。項羽見了劉邦也是目中精芒大作，口中發出一陣陰冷的怪笑道：「漢王今次膽子卻是大了起來嘛，竟然真敢上武當山來，不過可也別忘了咱們的華山縹緲峰之約！」

劉邦聞言收回投在毒手千羅身上的目光，轉落在項羽身上，臉上現出一絲恨嘲的笑意道：「我劉邦雖是以打敗仗貪生怕死出名，卻還不是個正面一套背後一套的小人，既然說出的話就敢作敢為，端不會出爾反爾！不像有的人在人前充目空一切的英雄樣子，背後卻是專施陰謀詭計，這卻實則是心虛呢！還算得哪門子的英雄人物？十足十的虛偽君子一個嘛！」

項羽知劉邦是在指桑罵槐，說自己著毒手千羅暗算項思龍一事，不由首次色變，臉上紅一陣白一陣的，但是很快調整了自己情緒，仰天打了個哈哈道：「漢王快人快語，在下確是有些欣賞你的了，但願你明天的功夫能有你口舌一般厲害是好！」

劉邦哼了聲道：「即便打不過你，但我劉邦骨子卻是硬的，端不會臨陣退卻，你放心是了，我會遵守咱們的五年之約的，並且決定今後咱們每年的明日華山縹緲峰約鬥一次，五年後我劉邦如仍敵不過你，便在你面前當場自絕！但我也願你遵守信諾，不要搞什麼陰謀詭計，今日天下群雄都在此，咱們不若把約定公佈於眾，讓天下群雄來作個見證人！」

項羽淡淡道：「好啊，我也正有此想呢！當年你師父赤帝侮辱我師父風赤行，這筆帳我可得向你討回！正好，把咱們的五年約定公告天下，我要讓你嘗嘗身敗名裂的滋味，方可為師父報得當年之仇！我要讓你劉邦來證明我項羽才是天下無敵的強者！

「你現在是赤帝傳人，可說是當今武林高手的拔尖代表人物；你又是當今世上擁有唯一可以反我項羽實力的漢王。打敗了你，我項羽一可向天下武林證明我才是天下第一高手，二可殺雞儆猴，讓得其他蠢蠢欲動的王侯安下心來，不敢對我項羽再有異心，一舉兩得，何樂而不為？我就給你劉邦五年時間，在這五年裡我決不殺你，最多侮辱你一下，我要慢慢的玩死你，你可以好好的把握這五年時間不擇手段的來攻擊我項羽，如你真打敗了我，那我項羽也認命了！嘿，只有威脅到生命的挑戰才刺激精采，你劉邦可是個難覓的好對手！」

劉邦笑道：「小魔帥就是小魔帥，有氣魄！各位英雄豪傑，大家可聽清楚了，西楚霸王今日與我相約，他接受我劉邦五年時間的挑戰。在這五年時日裡他不得給我毀滅性打擊，如果五年後我仍不敵他，我劉邦當他面自絕當場。此約今日生效，大家作個見證，雙方如有反悔，定遭萬箭穿心而死！」

全場中人聽得劉邦和項羽的一番對話，無不心下暗暗譁然，這刻聽了他們提出的約定，更是議論紛紛。

其中心向劉邦亦或不願項羽當權的人自是哄然叫「好」，而一些心向項羽的人卻是大呼「不公平」，還有一部分明哲保身之人則是默然無語，不發表任何立場。

項羽冷冷的望著劉邦道：「現在你滿意了嗎？不過你永遠是我手下敗將，卻又怎麼打得敗我呢？我只是玩玩你利用你來消消悶罷了，這世上可以一戰的人實在是太少了，大都是些草包人物，根本就沒放在我項羽眼裡。可一個人如果沒有了對手，那豈不是太過孤獨太過寂寞？也不會有進取的動力！我項羽就喜歡刺激喜歡挑戰！劉邦，你可不要太讓我失望了！現在你和我已成了正邪兩派的代表人物，到底是邪不勝正，還是正不敵邪，就全看你劉邦的表現了！」

劉邦冷哼了一聲道：「不要自以為是，你表面這麼狂妄，可實則也有讓你害怕的人，要不你怎麼派人暗算項大哥？」

項羽聽得臉色再變，雙目卻是顯出矛盾複雜難言之色。

沉默了好一陣，項羽才道：「我會打敗他的！」言罷，卻是再也沒說什麼了，只揮手著眾手下隨他去安營紮寨。

項羽等一走，其餘眾人頓時活躍起來，群雄把劉邦給圍了個水洩不通，紛紛向他投以景仰目光。

劉邦可是第一個敢與小魔帥項羽針鋒相對的人！並且他還是赤帝傳人，又是擁有十萬兵力的漢王，項思龍少俠又是他的義兄，與他關係素好，中原武林正道的希望可說是落在了他身上。

劉邦這個在武林中本不起眼的人物，如他在眾反秦隊伍中本不起眼一樣，在這一刻卻成了眾人關注的焦點人物。

從此，劉邦和項羽這兩個中國歷史上的政治人物卻是也給走上了江湖這條不歸路，項思龍在武當逍遙派後山的秘室已是把全付精力都投入到了如何恢復功力上，對其他的外界情況一概不聞不問。

不過無影七色花毒確是神奇無比，任是項思龍如何聚中自己理念發動體內的七步毒蛇母蠱和冰蠶母蠱鑽入血液中去意圖吸毒，二物卻總是無功而終——牠們根本尋不到無影七色奇花毒蹤跡。就連項思龍服食了兩隻死去金線蛇煉製的丹藥，都毫然無法解去體內無影七色奇花之毒而恢復功力。

明天就是武林大會的召開日子了，劉邦和項羽也將在華山縹緲峰上比鬥，自己如果沒有功力，卻是怎麼去控制大局呢？

不說自己或許會因此而名聲大跌，要是萬一劉邦和項羽二人有什麼差錯，那……自己所有的努力都是空的了……

項思龍心急如焚，但卻又是一籌莫展。

怎麼辦呢？這是個以武制武的時代，如果沒有強大的武力作後盾，只怕是什麼事也做不成，更何況項羽已經入了魔道，自己也無法把握他的心性，不知他會不會狂性大發，而……

項思龍愈想愈是心中不安，真有點如熱鍋上的螞蟻了。

不行，自己一定得想法恢復功力！只有擁有強大的武力，自己才有信心和勇氣去面對現實，要不……

項思龍第一次感覺到失了武功的悲哀和恐懼。

他能不能恢復功力應付明天的武林大會呢！

一切但看天命，看天意是不是要幫項思龍了！

項思龍氣餒而神傷的閉上眼睛，再次陷入沉思。

翌日，是個好天氣，陽光明媚，涼風習習。

武當山逍遙派南山的練武校場上氣氛嚴肅，足有三四千武林群豪四圍而坐或立，中間是個有千餘平方的空地，以供比武之用。場中秩序井然不紊，因有項羽這小魔帥在卻是無人敢大聲喧嘩了，大家一顆心都沉沉的，當然也有的人是興奮的。

眾人基本是分兩方而對，一方是以項羽為首的魔道人物，一方是以劉邦為首的正道人物，可以說是正邪分明，今天的武林大會就是武林中的正邪之戰了。

項羽方約有二千餘人，劉邦方因武當山是逍遙派的地方，人數自也不少，所有人加起來則有四五千之多，要知他有武林中三大正道派系相向——逍遙派、太平寺、五岳劍派。這三大派在當今中原武林乃有泰山北斗之稱，其實力已是佔據了中原武林整體實力的三分之一，而眾人早在項思龍的應召下作了連盟準備，實力自是雄厚。而項羽雖為魔帥傳人，又是不可一世的西楚霸王，但他入江湖時日終是較短，能有如今的成就已是不錯了，自也無法和這幾大名門正派實力相提並論。

不過，正道人數雖多，但青松道長、圓正大師等心下可不樂觀，而是七上八下的緊張至了極點，因項思龍功力喪失，閉關思法破解已是數日，可至今還無動靜，劉邦雖是赤帝傳人，但連他自己也說打不過項羽……項羽一方人馬雖少，但大半都是魔道的精英人物，而項羽自身的實力更是不容小視……

此次正邪之戰，正道勝算可謂是凶多吉少，一切都但願項思龍能及時的解毒復功了，要不……

青松道長等可都不忍再想下去了，如若武林正道在他們這一代人手中消亡，這卻讓他們有何臉面面對列祖列宗呢？

場中的氣氛緊張至極，殺機瀰漫。

項羽始終還是擺著一副冷臉，神態甚是傲慢，與劉邦的親切笑容形成鮮明對比。

二人是此次正邪交戰的首面人物，所以成了眾人目光關注的焦點，不過場中卻還是有一大半人因不知項思龍功力喪失，而心下納悶這此次武林大會的召開者至今為何還不露面。

人群中已是有不少人小聲的為此而議論開了。

青松道長這東道主終於乾咳了一聲發話道：「諸位武林同道，今天的武林大會是項思龍少俠倡議召開的，因項少俠現有要事纏身，暫時無法臨場，所以由貧道代為主持！」

說到這裡頓了頓，揮手示意眾人禁聲，接著又道：「項少俠召開此次武林大會的目的，就是對我中原武林現今紛亂四起的局面感到擔憂，想藉此機會選出一位德高望重，年青有為可以服眾的武林盟主來，以平武林紛爭。此次競選武林盟主，由大家共同推選出幾個候選人來，再以比武較技論勝負，最後勝者為武林盟主。」

青松道長這話音一落，就有人嚷了起來道：「武林盟主不是已經選出來了嗎？項思龍少俠就是啊！如今還選什麼？項少俠武功高強、俠骨柔情，當今世上還有誰比他更能勝任武林盟主？」

聽得此人這話，項羽禁不住冷哼了一聲，面上顯出怪異神色來。

青松道長訕笑道：「項少俠說他只是大家選出的代理武林盟主，卻是算不得數的，再說他失蹤多日，中原武林發生了許多大事，項少俠認為他有過錯，所以……堅決要求召開此次武林大會，進行公正競選！」

這時又有人發言道：「項少俠是為大家所共同敬重的英雄人物，但是武林盟主一職事關重大，理應再選。項羽盟主手刃血魔和柳生青雲，為我中原武林除去了兩大外族魔頭，我靈蛇門推舉項盟主為武林盟主候選人！」

話頭這一拉開，頓時眾人紛說不一，不過推舉出來的武林盟主候選人卻只有劉邦和項羽二人，項思龍因不在場卻是名額雖在，但是張空頭支票。

想想也是，項羽名頭現在紅破了天，眾邪派人物自是沒人敢強出頭而盡皆推舉他了，正道人物則也因畏懼了項羽名頭，為明哲保身，自也全都推舉劉邦了，也唯有他才夠資格與項羽競爭，因為劉邦是赤帝傳人嘛！

劉邦心下雖是暗暗叫苦，但如此一來他由一武林中本是無名小子的小輩一躍而成了正道人物的龍頭人物，卻也未嘗不是一件好事，對他將來的事業可是有莫大幫助，因為這提高了他的聲望，他日後的影響力和號召力將會大大提高嘛！

反正項羽也不能殺死自己，怕他個鳥啊，打架便打架唄！

劉邦心下想著，當下硬著頭皮站了起來，故作輕鬆的道：「謝謝諸位對在下的抬舉，我劉邦定當會為維護我中原武林正道而盡出自己最大的能力，將與小魔帥決一死戰！」

在項羽聽了劉邦這話暗罵劉邦「裝腔作勢」時，劉邦已轉向他道：「項兄，咱們可真是對冤家呢！我看不必去華山縹緲峰了，在這武當山咱們今日就不可避免的要打一場了呢！」

項羽卻是冷冷道：「不！咱們的決鬥還是要在華山縹緲峰進行，因為那裡是我師父敗亡赤帝手下的地方，只有在那裡打敗了你這赤帝傳人，方才可慰我師父在天之靈！既然今日的武林大會選出了你我二人為武林盟主候選人，那就不若咱們把戰場移至華山，在那裡繼續今天的武林大會好了。諸位可有什麼異議呢？」

說著把目光投向了青松道長、圓正大師等人，等待他們回答。青松道長和圓正大師等對視一眼，遲疑了好一陣才由青松道長代為回答道：「我等沒有什麼意見。不過在此決定之前，貧道想去問問項少俠意下如何！」

項羽爽快的點了點頭道：「沒問題！」群雄卻是有不少人對青松道長這話有了意見，大聲質問道：「項思龍少俠既然就在武當山，卻是為何不出來與大家見面呢？道長等到底在弄什麼玄虛？項少俠失蹤有近半年，今次的武林大會是不是爾等搞的一個騙局，根本不是項少俠倡議召開的？亦或還是項少俠出了什麼事？請道長給我們大家一個明確答覆！」

場中氣氛一時因此而顯得鬧哄哄的，場面情緒激奮非常。

青松道長一時間卻也不知怎麼處理是好了，顯得有些手足無措，這一派掌門現刻可是因心緒凌亂而失了分寸。

唉，一切計畫都因項少俠功力失去而全然亂了，本是想藉召開武林大會而揭穿項羽魔道真面目，而藉以收籠人心的，不想卻……項羽先一步自行打出魔道旗號，還是有這麼多人向著他，看來當真是武林劫難將臨了！

這一次武林大會的召開現在不但絲毫未起到原定計劃目的，反是為項羽作了個成名的舞台……

一切都無法把控了……如讓項羽成了武林盟主……

青松道長的心都在顫慄，那後果他是不敢再想下去了，對項思龍，他現在是信心大失，而劉邦……根本就沒有扭轉乾坤的能力。

雖然此後可以東山再起，但項羽成了武林盟主後，他的實力將更加強大，而中原武林正道卻會因此遭受巨大打擊，還有幾人能有信心去對付項羽呢？一切都得從零開始，那正道得以重振旗鼓之日要等到何時啊！只怕不是一代兩代人能夠做到的！

項思龍武功雖高，智慧也超絕；劉邦也是赤帝傳人，但單憑他們二人之力就可打敗項羽嗎？

青松道長只覺心神都有些虛脫。

圓正大師、向問天等也都是一片哀然。

像是世界末日將要來臨了一般，沒有人提得起精神。

劉邦把這一切都給看在眼裡，心下大罵這些人「沒種」，遇到挫折就如此恢心喪氣，卻還哪有什麼大家風範嘛！可都還是中原武林正道的頂樑柱呢，竟這麼孬！

如此氣憤的想著，劉邦突地飛身而出，指著項羽破口大罵道：「要問項大哥哪去了，就問這個卑鄙小人是了！這傢伙表面上獗得很，實則是個怕死鬼！還虧他是什麼魔帥傳人呢！為了阻止項大哥與他競爭武林盟主之位，他竟指使他的爪牙暗算項大哥，讓他中了無影七色奇花毒而失去了功力，為了化解體內之毒，項大哥無法參加今天的武林大會，卻並不是他出了什麼事又或這次武林大會是個騙局！一切都是因項羽這傢伙在搗鬼，他想毀去項大哥的名聲，他想獨霸我中原武林！我劉邦雖沒用，但還不是個膽小鬼！項羽，你有種的話就把你的陰謀都照直說了吧！虧你還是項大哥的結拜兄弟呢！鳥都不是啦！」

劉邦這一豁出去了的破口大罵，讓得全場所有人都給怔住了，一時間鬧哄哄的場面頓然靜了下來，大家的目光都投到了劉邦和項羽二人身上。

項羽臉色青一陣紫一陣的，過了好一會才驀地發出了陣仰天狂笑道：「好！說得好！罵得好！我項羽是個小人，是我派人暗算了項少俠，是我安排了人手在這場武林大會上搗亂！

「我全認了！但那又怎麼樣？我項羽現為魔道至尊，所作所為自是有欠光明的壞事了！我是小魔帥吧，做壞事是我的天性，與你們正道為敵是我的本份！現在都已經挑明了，那我也就不必再故作虛偽了，順我者存，逆我者亡，這武林霸主我項羽是做定了，任何人也不能阻止！」

說這話時，項羽目中射出了森冷殺機，一掃全場眾人。

這一驟然變故，讓得正邪雙方矛盾更具鮮明化和白熱化了。

第九章　毒解功復

劉邦此時只覺心中怒火狂燒。想不到項羽竟然如此狂妄，竟是敢明目張膽的向中原武林正道叫陣，但是眾正道人物卻是沒有一個敢吭聲的，如此沒種，真是讓人傷心失望。

我劉邦本還算不得是江湖中人呢，卻也豁出去了的與項羽相抗，這些武林正道人物算是什麼東西嘛？把自己推出來作替死鬼！項大哥也是，現在他功力失去，這些平時對他恭恭敬敬的人就把他冷落了，當真是十足的世風日下！

心下想著，口中卻是也哈哈一陣大笑道：「算你項羽還有種！比那些偽君子強多了！好，你想做武林霸主是沒問題！不過，可得拿出點真本事來！哼，別人怕了你這魔師傳人，我劉邦可不怕！最多是戰死罷了，卻可不會向你屈服作你走狗！項羽，你發招吧！華山之戰，只要我劉邦今日不死，端會如約赴會的！」

劉邦這話，讓得青松道長、圓正大師等禁不住面上一紅。

靜默了片刻的人群，此時大是一片喧嘩，有為劉邦的大無畏氣概叫好的，有大罵項羽卑鄙無恥的，也有咒罵中原武林幾大門派膽小沒用的……

一時間，場中是一片混亂之象。正邪雙方不少人已是躍至場地中心，為己方的領首人物吶喊助威起來。

項羽此時一雙冷目直盯著劉邦，良久才沉聲道：「劉邦，看來我是低估你了！不過你表現愈強，我項羽就愈欣賞你！你放心吧，我不會殺你的，也不會讓別人傷到你，因為你是我項羽的敵手！我要慢慢玩死你！五年，我給你五年時間！」

說到這裡，頓了頓接著又道：「其實天下爭雄，陰謀和武功是同等重要的。我是派人暗算了項大哥，但卻並沒有傷害他，這是因為我還敬服著他。可他被我暗算了，這證明我項羽有能力打敗他！對項大哥我是有些懼怯，為了增強自己的信心，所以我安排了暗算他的計畫。我項羽不是怕死鬼，這世上還沒有什麼可以讓我怕的！我要在這次武林大會上取勝成為武林霸主，乃是因為我答應過我的虞姬。同時，我想通過此法來改變我在我親人朋友心目中的印象，我要他們知道我項羽雖是魔帥傳人，但我不是魔頭，而是天下群雄的領袖！現在，我這願望就要實現了！」

言罷，一陣哈哈狂笑後，接著又道：「劉邦，項大哥沒有看錯你，你果是個有情有義的人物，卻也並不是個酒色之徒！好，今日之戰，我讓你三招！三招過後，咱們兄弟信義就此一刀兩斷，從今往後，咱們就再也不是兄弟，而是敵人了！」

聽了項羽這一席話，劉邦一陣沉默，過了會才道：「好，如此也乾淨利索，從此心中再無什麼瓜葛，咱們彼此雙方也可放手而來一決勝負了。」說完「鏘」的一聲，天劍脫鞘而出，口中同時喝著：「項羽，準備接招了！」言語間，手中天劍已是應手而出，幻化出無數劍芒，有若一片劍網般直往項羽攻去；其勢竟是大有一招欲致項羽於死地之勢，空中劍勁瀰漫，塵土飛揚。

項羽眉頭一揚，道了聲：「好，果然得了赤帝的幾份真傳！」直待得劉邦攻來劍勢只距身前二尺多遠時，才驀地也大喝一聲，身形衝天而起，閃避過了劉邦第一招，一點也不費力氣。

劉邦似早知項羽會有此著，冷冷一笑，喝了聲道：「劍魂七式第四式劍嘯雲空！」喝聲剛落，卻見劉邦劍勢大轉，身形有若閃動的鬼魅般，手中天劍揮出的劍勁則是有若長江大河中激起的萬丈巨浪，雖散而卻不亂，直往半空中的項羽捲襲而去，此招氣勢比之上一招來威勢何止強上十倍！

人群中有驚叫聲和哄然叫好聲。

項羽則是夷然不懼，嘴角露出一絲冷笑，也喝了聲道：「種魔大法第七式神魔劫！」

「轟！轟！轟！」一陣連串勁氣巨爆聲響起，卻見空中項羽雙掌揮出的氣勁與劉邦天劍發出氣勁相觸，項羽身形在炸裂的勁氣中紋絲不動，有若天神。

劉邦見自己二招下來，仍是動不了項羽分毫，不覺有些心虛，但此時已是騎虎難下，反正項羽也答應過不殺自己，當下虎牙一咬，再次大喝一聲道：「劍魂七式第六式萬劍歸宗！」

喝聲中身形已是衝天而起，有若拔地而起的龍捲風般直射向項羽，天劍釋發出的勁氣竟是身發先至，其勢快捷如電，並且身形所過之處劍勁和氣流合而為一，凝成第二輪更是威猛絕倫的劍勁射向項羽，而劉邦身體和手中天劍卻也是合而為一，幻化成一道細心劍光，成第三輪攻勢射向項羽。並且一、二、三輪攻勢的線路竟是在同一直線上，其勢當真是威不可擋。

項羽面目也不禁嚴肅起來，劍魂七式果是不同凡響，第六式就有如此威力，第七式定是更為厲害，難怪風赤行當年也敗在赤帝手上了，劍魂七式當真是蓋世絕學！

項羽心下雖暗暗驚駭，但卻依然是臨危不亂，把全身功力提升至十重天，大喝道：「種魔大法第八式天地滅！」

又是一陣驚天動地的巨響，空中的景象以人的肉眼看不清的速度急速的變幻著，整個畫面有若一張被扭曲變形的幻燈片。

所有人在這一刻都屏住了呼吸，靜待著這一招將產生的結果。

青松道長一顆心更是快提到了喉嚨裡。

正邪之戰，是成是敗都在此一招了。

毒手千羅和冷血封寒二人則仍是一副冷面孔，似這天地的一切都與他們無關似的。

勁氣炸裂聲終於平息下來，空中的雲煙也漸漸散去。只見劉邦口角溢血，面色一片蒼白，身形正從半空往下跌……

聖火教主見了忙飛射上去接住劉邦，一摸劉邦身體，只覺陣冷陣熱，氣息也是若有若無……

心下不由大震，顧不得心中對項羽生起的殺機，抱了劉邦的身體，突地往武當山下狂奔而去，一時卻也無人阻攔。

項羽此時身形卻似定在了空中似的，本是豔陽高照的天空，卻是突地不見了太陽，明淨蔚藍的天空卻是出現了一輪明亮的圓月，有若白天和黑夜天地來了個大改變似的。

眾人驚詫這日月改換景象的同時，卻是突地只見項羽的身體在扭曲在抽搐，其狀似甚是痛苦。

青松道長和圓正大師等看得相互對視了一眼。

難道是天在助我們不讓項羽這小魔師的野心得逞？

心下納悶時，項羽身體已也從空中跌落下來，竟似全然不會武功似的，跌倒地面後還是痛苦的抽搐著，那模樣除了淒慘外，卻哪還有得什麼風度？

項羽如不是被劉邦擊傷便是中了邪了！

青松道長等看得心下大喜，此時不除去項羽還待何時？

青松道長大喝一聲道：「小魔帥已被漢王所傷，大夥兒並肩子上啊！除去這眾魔頭，咱中原武林從此就可天下太平了！」

一場正邪兩派的混戰就此拉開戰幕……

「找到了！找到七色奇花毒的破解之法了！」神水宮主的一陣歡呼之聲打破了逍遙宮內思量讓項思龍儘快恢復功力的上官蓮、天絕、地滅等人的沉悶。

上官蓮跳了起來道：「什麼辦法？快，快說出來聽聽！」

天絕也是驚喜的道：「姑娘，是什麼辦法可以破去七色花奇毒？」

神水宮主面色激動的道：「據我神水宮祖師傳下的一冊得自盤古大師遺下的奇毒真經中記載，要破解七色花奇毒，只有用處女元陰作引，而合用九九八十一種奇毒製成混毒，用以毒攻毒之法化解！」

孤獨驚鳴不解道：「以毒攻毒便以毒攻毒，為何卻又要用處女元陰作引呢？這卻對解毒有何用處？」

神水宮主俏臉一紅道：「據真經中說，七色花奇毒性子屬陽，陽剛相會，則會陽氣太盛，讓人身體生理失卻平衡，唯有讓陰陽相交，才可以陰平陽，陰陽相濟，否則施以毒攻毒之法則會險境重重。再有處女元陰本就是九九八十一種配毒藥方中的一種，所以……所以要解七色花毒需用處女元陰作引！」

上官蓮道：「這個不成問題，反正龍兒未開苞的老婆還有幾個，像姑娘啦，王菲啦，石青青啦，石慧芳啦，孟無痕啦等等一眾姑娘，可都是處女呢！只是施這以毒攻毒之法會不會有危險呢？若是一旦弄個不好……姑娘可有把握沒有？」

神水宮主苦笑道：「這解毒之法我可也從未施過，要我說把握卻是不敢，不過我波斯神水宮的這本毒經是得自你們中原一代奇人盤古大師遺物，內中藥方經本宮歷代試用，還從來沒有失誤的事情發生！」

上官蓮沉吟道：「現在外面的武林大會已是如火如荼，為了從大局著想，咱們卻也沒有那麼多的時間來作選擇了。好，就賭他一把，依姑娘之言為龍兒解毒吧！」

項思龍已進入迴夢心經的內功心法修練中。

體內的內勁是在一點一點的凝聚，但是這速度也太慢了。

現在已是三更天了，到得天明，自己最多也只能恢復四成功力，卻是怎麼去應付明天武林大會將起的紛爭呢？

不過，自己已是絞盡腦汁，好不容易才試出迴夢心經法可以斂聚內勁，卻實在是再也想不出其他的什麼方法來了。

唉，一切都看天意吧！自己也沒有他法了！

項思龍心下想著，他現在唯一能做的便是盡他之力，能斂聚多少內力便是多少了，但願明天不要出什麼事是好。

神水宮主乃是個用毒專家，身上所帶的奇毒可真是不少，解七色奇花毒所需的九九八十一種奇毒中，她身上就有七十餘種，其他十來種由天絕、鬼影修羅幾人身上也給集全了。

解藥是終給配好了，但是由誰去向項思龍獻出處女元陰呢？眾女都是俏臉通紅，沒有一人敢吭聲的。

其實每人都想去，但卻就是無人敢自告奮勇，那就只好由與項思龍已發生過關係的眾位婦人來挑選了。

首先是張碧瑩這資深的項思龍原配夫人道：「神水宮主深曉解毒之法，對相公也一往情深，我看這任務由她去好了！」

苗疆三娘這用毒高手卻是搖頭道：「不可，神水宮主是施法者，又怎可參與此事呢？那只會分了她心神的！」

孟姜女點頭道：「不錯，此任務不適合神水宮主。並且擔負此任務者得有一身高深功力才行，以免發生意外！」

舒蘭英這心直口快的女人道：「那就非無痕妹子莫屬了，她內力最深，又是處女，我看就她好了！」

上官蓮在聽了眾女之話後，作總結道：「那就選無痕姑娘吧！不過還得有幾個後備者，還是處女之身的姑娘全去後山的秘室好了！再有，就是苗疆三娘和孟姜女、石素芳幾女負責為思龍護法，鬼影修羅和天絕幾人負責第二重護法。咱們可得確保思龍的安全，以防有敵來犯！」

正當項思龍處在心浮氣燥對是否出面現身武林大會而遲疑不決時，上官蓮領著一眾娘子軍團來到了他所處秘室。

項思龍收功望向上官蓮道：「姥姥，有什麼事嗎？外面的武林大會現在發展至怎樣局面了？」

上官蓮強作歡顏道：「沒有什麼情況。嗯，龍兒，咱們現在已經思出破解你體內七色花毒的方法了，就是……」

不待上官蓮把話說完，項思龍已是大喜的截口道：「真的姥姥，什麼辦法？快說來聽聽，時間無多了！」

上官蓮笑道：「不要急嘛！還是由神水宮主來說了，這方法可是她想到的！」

項思龍頓把目光投向神水宮主，神水宮主一張俏臉脹得通紅，卻知事態緊急，也顧不得害羞的說出了解毒之法。

項思龍聽了倒是一愣，諾諾道：「這方法行得通麼？」

上官蓮道：「應是行得通的吧！可是盤古大師遺下的秘方呢！」

項思龍見上官蓮誤解了自己話中含義，不由心下苦笑。

自己話中意思是說：「為了解自己的毒，卻要犧牲一女貞操，這卻怎讓自己安心呢？」不想上官蓮卻理解為自己對這解毒之法的懷疑了！

唉，顧不得那麼多了，為了顧全大局，還是……

項思龍暗一咬牙，當下道：「那現在就開始施法解毒吧！」

項思龍望著滿面羞紅的孟無痕，也是一臉困窘的道：「孟……孟姑娘，這……可是……要辛苦你了。待會……開始會很痛的，你可得堅忍住！」

孟無痕玉手不安的捏弄著衣角，嬌首垂得低低的，不敢正視項思龍。

一旁的神水宮主也是羞得雙頰通紅，倒是上官蓮在旁催促道：「龍兒，可得加緊時間，外面的武林大會項羽已在攪合了呢！嘿，人家反正早就對你芳心暗許，遲早都是你的人，還彆扭個什麼呢？快點脫衣服吧！龍兒，你是過來人了，指引人家一下嘛！」

聽了上官蓮這話，項思龍心下雖窘卻還是心神一斂，對孟無痕低聲道了聲：「得罪了，孟姑娘！」言罷，緩緩伸探出右手，先摸上她的腰側，穩定地移向她腰後，再環在另一邊的腰肢，孟無痕的俏臉立即火燒般灼紅起來，耳根都通紅了，雖把羞不可抑的俏臉埋在項思龍的頸間，但心兒急劇的躍動聲卻毫不掩飾地暴露了她的羞喜交集。

輕輕的象徵性的掙扎了兩下，倏又不動了，因項思龍的一雙怪手此時摸得她嬌軀酥軟得除了嬌喘外什麼動作也作不出來了。

要知道孟無痕還是黃花大閨女，一直受著孟姜女封閉式的管教，甚少與外人打交道，更別說被男人摟摟抱抱，如今卻要……

可恨項思龍挑逗輕薄她的手法卻是不由自主的挑起了她的春心，使她享受到從沒感受到的刺激，雖是女性本能嬌羞和自衛動作，但她卻又不能當真拒絕啊，因為這可是在為項思龍解毒呢！

孟無痕兩手緊抓著項思龍背後的衣襟，劇烈顫抖和嬌喘著，一對秀眸闔了起來，意識漸漸模糊……

她的神智已完全迷失在了一種身體的極度渴望中，但到底是渴望什麼，她卻是說不出，只是雙手緊緊的抱住了項思龍，軀體不斷扭動著，口中也是旁若無人的發出浪叫聲。

這時上官蓮的聲音又在項思龍耳邊響起道：「龍兒，火候差不多了，快動真格的！」

孟無痕只覺一陣又酸又麻的鑽心劇痛傳遍全身，下體的一種膨脹感覺讓得她心中的那股渴望得到了滿足，但痛感卻也讓她不禁流出了眼淚來。

項思龍低頭輕吻去她臉上淚漬，低聲道：「好了痕妹，就只這下痛，待會就好了！」

毒手千羅和冷血封寒緊緊的守護在還慘叫不止的項羽身側，面色仍是冷冰的，不過二人目中卻是顯出了焦惶和殺機。

項羽的這一驟然變故，實在是太出人意料了！

青松道長等一眾正道之士，不失時機的向項羽這派邪派人物發動了猛烈攻擊，吶喊聲、慘叫聲、兵器磕擊聲，一時間響遍了武當山。

青松道長和圓正大師、向問天等一眾正派高手目標旨在擊殺項羽，向阻擋進路的邪派人物展開了瘋狂殺著，幾乎是成了殺人狂魔，卻還哪有得什麼大家風範？

眾邪派人物一因寡不敵眾，二因項羽出現變故，所以皆都無心戀戰，不少見風使舵者不是作鳥獸散，就是向正派投降，對邪派倒戈相向。

只有毒手千羅和冷血封寒等一眾邪派死黨仍在堅護著項羽，不過人數已是剩得不到三四百人了，比初上山來時的近兩千之眾少了數倍。

而正派人數卻是愈戰愈多，一是因在項思龍的指揮下青松道長等早作了安排，現在見邪派勢劣，大家自是全部現身出來了；二是不少邪派人物的投降，增強了正派的陣容，一時間武當山上高喊除魔衛道的口號此起彼落，正派之士士氣高漲，似把所剩的邪派人物看作了待宰羔羊，卻是殊不知這一戰後來給正道的劫數帶來了無窮殺機，當然這是後話，暫且不提……

地上的屍體是愈來愈多，邪派人數是愈來愈少，正派士氣是愈來愈高。

青松道長格開一敵擊來長劍，雙指一併射出一道罡氣，正中此敵眉心，對方應指而倒，此時青松道長已距守護狂項羽身側的毒手千羅只有二米之遙，身旁也再無敵干擾，當下手中長劍一指毒手千羅道：「你們盟主已是受了重創，是死到臨頭了，識時務者為俊傑，閣下還是放棄頑抗吧！如此或許還可放你一條生路！」

毒手千羅目中凶光一閃，冷哼了一聲道：「乘人之危，算得什麼英雄？還是什麼名門正派的掌門呢！我屁！狗屎都不如，有本事的就放馬過來，我毒手千羅端不會做出背叛小魔師之事來的！倘若我等今日逃過此劫，此次血債，當會加倍索還！你這牛鼻子老道，當是老子開刀的第一對象！」

聽得毒手千羅這話，青松道長心下一虛，卻還是冷笑了聲道：「對付爾等此類邪魔人物，還需講什麼江湖道義嗎？哼，頑冥不化！」

說到這裡，見了身旁也跟上來的圓正大師和向問天，當下膽氣一壯，對二人道：「兩位仁兄，咱們並肩子除去這兩個魔頭吧！」

圓正大師和向問天點頭應好，中原武林正道三大高手當下向毒手千羅發動了圍攻，冷血封寒則因守護著項羽而無法上前為千手毒羅助陣，再說他還要應付也已攻上來的其他正派之士呢！

正邪兩派的混戰此刻已是進入了高潮！

啊……一聲尖叫聲，孟無痕終於洩身了！

項思龍只覺一股陰氣通過胯下之物直衝向丹田，此時神水宮主卻似沉浸在一種遐想之中，雙目迷離，上官蓮見了頓忙催促道：「小妮子，傻想什麼呢？快把解藥給思龍服用啊！快點！」

神水宮主一聽，頓忙「噢」了聲斂回神來，手忙腳亂的上前去餵項思龍服了配製的解毒之藥。

「咕嚕」一聲，解藥入肚，與項思龍吸取自孟無痕體內處女元陰相會，頓只聽項思龍肚內傳出如煮食物般的怪聲，項思龍只覺體內被封的功力如長江大河般向丹田驟來，只脹得他臉色陣紅陣白，頭髮也根根束立，身體倏地如充氣般增大不少。

上官蓮見了惶聲問神水宮主道：「丫頭，思龍他……」

神水宮主卻是平靜的笑著截口道：「姥姥，放心，思龍沒事的，他此刻的這種現象是證明他體內七色奇花毒已解，功力恢復了，是他毒素髒物和孟妹子輸入他體內的元陰之氣和解藥相合產生的氣體充滿了他體內，待放釋出來後，思龍就會恢復正常的！」

上官蓮舒了一口氣，望了榻上已是癱軟的孟無痕一眼，對神水宮主道：「丫頭，去給孟妮子穿上衣物；這次為思龍解毒，辛苦你了，待除去了這次武林大會的危機後，姥姥會叫龍兒恩寵你的！」

神水宮主聽得紅臉上泛起喜色，默不作聲的去為孟無痕穿衣，當目光落在榻上孟無痕處女落紅上時，不由俏臉又是一紅。

上官蓮這時也見了榻上淫物，又對神水宮主笑笑道：「對了，先為孟丫頭淨一下身子，用被單裹她帶她去澡房吧！」

上官蓮的話音剛落，卻突只聽得項思龍體內發出「噗——」的一聲條長放氣怪聲，接著滿洞臭氣，只讓得上官蓮和神水宮主皆都眉頭一皺，卻又都是一臉喜色的望向項思龍，卻見他身體已恢復原狀，全身肌肉顯出一片晶瑩之色，隱隱泛著紫光，體內正氣運行讓他肌肉一伸一縮的，臉上那股凜然正氣，讓得上官蓮這老婆子都臉上放光，神水宮主更是看得又目光迷醉。

「啊——」項思龍的一聲長嘯直震得洞中嗡響不絕。

雙拳難敵四手，毒手千羅雖是魔道高手，但面對青松道長等三大正道頂尖高手的圍攻，卻也是漸漸顯得有些下支，只氣得他「哇吱」大叫，卻又無可奈何，冷血封寒此時也是自顧不暇，面對一重又一重的攻擊，只讓他也是氣喘粗粗了，更何況他還要負責保護項羽，武功自是大打折扣，要不以他身手，一眾小嘍囉又算得什麼。

邪派人物已是被正道人士圍殺得所剩無幾，不到五十餘人了。

項羽則是已嘶叫得聲音沙啞有氣無力了，那模樣當真讓人難以相信他就是新近風雲武林的小魔帥。

面色蒼白憔悴，身上衣衫盡裂，頭髮蓬亂不堪。

雙目也是黯然失色，口中氣息脆弱。

毒手千羅雙目發紅，邊應付著青松道長三人，邊衝冷血封寒大叫道：「封兄，留得青山在，不怕沒柴燒！快帶小魔帥突出重圍！」

言語間，心神一疏，「嗤」的已被向問天刺了一劍，手臂流出血來。

冷血封寒此時卻是殺紅了眼，背著項羽，縱身往人多處衝殺過去，瘋狂的喊道：「來吧，來殺我吧！你們這些狗日的！不怕死的就來殺老子吧，如此你們就可一舉成名了！」

大吼聲中，手中電光刀連閃，所過之處頓即血光濺起，殺人手法乾脆利索，快捷無比，當真不愧有「冷血」之稱。

毒手千羅見冷血封寒不聽己勸，只急得連聲催促，可冷血封寒卻似充耳未聞，仍在大開殺戒。驀地毒手千羅大吼一聲道：「毒彌四方！」卻見他雙手一抖，袖中倏地冒出一股紫煙，青松道長等三人見了大呼「毒氣！」雙雙閉氣飛退，同時揮掌擊散毒氣，就這當兒，毒手千羅已飛身至了冷血封寒身旁，伸手把他一推道：「封兄，你帶少主人快走！我來掩護！」

冷血封寒卻是咬牙道：「不！要走一塊走，反正咱們多年等待的心血都白費了，小魔師完了，咱魔道也就完了，咱們跟他們拚了！」

毒手千羅道：「拚什麼拚啊！只要小魔師不死，咱魔道一定有東山再起之日！封兄，不要再固執了！。要不，咱們可真要全軍覆沒了！」

二人對答當兒，青松道長三人又已也飛身攻至，向問天冷哼一聲道：「想逃？下輩子吧！今日你們註定是要在這武當山上命歸九泉了！」

圓正大師也喧了聲佛號道：「自作孽，不可活！二位施主，你們投降吧！只要你們放下項羽，老衲可為你們求情，只廢你們一身武功！」

冷血封寒「呸」了聲道：「你他媽的老禿驢膽敢教訓起老子來了！哼，就是你們太平寺的創派掌門無極禪師也不敢對老子用如此口氣說話！我冷血封寒雖為魔道中人，殺人無數，卻還不是貪生怕死之徒！有本事的就來取老子性命吧！」說著已是飛身向圓正大師攻去。

毒手千羅和冷血封寒此時都已負傷，鮮血順著他們傷處直流，可二人那股凜然殺氣卻還是濃烈之極，讓人心生寒意。

青松道長衝向問天道：「向老怪物背上的項羽招呼，只要殺死了他，魔道就瓦解了，其他之人不足為患！」

長嘯聲中，項思龍只覺體內真氣翻滾不止，目中精芒直閃。

他的功力似乎又上了一個大台階了，這可得力於毒手千羅對他所下的七色奇花毒，要知他為解此毒，服食過兩金錢蛇製成的丹藥和不知多少其他的珍貴靈丹，神水宮主配製的解藥雖是毒性劇烈之物，可大半都是有增長功力之效的靈藥，現在體內七色奇花毒一解，服食的各種靈丹頓然發揮出其自身功效來，使得項思龍內力又深進了一層。

目光一掃洞內人、物，見了榻上還是玉體橫陳的孟無痕和呆望著自己的上官蓮、神水宮主，想起方才與孟無痕的纏綿，不由面上一紅，但旋即又想起外面的武林大會，心神頓然一斂，匆匆抓起衣物穿上，邊問上官蓮道：「姥姥，外面情況現在怎麼樣了！」

上官蓮聞言一怔，搖了搖頭道：「我也不知道，對了龍兒，你現在……」

上官蓮的話還未說完，項思龍已是向洞外衝去。

守在洞外的孟姜女、苗疆三娘和鬼影修羅等眾人見得項思龍出來均都大喜，天絕更是三步並作兩步的上前一把抱住項思龍，歡聲道：「少主，你功力恢復了！嘿，這可太好了，那小魔帥項羽現在……」

項思龍忙道：「項羽現在怎麼了！」

天絕笑道：「他現在是狠不起來了，只怕都已被青松他們幹掉了吧？」

聽得這話，項思龍嚇得亡魂大冒，臉色劇變，眾人還未弄得清楚他緣何失態，項思龍已是飛身向武林大會會場馳去。

天絕、鬼影修羅等心下納悶的頓忙隨後跟去。

項思龍奔到打鬥現場見了地上狼藉不堪的屍體，心下一陣惻然，可當目光望及正圍攻冷血封寒的青松道長、向問天、圓正大師三人時，不由失聲驚呼，原來青松道長手中長劍正欲向冷血封寒背後已是昏迷過去的項羽刺去，這一著只把項思龍急得心下狂沉，身形電閃射向打鬥眾人，同時出指射出數道罡氣擊斷了青松道長刺向項羽的長劍，口中也大喝道：「大家住手！」

第十章　戰火點燃

聞得項思龍的喝聲，打鬥眾人都不由自主的停了下來，向他望去。

青松道長望著手中的半截斷劍，愣愣的問項思龍道：「項少俠，你……這是什麼意思？」

項思龍此時已飛落眾人身側，聞得青松道長的問話，不由一陣沉默。

這叫他怎麼解釋呢？項羽是魔師傳人，是中原武林的禍患，也是劉邦今後最強硬的對手，以自己的立場，是不應阻止青松道長殺項羽的。

但是……項羽是歷史中的西楚霸王啊！如他死了，那歷史……

苦笑了一下，項思龍訕訕道：「無論怎麼說，項羽也是在下結義兄弟，所以……還請諸位看在在下份上，這次就放過他一馬！」

向問天道：「項少俠，現下是除去項羽的大好時機，如若放了他，那……等若是放虎歸山啊！」

圓正大師也道：「不錯，今日不殺項羽，只怕武林劫難深重，項少俠還請三思，不要因私人感情而影響大局！」

項思龍深吸了口氣道：「一切後果都由在下來承擔，諸位就賣個面子吧！」言罷，狠狠的盯了毒手千羅一眼，冷聲道：「你們走吧！下次可別再栽在在下手上，那時可端不會再便宜你了！」

毒手千羅目中閃過感激之色，再狠狠的一掃其他眾人，衝冷血封寒道：「咱們走！」二人正當準備動身時，青松道長卻阻住了他們去路，沉聲道：「想走也行，得先廢去你們一身武功再說！」

毒手千羅把目光投向項思龍，又衝青松道長冷笑道：「就憑你想廢咱們武功？還不夠資格！要不是我家少主出事，你這牛鼻子老道又算得什麼東西？」

青松道長氣得濃眉一豎道：「潰軍之敵，還逞口舌之利？要不是項少俠為你們求情，你們早就被砍成肉餅了！還想作垂死掙扎麼？」

說著，竟是指揮眾逍遙派弟子前去圍攻千手毒羅和冷血封寒二人。

項思龍見青松道長如此盛氣凌人，簡直是沒把自己的話當作一回事，不由心下有氣，語氣一沉道：「住手！在下說過放他們走，就一定放他們走，青松道長如有意見和不滿就來找在下好了，不要再為難他們！」

項思龍語氣如此強硬，只讓得青松道長聽了臉色變了數變，連聲道了數聲「好！好！你是武林盟主，自是你說了算！你們閃開！放他們走！」

氣氛一時給僵了下來，項思龍心下愧疚，卻又讓他能說些什麼呢？

一切的黑鍋都只有自己背了，誰叫自己肩負著維護歷史不被改變的使命？得以歷史為重，其他的任何委屈自己都得默默承受了！

長歎了一口氣，項思龍衝怔愣沒動的毒手千羅和冷血封寒一罷手道：「你們……走吧！」說完，項思龍只覺心中壓著萬千重擔似的。

今後的武林危機只怕要更加嚴竣了，項羽受了此次挫折，端不會就此甘休，以他的心性，一定會向各大門派索報此仇的！

更多更慘的殺戮還在後頭呢！

項思龍態度如此堅決，眾人心下雖都有疑慮，卻也無人再出言反對。

毒手千羅和冷血封寒二人這次同向思龍抱拳施了一禮道：「閣下今日之情，在下等會記著，日後定當報還！咱們後會有期！」

言罷，二人身形連閃，向武當山下電射而去，跟隨他們的邪派人物已是不到二十餘人了，可見項羽此次淒慘。想來項羽怎也想不到他躊躇滿志風風光光的上武當山來，卻是如此狼狽淒涼的下武當山下去吧！

這一次的深重打擊後來讓得項羽心性大變，對中原武林各大門派展開了瘋狂殺戮，至於劉邦則因項羽與他的五年之約，又念在項思龍這次武林大會放過了他的份上，所以多次饒他性命，沒有對劉邦窮追猛打，終讓劉邦這歷史的幸運者成了最後的勝利者。

當然，也因此戰，更加增強了項羽稱霸武林的雄心，讓得他後來一心醉心在武林稱雄，也以為天下是他囊中之物，疏忽了劉邦這個讓他致命的心腹大患。項羽這人終究是太過感情用事，又固執己見不聽旁人良言相勸，以致毀去了他的一生。

這些都是後話，以後再作續述，這裡就不再多說了。

看著毒手千羅等漸漸遠去的背影，眾人均都一片沉默。

還是項思龍率先開口打破僵局，問向問天道：「向大俠，劉邦呢？」

向問天苦笑道：「漢王他……被項羽擊成重傷，聖火教主把他帶走了！」

項思龍心下一涼道：「什麼，劉邦受了重傷，這是怎麼回事？」

向問天說出了武林大會的情況，直說至劉邦和項羽比鬥，劉邦敗給項羽，項羽卻也似突地中了邪似的武功盡失，跌地抽搐，眾人見有機可乘向群魔發動進攻，後來項思龍出現，最後道：「項羽乃是魔師傳人，又是當今天下最有勢力的西楚霸王，其影響力和號召力非常的大，今次他雖遭慘敗，但只要他武功一復，將會重組陣容。咱們今日錯過了除去他的大好機會。只怕卻是會給咱們遺下深重災難隱患了！」

說完責怨的望了項思龍一眼，又長歎了口氣，似在等待他對放走項羽作個解釋。其他眾人的目光也都忿忿不平的投注在項思龍身上。青松道長更是臉色鐵青，背著身子，連看也不看項思龍一眼。

但是這卻叫項思龍作怎麼解釋呢？難道說出自己是現代人，項羽是古代歷史中舉足輕重的人物，是殺不得的？

項思龍強壓下對劉邦的擔憂心情，想來劉邦是中國歷史的漢高祖，又有聖火教主照顧，當不會出什麼事的吧！

倒是項羽，他為什麼會突地出現異狀呢？難道是他的種魔大法有什麼問題？心下想著，當下別過眾人關注的話題，沉聲道：「項羽武功突失，這其中一定大有文章，或許是他的魔功有什麼破綻，咱們只要細加探究，一定可以找到克制他魔功方法的！」

說到這裡，頓了頓接著又道：「項羽既然並非無懈可擊，那咱們又何必取他性命呢？殺了他，一來會讓得天下局勢大亂，受苦受難的還是勞苦大眾；二來也是治標不治本，不能起到徹底征服魔道的目的。一個項羽死了，將又有另一魔頭繼往，魔道仍是存在。但是咱們如果能征服魔道之主，讓他使群魔規範，而後再設法逐步馴服他們，豈不可以標本兼治？混亂的局面終是不若有序的局面好控制好治理。」

項思龍的解釋讓得不少人面色稍稍一緩，雖是這解釋有些勉強，但終可讓眾人寬舒一下彆扭的心理，說不定項思龍真有什麼良策，放走項羽是他計畫的一部分呢！更何況項思龍武功恢復，又有個赤帝傳人的劉邦義弟，二人聯合起來勢力非同小可，即使要跟項羽硬碰硬，卻也並無什麼害怕的。

如跟他們關係鬧僵了，那可當真是大禍臨頭了。再說項思龍說得也有些道理，看今天發生的事況，項羽也並沒有什麼可怕的，只要大家齊心協力，也可以抗拒項羽的嘍！這不，今次的武林大會就打得項羽落荒而逃。如此想來，圓正大師第一個出言打圓場道：「項少俠所言也不無道理，但是不知項少俠有何征服項羽的良策沒有呢？」

項思龍見事態有了轉機，當下信口開河道：「項羽此戰事敗，必會覓地尋找他魔功的破綻之所在，這就需大費時日。同時他元氣大傷，即便他武功恢復，可要重組陣勢，卻也並非一日之功。所以這後一段時間將是項羽他們士氣低落的時日，咱們可抓住這個機會，對他的勢力各個擊破，首先當然是瓦解他手中的兵權，讓天下局勢控制在咱方手中，如此也就對他再無什麼後顧之憂了；漢王劉邦自是咱們推舉的首選當政者，咱們一定要輔助他奪得天下。

「項羽失了兵權，威勢將大跌。咱們接著就可向他發動總攻，逼迫他向咱們歸降！」

向問天聽了微微點頭，卻是發言質疑道：「可是要瓦解項羽手中兵權，卻也必得大費工夫啊！現今天下他是諸王侯的盟主，勢力之大，無人能動搖，漢王要與他鬥，勝算甚小呢！」

項思龍道：「成事在人，謀事在天！只要人心所向，什麼大事也可辦成；項羽現今成了魔帥傳人，雖是得了天下無敵的武功，但卻人心大失。而漢王劉邦在民眾中一向聲譽較好，如再加上咱們有意的抬高他，必定會使他成為民心所向，水能載舟亦能覆舟。人民的力量是偉大的！」

圓正大師沉吟道：「此法也不失為一個對付項羽的良策，不過具體事宜咱們還得細細商議一下。喂，道兄，你也不必跟項少俠鬧彆扭的了，目前咱們最緊要的是大家團結一致，如人心不齊，卻是亂陣腳了，彼此豁達一點……」

圓正大師的話還沒說完，突有武當弟子慌慌張張的來報：「掌門師伯，大事不好，楚將鍾離昧領了足有十萬萬軍，把咱武當山重重包圍了，他們……」

話剛說到這裡，青松道長再也顧不得生項思龍放走項羽的氣了，臉色大變的道：「什麼？十萬楚軍包圍了武當山？這……現下如何是好呢？」

說著不由自主的把目光投向了項思龍。

項思龍心下也是一沉，但見那武當弟子似沒把話說完，當下問道：「現在的情況怎麼樣？他們意圖攻山了嗎？」

那武當弟子舒緩了口氣，搖了搖頭道：「沒有，他們只是包圍了武當山，一直沒有什麼動靜，待見得項羽幾人下山時，那楚將鍾離昧頓暴跳如雷，竟是指揮大軍意欲攻山，卻被那毒手千羅制止住了，現在……他們全部撤走了！」

聽得此言，眾人均都不由大是鬆了一口氣，圓正大師宣了聲佛號道：「還幸得項少俠阻止了咱們殺項羽，要不只怕會引發一場血腥屠殺了！」

青松道長此時也老臉通紅，走到項思龍身前，諾諾道：「方才……貧道對少俠態度不好，還請少俠多多見諒為是！」

項思龍心下怪怪然的，想不到鍾離昧護主心切，卻是幫了自己忙，化解了自己和眾人之間的隔閡，只不知項羽功復之後，天下卻又是會起什麼風浪了？

唉，走一步算一步吧！主要是歷史不被改變就是了！

心下想著，口中卻是淡然笑道：「掌門也是出於對我中原武林安危的忠心，在下又豈會怪掌門呢？好了，現在風雲暫且散去，大家就收拾一下這裡的殘局吧！在下還有其他要事在身，這就向諸位告辭了！」

青松道長忙道：「項少俠還在怪貧道嗎？現今小魔帥雖負傷，魔道也受重創，但是其危害卻還不容小視，如沒了項少俠，這裡由誰來主持大局呢？」

項思龍道：「有這麼多前輩在，還會無人當家麼？再說在下也只是暫且離開一段時間，他日自會跟諸位聯繫的！」

向問天道：「那項少俠對今後咱們對付項羽有什麼安排呢？」

項思龍道：「還是那話，要團結一致齊心協力，同時也充實自身實力，聯合較多的門派，組成抗魔統一聯盟，再有就是要組建一支可靠的中堅力量，以防變故。並且，大家要在魔道現刻士氣低落的大好時機，逐一消滅他們的力量。要扶持漢王劉邦打天下，收籠民心，使魔道孤立起來。在關注項羽一派同時，也不要忘了還有烏巴達邪教，最好能在項羽功復之前，消滅此教，不讓它為項羽所用，至於楊天為一黨，要儘量聯合他們，化敵為友，如此也就多了一份抗魔實力。」

說到這裡，目光一掃眾人道：「好，在下就說這麼多，告辭！」

言罷，向一直在一旁沉默不語的上官蓮他們走去，道：「姥姥，我……走了！你諸孫媳婦兒還托你好好照顧了！」說這話時，目光卻是不敢投向孟姜女等人。

上官蓮此時卻是也抱拳向青松道長等道：「既然武林已經基本太平，老身也要向諸位告辭了！」說完，拉起項思龍的手，對身後天絕、鬼影修羅等一眾地冥鬼府高手及眾女道：「咱們下山吧！」

項思龍眉頭一皺道：「姥姥，你們……」

上官蓮截口道：「人家不喜歡咱們在他地頭上指手劃腳的，卻還要待在這裡幹什麼呢？走吧！姥姥算計好了，大家一起去通天島，不會拖累你辦大事的，待你在中原的一切事情都辦妥了，然後一道回西域去！」

項思龍還待說什麼，上官蓮已是接著道：「姥姥主意已定，你說什麼也是沒有用的，就不要再多費口舌了吧！」

這下項思龍可不知怎生相勸了，如上官蓮等一走，抗魔聯盟實力可是大打折扣，雖然項思龍交還了無極禪師、無量道人和鐵劍先生所遺的武功秘笈給青松道長、圓正大師、向問天，讓得他們武功大是提升，但要對付項羽，想來卻還遠遠不行，多一個人多一份力量，但是上官蓮……想是她氣了青松道長對自己的「惡劣」態度吧，這卻也是甚難相勸的了。

好吧，走就走，想來項羽還會看在自己份上，不會對姥姥她們下手，離開武當山，私心點說，卻也是福非禍呢！要不，項羽功復後，對各大門派進行報復，姥姥他們也不能坐置不理，還說不定會遭逢不測呢！如此想來，當下也不再相勸，只衝一臉尷尬的青松道長道：「那……在下等這就告辭了！諸位，咱們後會有期！」

在圓正大師等一眾人的相送下，項思龍和上官蓮等一眾人下了武當山。

大家相述一番別情離緒後，項思龍又想到了劉邦，心下一緊，當下對上官蓮道：「姥姥，劉邦被項羽所傷，我看我還是得去尋他，要不他出了什麼事情……那可真不知怎麼辦是好！」

上官蓮與項思龍相處也有兩年多了，知項思龍把他一生的心血都放在了劉邦身上，雖然她想不明白項思龍何故如此恩寵劉邦，但她卻也不想深究，只知默默支持項思龍就是了，聞言靜默了好一陣，卻還是點了點頭，戀戀不捨的道：「龍兒，你要去做什麼，姥姥都不會阻止你，但你要記著，可一定要活著回來見姥姥啊！要知道你可是上有老下有小，大家都會日思夜想的盼著你平安歸來的！」

說到這裡，雙目一紅，接著又道：「自你失蹤後，可不知揪壞了多少人的心，尤其是你那一眾媳婦，更是整天淚眼漣漣的……現在，咱們一家人好不容易團聚了，你卻又要離開……」說著已是泣不成聲了。

項思龍鼻子是一陣發酸，滿懷複雜情感的環視了眾女一眼。

是啊，自己來這古代三年多，得到了眾女的垂愛，她們把一生的希望和幸福都寄託在了自己身上，但是自己……卻又給了她們多少憐愛呢？

終日的四處奔波，為了劉邦和項羽的歷史困結……自己確實是欠她們太多了，但是……

自己又能怎麼做呢？難道叫自己放棄在這古代的使命而去盡享溫柔？這……自己可無法做到！

只盼望著能早一日了結這古代的歷史危機，讓歷史如史記所載般，畫一個圓滿的結局，也就不枉自己在這古代的痛苦付出了！

對於眾女，自己除了默默的祈禱她們一生平安和對她們滿懷愧疚之心外，卻是還能給予她們些什麼呢？

唉，情感的債是最沉重最無法償還的，自己本不屬於這古代的人，在這古代實在是不宜有太多的情感牽掛！

今後自己還是處處留情是好！

看著眾女，項思龍怔怔想著，不知不覺眼角都有些發脹了。

笑了笑，收拾了一下波動的思緒，項思龍故作灑脫道：「我會儘快找到劉邦，只要他沒什麼大礙，自會回地冥鬼府與大家再相聚的。姥姥，不要這樣子了嘛！你瞧，大家都哭喪著個臉幹嘛呢！我又不是一去不回了！放心吧，我數次差點進了閻王殿，但都遇貴人相助死裡逃生，想是我陽壽未盡，閻王還不會要我命！項羽此次負了傷，就不會有人來找我碴了！再說，我只是去尋劉邦，也沒什麼危險！」

上官蓮強行展顏一笑道：「那你可得快去快回，不要再一失蹤就是半年多了，那怪讓人傷神傷魂的。唉，了因和尚和笑面書生二人你還是帶著吧，有他們在你身邊，彼此也好有個照應！」

項思龍也不想拂了上官蓮一片好意惹她生氣，想著有這兩人跟著自己也好，待找著劉邦後，讓他們二人做劉邦的左右二護法，負責保護劉邦。

有他們二人相護劉邦，自己也可大是放下心來。

如此想著，當下點了點頭道：「好吧，我帶上他們二人。姥姥，你們可也要多多保重了，現在中原局勢動盪不定，自身安全尤為重要。諸女全仗你照顧了！」

在上官蓮等戀戀不捨的相送下，項思龍領著了因和尚和笑面書生與眾人揮淚灑別，踏上了尋找劉邦和聖火教主的征程。

赤仙谷是三人所定的目的地，因為聖火教主極有可能是把劉邦帶到了那裡，要知赤仙谷可是聖火教主在中原的老巢，待了數千年之久，他除了帶劉邦去赤仙谷外，還有哪裡更安全呢？

一路上項思龍的心懷複雜非常，他把自己自來到這古代後的經歷從頭至尾的思量一遍，不覺是感慨萬千。

自己為尋找父親項少龍，從小經歷千辛萬苦，終於不負所望，被國防部派來這古代尋找父親，但不想卻先一步遇上了父親項少龍在這古代所生的同父異母兄弟劉邦，因想著來古秦前，國防部領導所授予自己的使命，於是決定邊為歷史締造劉邦邊尋找父親項少龍，原是想借助劉邦成功後的影響力尋找父親，可不想卻在自己在助劉邦成就他的歷史基業時，知曉了父親項少龍也在助項羽成就他的霸業，並且有改變歷史的野心……

自此自己就走上了為維護歷史而不得不與父親為敵的不歸路……

現在自己終說服了父親不再去干涉歷史，但是項羽和劉邦……一個成了魔帥風赤行的傳人，一個成了赤帝的傳人……兩個中國歷史舉足輕重的人物卻是走上了亡命江湖之路……

歷史本是因得父親和自己在這古代的出現而發生了改變，劉邦是父親項少龍的兒子，卻會真是史記中記載的劉邦？項羽是父親項少龍的義子，卻又真會是史記中所載的項羽？

這古代的歷史已是夠怪誕離奇的了，可……現在劉邦和項羽二人卻又是與史記如此不符的由爭霸天下轉到了爭霸江湖上來，照此發展下去，歷史還會成歷史麼？最讓自己擔心的還是，歷史會不會被改變呢？

項思龍是不想再想下去了，雖然他暗暗下了決心，只注重歷史結果，不注重歷史過程，但是他能否扭轉歷史乾坤，讓歷史結果圓滿實現呢？他卻也沒有這個把握。

現在他的心是全亂了，歷史已被自己和父親項少龍二人弄得面目全非，對於學自現代的史記在他腦海中卻是漸漸的顯得有些模糊不清了，有時候他也不知道自己所親身經歷的這古代歷史是歷史，還是自己學自現代的史記是歷史，他只覺得自己在這古代生活得好累，好想能夠歇一歇，但是……

劉邦和項羽之間的鬥爭才只是剛剛開始，秦王朝雖是已被滅亡了，可楚漢相爭呢？五年啊！可是一段漫長的歷程！自己只在這古代歷經了三年的滅秦戰，就已經感覺身心疲憊至極，五年的楚漢相爭，卻又將是一段怎樣痛苦的日子！

長長的歎了一口氣，項思龍只覺自己的心都快碎了。

唉，什麼時候自己才可過上平靜的日子呢？

江湖中對武當山一役劉邦和項羽雙雙負傷之事是宣傳得沸沸揚揚，不過卻還算風平浪靜，自此戰之後，正邪兩道都沒有什麼舉動。

不平靜的江湖暫時是看似平靜了。

然而天下紛爭卻又再度的不平靜起來。

因為項羽負傷後，自此失蹤，江湖中再也沒有傳出他的消息，那些對項羽心懷不滿的王侯伺機起兵發亂，背叛了項羽。

其中叛呼聲最高的是已經背叛了項羽的齊將國榮。

自田榮殺了田市以後，自立為齊王。並且很快的兼併了原齊地的勢力，又拉籠了彭越，並且陳餘反叛項羽，使得田榮一時勢力大增，成了第一個反叛項羽的勢力集團領導者。

項少龍對項羽的失蹤是焦惶非常，不過想著項羽是歷史中的西楚霸王。想來應該不會有事的，才勉強的定下些心來。

對於田榮等的反楚勢頭，項少龍自是有所耳聞，想起自己已與項思龍的約定——不讓歷史有絲毫改變，當下決定發兵平定田榮一黨叛亂。

以史記記載，田榮、彭越、陳餘的叛亂，是激怒了項羽，使得項羽親自率軍前去平定他們的叛亂，現在項羽不在軍中，自己是應該指引歷史如史實現了。雖然自己答應了思龍不再去干涉歷史，但是自己也決不能眼睜睜的看著自己一手為項羽打下的基業落入別人手中啊！

除了劉邦，任何人都不配作羽兒的對手！是思龍那話，只要注重歷史結果就是了，歷史的過程麼，卻是不必去考慮的了。自己只要不去改變歷史結果，不去殺劉邦，其他的卻是可放手而為的吧！發兵攻打田榮，卻不是改變歷史，反是在幫助歷史呢！

心下想來，項少龍情緒雖然甚是低迷，卻還是召集軍中將領，研討了發兵伐田的計畫，得到了包括范增在內的所有將領的贊同。

於是，由項少龍親自掛帥，率領大軍揮軍北上，聲討田榮。

項少龍終究不愧是當年威震七國的上將軍，他這一出馬，威風還是不減當年，將士們在他的親自統率下，也是顯得精神煥發鬥志昂揚。憑著自己習自現代的先進作戰方式和多年積累的作戰經驗，在城陽，項少龍一舉擊敗了田榮的叛亂隊伍。

田榮兵敗後，倉惶逃至平原一帶，項少龍緊迫殺至。

田榮這個人雖然敢於起兵反叛項羽，並且很快的平定了齊地，但由於他本性好戰，不懂體恤百姓疾苦，每每打了一次勝仗，就任由手下兵將姦淫搶掠，所以在百姓心目中沒有什麼好感與威望。

他被項少龍迫退至平原，還沒等項少龍大軍到來，平原的百姓怕田榮與項少龍作戰會給他們帶來災難，而項少龍在百姓心目中一向口碑甚好，於是有百姓合計，趁田榮夜間巡視防禦工事沒有防備時，一擁而上把他殺了，開門迎接項少龍大軍進城。

這樣，項少龍沒有費太大力氣就剿滅了田榮一黨的叛亂。

但是眾楚軍將士卻因跟隨項羽作戰好殺成性，平叛田榮後也照樣如此，在齊地到處姦淫搶掠，活埋投降士兵，激起了齊地百姓的極大憤怒，紛紛自發組織起來反抗楚軍。

項少龍看著這一切，本想下令制止，但又一想來，項羽之所以失天下，卻正是因為失去人心之故吧！自己如下令制止，卻或許對歷史有干擾呢！

如此想來，也便狠下心腸睜一隻眼閉一隻眼權當充耳不聞了。

田榮之弟田橫就此利用百姓對楚軍的不滿，振臂一呼，把齊地反抗楚軍的百姓組織起來，又收集田榮殘兵，很快就又拉起了一支幾萬人的隊伍，佔據城陽公開反抗楚軍。

由於楚軍在齊地的暴行失去民心，所以百姓都支持田橫，拚命守衛城池，項少龍收復齊地的戰事受阻，陷入僵局。

項思龍聽著戰亂四起，對劉邦的安危也愈是擔心起來。

此時楚軍主力被拖齊地，項羽又告失蹤，卻不正是劉邦出兵巴蜀反楚的最佳時機？唉，劉邦，你現在可是否安好呢？

愈行近赤仙谷，項思龍的心情就愈是凌亂起來。

看來父親項少龍是真決心懺悔了，他發兵齊地平叛田榮，可不就在幫自己維護歷史不被改變的忙？但願父親平安無事！項羽失蹤，定是覓地療傷，研探他魔功的缺陷所在去了，待他傷勢一好，魔功大成，復出江湖之時，只怕……那場面自己真是不敢想像！自己也是只能盡自己所能，能為武林出多少力就出多少力了！青松道長等此番又與自己關係似是出現些許裂痕，今後的武林危機只怕是更加嚴竣……

一切都只盼著五年楚漢相爭早一日結束，如此江湖和天下就皆可平靜了，自己在這古代的使命也就完結了！但是在這五年內將出現的血雨腥風……

項思龍正如此怔怔想著，了因和尚突地發話道：「少主，赤仙谷中似是……有情況，有些不大對勁呢！」

項思龍聽得心下一緊，當即斂神往前方的谷口望去，卻見谷口密密麻麻的站了一大群喇嘛，眾人也都目含戒備的向三人望來。

項思龍心下疑惑，同時也暗暗警覺。這眾喇嘛會不會是鬼宗巫師的餘黨呢？心下正如此想著，對方一人已是老遠就衝三人喝道：「閣下三人是何來路？谷中的鬼宗巫師等是爾等所殺嗎？」

見對方語氣態度如此不友善，了因和尚不等項思龍發話，就已冷哼一聲接口道：「原來是那老鬼的同黨！怎麼？要為他報仇啊！他奶奶的，那狗賊是我們所殺，有種的就放馬過來吧！」

對方發話之人聽了了因這話，面色倒是一和，衝三人拱手道：「老衲乃是鬼宗巫師同門師兄十世班禪，此番率領門人深入中原，是因鬼宗巫師傷了本門瑰寶——紫光金珠，此關係著本門命脈，所以入進中原來尋找鬼宗巫師索要神珠。據老衲悉知，鬼宗巫師進入中原乃是為了尋找赤帝遺物，而赤帝遺物就藏在此赤仙谷……待老衲尋至此谷時，卻發現谷中一片狼藉，鬼宗巫師已被人所殺，紫光金珠也不見了……鬼宗巫師如是三位所殺，但還請把紫光金珠歸還，老衲代表我西藏佛教向三位表示謝意。」說著向三人合什施了一禮。

了因和尚笑道：「什麼紫光金珠紫光銀珠的，我們可沒見著這玩意兒，你要找這東西就去問死去的鬼宗巫師好了，卻向我們要什麼要的呢？喂，閣下進這赤仙谷來，可見著一老一少二個武林人物？」

聽得了因和尚的話，對方臉色又是一變，語氣也轉冷道：「除了閣下三人，老衲沒見著任何人入谷。這赤仙谷我們也搜了個遍，除了遍地屍體外，也再無他人。紫光金珠乃我西藏佛門至寶，三位如得到了，還敬請歸還，老衲願以本門武學秘錄——佛光三現作為交換，三位意下如何？」

了因和尚哂道：「什麼佛光三現不佛光三現的，我們可不稀罕，那勞什子的紫光金珠麼，我們也沒見到，閣下就不要多費口舌了吧！」

了因和尚這話倒讓對方以為三人得了紫光金珠不願交出，當下面色一沉道：「如此說來，三位是想把寶珠據為己有了！好，那老衲等也只好得罪了，三位劃下道來吧！老衲也不想以多勝少。」

了因和尚這下可也聽得火了，「哇卡」一聲道：「想來硬的啊！老子拳頭正癢著呢！來打就來打唄！」

說著，頓了頓接著又道：「哼，即便我們真得了那紫光金珠，像你們這種態度，卻也不會歸還你們的！」

眼看著雙方就要拉開戰幕，一直沉吟不語，思量著聖火教主沒帶劉邦來這赤仙谷，卻又會去了什麼地方呢？項思龍終於斂回神來，開口道：「了因，不要滋生事端！」

言罷又向對方發話的領頭人物拱手道：「前輩誤會了，鬼宗巫師的確為在下所殺，不過也確沒見著什麼紫光金珠。」

說著當下把自己在赤仙谷遇著前來奪取赤帝遺物的鬼宗巫師，雙方打了起來，最後下重手殺了他的事說了一遍，又道：「鬼宗巫師野心勃勃，居心叵測，在我中原武林作亂，在下不得不殺了他，但是真的沒見著什麼紫光金珠，還請活佛明見，如不相信在下所言，那在下自也沒得什麼好說的了！」

項思龍的一番解釋，讓得對方的敵對情緒緩和了許多，那西藏活佛向項思龍合什道：「原來是中原聲名鵲起的項少俠，老衲在西藏就已久聞大名，今日能得以一見，當真是甚感慶幸，不過紫光金珠乃我西藏佛門通靈神物，幾十萬教眾全靠它來召喚，如神物失去，我西藏佛門將有可能陷入萬劫不復之境，如少俠得到，還敬請歸還，老衲不勝感激，如少俠真沒見著，但還請代為留意一二，看看是否落入他人之手。」

頓了頓，接著又道：「紫光金珠乃是我西藏佛門始祖一世班禪所遺下的一顆通靈寶珠，只有拳頭大小，呈心形，紫光中泛著金色，傳聞乃是天降神物，它有一種神秘的能量，就是持有者可以通過它來感應別人的內心世界預測未來，還有就是它內中藏有一套極為高深的武學……我西藏的萬千子民把神珠當成了他們心目中的真神，他們只信奉神珠持有者的話……

「現在神珠失去，我西藏子民已是人心大亂……倘如神珠落入邪派人物之手，那我西藏佛門只怕……」說到這裡，西藏活佛是一臉悲沉之色，沒有再說下去了。

項思龍聽得心下也是沉甸甸的，西藏可也是中國的一部分，它的安危也就是中國歷史的安危，雖然在古秦歷史中沒有關於西藏一派的記載，但它的興衰存亡，卻不也是中國歷史的興衰存亡。

在現代時自己就從各大新聞媒體中看到有些極端分子使西藏分裂獨立的報導，那時自己是心有餘而力不足，無法為國家做些什麼，但是……在這古代呢，憑自己之能卻應是可為之出一份力的了。

只是那紫光金珠……可也真有些玄乎的……不過，這古代神奇的事情自己可見得多也經歷得多了，也沒什麼驚奇的。好，自己就幫對方打探那紫光金珠的下落吧！也算是完成自己一個在現代時無法完成的心願。

想到這裡，項思龍當下也面色嚴肅的道：「前輩放心是了，在下如有貴教紫光金珠的消息，定當會為貴教盡力討回神物的。」

西藏活佛慘然一笑道：「如此老衲先謝過少俠了。」

項思龍道：「大家同出中原武林一脈，互相幫助也是應該的。嗯，前輩等真的在這赤仙谷中沒有發現他人嗎？」

西藏活佛搖頭道：「沒有。這赤仙谷的每一寸地方都可說被我們搜過，並且我們已來這裡五六天了，絕對沒有見著一個外人。少俠三人是老衲所見的唯一一批入谷者，怎麼？少俠在尋人嗎？」

項思龍道：「不錯。在下有一朋友被小魔帥項羽所傷，由另一位朋友帶走，在下以為他們來了這赤仙谷，所以尋至此處。唉，他們到底上哪兒去了呢？」

項思龍眉頭緊鎖時，西藏話佛卻是突地道：「老衲等在前來這赤仙谷之前倒是見過一名老者抱著一位昏迷不醒的少年……不過他們卻是被一隊軍爺接了去……不知他們是不是少俠所找之人？」

項思龍聽得心下一喜，忙道：「禪師所言當真？可否描述一下那一老少像貌和接走他們軍爺的樣子？」

西藏活佛沉吟了片刻，報述了他所見一老一少的概貌和接走他們二人軍爺的模樣。

項思龍聽了大喜道：「果是邦弟他們！謝天謝地。張良還是心細如髮，派了夏侯嬰他們來接應邦弟！」言罷，向西藏活佛拱手道：「多謝禪師告知此事了，紫光金珠下落在下一定會代為關注的！好，在下等就此別過，咱們後會有期！」

知曉了劉邦和聖火教主的下落，項思龍大為放下心來。

只要劉邦回到軍中自是最安全不過了。他的傷勢，有聖火教主這高人在，想也不會有什麼大礙的。現在自己得趕去巴蜀看看劉邦，同時也得著張良、韓信他們出兵關中，打響楚漢相爭的第一槍了！

只要項羽沒有復出江湖，劉邦應可一帆風順，自己也能得以鬆口氣的。

嗯，去巴蜀看了劉邦之後，自己倒真得去為西藏活佛探聽一下紫光金珠的下落，順便也探察一下江湖情勢。

主意一定，項思龍當即領著了因和尚和笑面書生二人日夜兼程的往巴蜀趕去。這一日，三人正在一家客棧休息，旁邊桌上一粗野漢子的話讓得項思龍聽了又驚又喜，只聽得他對同桌的人道：「諸位可知新近又發生了件大事麼？就是漢王劉邦出兵漢中攻下關中了！」

這話猶如一枚定時炸彈，頓讓得整個客棧的人都向這漢子望去，一個熟悉而又激動的聲音頓然道：「閣下此消息可確切？」

聽得這聲音項思龍心下一突，忙聞聲望去，卻見左側靠窗一桌上，一中年老者正一臉熱切的望著方才那發話的漢子，卻不是項思龍在彭城遇著的金鋪老闆董公是誰？這一發現讓得項思龍又是一陣大喜，此時那董公也見著了項思龍，臉上神色微微一變，卻很快平靜下來，只又向那發話漢子望去。

粗野漢子見自己一言引得了全客棧所有人的關注，頓來了精神，站了起來意氣風發的道：「當然確切了。在下近日剛從關中過來，為的就是去告訴我家主人，著他去投靠漢王。田榮現在被楚軍所滅，項羽又失蹤，目前天下最有前途的自是漢王劉邦了！」

粗野漢子這話卻是引得另一聲冷哼聲響起道：「你甘公只不過張耳手下的一名副將，卻又有什麼資格在此對天下局勢指手劃腳？田榮將軍雖死，但田橫將軍復起，他難道就沒有資格與楚軍相抗？現在數十萬楚軍都被田橫將軍困住了齊地呢！劉邦算個什麼？他就只會偷空子！趁楚軍被田橫將軍拖住，便發兵反楚！這算哪門子英雄嘛？我陳餘最是看他不順眼了！」

項思這刻心下大起波濤、甘公、陳餘、董公可都是史記上有記載的人物，想不到卻被自己在這小客棧裡全遇上了。

第十一章　籌謀大業

項思龍的異樣神色引起了笑面書生的敏感，順著項思龍的目光向那粗野漢子望去，同時低聲問項思龍道：「少主，你認識這傢伙？」

項思龍搖了搖頭，沒有答話，此時那粗野漢子甘公聽得那自稱陳餘的話，臉色不由一變，客棧中不少人也都聞聲向陳餘望去。

甘公沉默了片刻，打了個哈欠，起身對陳餘拱手道：「原來是陳將軍，只不知何故落得在此寒酸客棧落腳的下場呢？請恕屬下方才倒是眼拙了！」

陳餘嘿嘿一笑道：「我陳餘落得今日這般的田地，還不是全仗你家主公張耳所賜？想不到他也有今天！哼，小子，張耳現在藏在哪兒？快給我乖乖招來吧！

省得要我動手，那時你可說不得有得罪受了！」

言語間，目光對坐在身旁的兩名漢子一使眼色，這兩人頓然站起，向那甘公一桌走去，神態甚是陰冷凶煞，似是欲把甘公給生吞活剝似的。

甘公身軀明顯的顫了顫，臉上神色變了數變，但旋即平靜下來，衝陳餘冷冷道：「陳將軍這是什麼意思？想以武威脅嗎？」

陳餘淡淡道：「你怎麼說都可以，咱們本就是敵對的，動武可屬常事。你還是乖乖招了張耳藏身之地吧，或許我還可以饒你一命，否則……」

甘公心下雖是膽怯，卻還是朗聲道：「好，我甘公雖然武功不濟，但今日還是捨命陪君子吧，要不怎生對得起主公平日對我的厚愛！」

言罷，「鏘」的一聲拔出了腰間佩劍。

陳餘見了目中殺機一閃道：「有種！」

此時陳餘手下那兩名向甘公圍去的漢子也雙雙已是拔劍在手，店中食客膽大的是退在了一旁遠遠準備看熱鬧，膽小的則是偷偷溜出了客棧，有些投機者更是連飯錢也乘亂沒給，只讓得客棧老闆叫苦不迭，卻又不敢聲張，只是一臉的苦瓜之色，嘴裡暗暗的咒罵著些什麼。

店中食客此刻除了項思龍三人對旁之事視若無睹仍在自斟自飲外，就只那董公一人了，所以四人顯得甚是刺目。

那陳餘的一名手下冷冷的望了四人一眼，道：「四位請暫退開些吧，刀劍無眼，省得到時傷著了你們！」

對這漢子的氣洶態勢，了因和尚可看得甚是不順眼，當下冷冷道：「嘿，就憑你們幾個廢料想傷得我們，也不撒泡尿照照鏡子！他奶奶的，滾開些吧，別防礙咱爺們在此喝酒！」

這漢子聽了了因和尚這話正待發作，一旁的陳餘終是資歷老些，看出幾人既敢如此旁若無人的談笑風聲，還佩有刀劍，尤其是了因和笑面書生二人太陽穴高高鼓起，目中精光閃閃，顯是內功高絕的江湖高手，他們當中的公子哥兒雖是看不出什麼來，但看了因和笑面書生二人對他態度的恭敬，當可知他才是三人中的主角，說不定是哪門哪派的少主呢？這類武林人物還是少惹為妙，要不可有得麻煩。心下想著，當下衝那漢子喝道：「大軍，不得無禮！」

漢子聞得陳餘喝聲才恨恨的瞪了了因一眼轉向甘公，他卻不知了因已對他生了惱意，只要他稍有動作，就決定懲戒他一下呢！

董公此時目光又向項思龍這桌望了幾眼，低頭獨個兒自斟自飲，但目光卻時時瞟向那面對陳餘兩名手下的甘公，滿含關切之色。

那叫大軍的漢子手中長劍一抖，遙指甘公道：「我家主公淪落今日這般田地，可全仗張耳這廝所賜，你身為張耳手下副將，也為罪魁禍首之一，就給我納命來吧！」

言罷，手中長劍已是發動攻勢，攻向甘公。但看他劍帶呼嘯之聲，竟是武功不弱。

甘公虛身一閃，避開對方長劍，同時手中長劍一抖，劍勢揮出，口中卻冷哼道：「說起卑鄙，我家主公向不及陳將軍，他背叛霸王，無情無義偷襲我家主公，迫得他流離失所，我家主公何霸主告發他罪行也是應該的！」

言語間，雙方已是對接了兩招，「噹！噹！」的劍擊聲在客棧響起，兩劍交擊下，叫大軍的漢子身形晃了兩晃，顯然功力不如甘公深厚。

大軍漢子又羞又惱，衝另一名漢子道：「二弟，傻站著幹麼？咱並肩子上！」

大軍二弟「噢」了一聲，頓挺劍出擊甘公，這一來甘公優勢頓然劣了下來，在對方二人夾攻下，顯得有些手忙腳亂，額上也逐漸冒汗。

這刻大軍又神氣了起來，冷冷道：「張耳這廝無得無能，他之所以能封上常山王，還不是他會拍馬屁？我家主公則是為項羽立下了汗馬功勞，但只獲一縣封地，這還不是因張耳在項羽面前盡說我家主公壞話，哼，你甘公卻不正是張耳的走狗說客之一？仗著自己會著些星卜之道獲了項羽歡心，算哪門子英雄嘛？今日老子卻要代我家主公向你討還個公道了！」

說著「刷！刷！刷！」連向甘公攻了三劍，甘公一個閃避不及，肩頭頓被刺中一劍，頓時血如雨注，染紅了衣衫一大片。

了因和尚見項思龍看得眉頭一皺，頓低聲道：「少主，要不要助那漢子一把？」

項思龍沉吟不語時，突見得那大軍長劍正刺向甘公咽喉，而甘公顯是無法閃避，正閉目準備待死，正這緊張當兒，突地只聽得「嗖」的一聲，一道黑影射出正中大軍長劍，「噹！」一聲劍身偏了一偏，甘公險險逃過一劫。

項思龍心下一鬆，舉目向那擊偏大軍長劍之物望去，卻見原來是一根筷子。

這救了甘公一命之人，功力當真不弱，竟能氣貫筷身擊偏大軍貫了真氣的鋼劍。

心下想著，項思龍不由的向董公望去，卻見他仍在自斟自飲，似是什麼事都與他無關似的，不由暗暗敬服此老定力。

當真是真人不露相，自己在彭城見著他時，被他幾名楚軍盡數侮辱竟能不還手，今日所見他救甘公一手，武功當可入當世一流高手行列。

這時，陳餘從座上站了起來，冷冷的望著董公道：「閣下何方高人？但請報上名來。不知閣下為何要出手管我閒事？」

董公仍是低頭自飲，飲完杯中之酒後，淡淡道：「天下不平事自有天下人管，二個打一個，小老兒看不順眼！」

陳鐵邊走向董公邊嘿嘿笑道：「想不到在這鄉下小客棧也有閣下這等高手！好，你要管閒事，自是仗著武學驚人了，在下就向你討教兩招！」說著，雙掌突揚，兩道狂猛勁氣拂起一張凳子，逕自向董公飛射過去。

董公卻是頭也不抬，順手拿起身後一凳拋出，只聽「轟」的一聲巨響，兩凳在空中相遇爆炸，頓然噼哩叭啦的成了一堆木片。

店主看得苦容滿面，卻又不敢吭聲。這些會武功的大爺他可得罪不起，弄不好，可不只失財，只怕是小命也要不保了！

唉，權當是拿財消災吧！但願日後生意興隆也就好了！

這店主除了自認倒楣唉聲歎氣外，還能怎麼樣呢？

其他的看客見了這等陣勢卻是更加心迷神搖了，心下雖是懼怕，卻是看得更加過癮——

看來境況是愈來愈熱鬧了！

項思龍三人卻仍是不為所動，空中落下的木片本是向他們一桌落去，但不知怎的，這些木片似長了眼睛似的，在距得他們桌上三尺時竟是自動飛開，落在一旁，只看得陳餘和董公盡皆駭然。

這三人到底是什麼人？竟能不動聲色的運起護體神功震開木片？

幸好自己著大軍沒去招惹他們，要不陳餘心下暗自驚駭的慶幸想著，一時也忘了董公。

董公卻是雙目如電的望向項思龍，心下驚駭的忖道：「這少年自己在彭城時似曾見過，是鍾離眛的朋友，那時雖覺得他非比常人，但卻還是不以為意，今日……想不到這少年卻原來是大有來頭之人，但看那和尚和那書生二人，均是一流高手，而這少年卻為他們主人……」

正思忖間，陳餘卻已斂回神來，衝董公道：「原來閣下果然有些斤兩，倒是在下眼拙了。好，再接我一招吧！」

言畢，身形突地飛起，雙手由掌化爪，凌厲無匹的向董公抓去。

董公見了臉色一變，失聲道：「星海派的無影龍爪手！」

說著，身形也告飛起，抓起座下凳子往陳餘迎去，只聽「嚓嚓」數聲，凳子頓被陳餘爪勁抓成了木屑。

項思龍看得也不禁動容，這勞什子的無影龍爪手可也當真有些威力！

陳餘此時獰笑道：「閣下果然有些眼力，我星海派的無影龍爪手可是不比嵩山太平寺的七十二絕技之一七絕龍爪手差吧！」

邊說邊爪勁連施，但見漫空爪影把董公身形團團包圍。

再也無他物抵禦對力爪勁，董公臉色變得冷竣起來，突地展開了一套神秘莫測的身法來，盡避對方爪勢，不過閃得甚是艱難，有好幾次都險險被陳餘雙爪抓中，更別說向對方攻擊了。

轉眼間雙方對拆了三十餘招，董公已顯得險著頻頻，不過陳餘現刻招式用老，卻也始終無法傷著董公。

陳餘見久攻不下，不由又驚又怒，自己這套無影龍爪手可說是打遍天下從無敵手，連張耳也忌憚三分，若不是張耳養有幾隻鬼殭屍使陳餘不敢開罪張耳，不然張耳在他眼中又算什麼東西！

他陳餘可實則是江湖中也曾頗有聲名的星海派弟子，武功顯得星海一脈真傳，本來他有坐上星海掌門的希望，但因貪圖榮華富貴，在天下亂戰四起之時，禁不住趙王歇手下大將張耳煽動，於是棄了掌門之位，與張耳一道助趙王歇跟他打起天下來。

趙王歇武功高強，於是封了他大將軍，陳餘甚感滿意，自此為趙王歇死心踏地的賣命，也與張耳結了八拜之交。

陳餘在軍中素無敵手，在星海派時同一輩中以他武功最高，所以養成了他目空一切的自大心理，自認為武功天下無敵。

現今他雖兵敗落魄，但野心卻是未滅，仍是妄圖東山再起，即便無法在爭霸天下上爭來一席之地，可也想在江湖上出出風頭——自他反叛項羽，後被項少龍引兵北上討伐兵敗，僥倖得逃性命，就又回到門派，這次他帶著門中兩大武功最為傑出的弟子大軍、二軍兩兄弟下山，正是妄圖尋找機會再打江山，至少也要在江湖中混出個名頭來。

可不巧在這客棧碰上了已是反目成仇的義兄張耳手下副將甘公，頓然勾起心中對張耳的新仇舊恨，於是決定擒下他逼問張耳下落，以便向張耳報仇——他知道張耳自被他擊敗後，就成強弩之末，沒什麼厲害的了，但誰知眼看就要制服甘公，半路上卻又殺出個程咬金——董公來，心下頓生殺意，先是出手試了試對方功力，可雙方功力半斤八兩不相上下，於是便決定以他星海派絕學——三十六式無影龍爪手來個先勢奪人，拿下對方，一來可以讓對方不能再插手管甘公閒事，二來想著擊敗此人或可提高自己在江湖中的地位——他看董公以一根筷子擊歪大軍鋼劍，心想此人定為江湖中有些聲望的角色。

可誰知他的如意算盤卻打錯了——他低估了董公實力，人家至今還沒還手，可自己三十六式無影龍爪手已是使盡，仍沒擒下對方，現刻對方已漸熟悉自己用老招式，待會反守為攻……

如此想來，陳餘心下更是焦怒，手下爪勢更是凌厲了數倍，所過之處盡是呼呼生風的爪影，店內勁氣也是四處瀰漫，只讓得圍觀者連大氣也不敢出，心生怯意，卻又捨不得離去。

那店主也是一時忘了店中什物損壞的心痛，與兩個店夥計縮在櫃檯前瞪大眼睛望著這從所未見的精采打鬥場面。

項思龍和了因和尚、笑面書生三人卻是連看也未看一眼的仍在飲酒說笑，那大軍、二軍和甘公早就停了打鬥在旁觀戰，大軍、二軍見自己主公打得董公毫無還手之力，不時為陳餘喝采，但沒人附和，聲勢單調。甘公則是為自己這救命恩人暗捏了一把冷汗，卻又自知自己武功低微，無力幫忙便是著急卻也只能是乾著急了罷。

董公又避開了陳餘十餘招快攻，他現在已是漸漸熟識了陳餘爪法，閃避得沒有先前那般大費力氣了，面色也平靜了許多，開口嗤笑道：「原來星海派的三十六式無影龍爪手卻也不過如此嘛！你還有其他什麼新花招沒有？若沒了的話，老夫要出手還擊了！」

陳餘聽得又羞又怒，喝道：「閣下一味閃避，不敢硬接在下招式，卻算得哪門子有本事了？好，你有什麼花招，就儘量使出吧！老子接下便是！再閃躲就是烏龜王八蛋！」

甘公冷笑道：「陳餘，你還要不要臉？出手偷襲不說，又出手搶攻，現在這位前輩沒費吹灰之力破了你畢生絕學，惱羞成怒了是不是？」

陳餘正在氣頭上，聽甘公出言諷刺自己，心下更怒，當下衝那呆站著的大軍、二軍道：「你這兩個木頭傻站著幹什麼？快給我拿下甘公這廝！」

大軍、二軍聞言頓然斂神，頓雙雙大吼著揮動長劍撲向甘公。

客棧中一時更加熱鬧起來，只聞喝罵聲，劍擊聲不絕於耳。

甘公這刻對付大軍、二軍二人夾攻，卻是沒有顯得先前般狼狽了，反是著著搶攻，有若拚命，倒把對方二人殺了個手忙腳亂。反正自己這條命是撿回來的，豁出去與對方拚了！殺死一個便夠本，殺死兩個便賺一個。

如此想來，甘公心下再也沒有怯懼，招招都是拚命招式，暫刻占了上風。

董公此時已顯遊刃有餘，任憑陳餘怎樣搶攻，總是傷不了他分毫。

一聲「得罪了！」卻見董公袖中突地滑出一柄二尺來長的量天尺來，握在手中後，量天尺一拚，竟是發出「嚓，嚓，嚓！」的顫動之聲，有若一柄軟劍，直取陳餘手腕。

陳餘一見董公亮出兵刃，不由驚呼道：「閣下原來是星卜神算門的量天神算！」言語聲中，也「鏘！」的一聲拔出了腰間佩劍。

董公淡然一笑道：「想不到江湖中竟也還有人記得我這老頭兒！」

陳餘這刻被董公量天尺逼退了兩步，口中卻是道：「董老前輩的大名誰個不知，當年秦始皇嬴政的酈山皇陵地下宮殿，卻是由前輩一手設計的呢！只是後來江湖中傳出酈山皇陵建好後，前輩也被嬴政活葬皇陵的消息，怎麼前輩……」

董公目中精芒一閃道：「陳將軍知道的事卻也不少呢！哼，嬴政狼心狗肺，利用完我後，想殺人滅口，但他也終有失著，沒有殺死我！也不想想，酈山皇陵是由老夫一手設計的，在此之前我便料想會有不測，早就作了最壞打量的退路……老夫逃出皇陵後，便一直隱姓埋名……今日即然露了身分，那也便沒有再藏頭縮尾的必要了！好，陳餘，你顯出你的真功夫來吧！老夫要施殺招了！」

說著，手中量天尺招式一轉，變得吞吐不定，有若一條虛幻的靈蛇般直取陳餘面門。

陳餘吃了一驚，想不到對方招式如此快捷，要想閃避或回劍阻截已然來不及，情急之下，身形向後倒去，一個立足不穩，成了個滾地葫蘆，不過也僥倖逃過一劫，可也惹來了圍觀者的一陣哄然大笑。

陳餘這刻氣得簡直都快要瘋了，一個縱身躍了起來，雙目滿是殺機的狠盯著董公，一字一字的道：「董老頭，你一定會為你今日所為付出慘重代價！」

董公哂道：「小老兒活了半把子年紀了，死活都無關緊要，但對這世上不平事卻是非要管一管不可！陳將軍，今日只要你放過了甘公，老夫也便就此作罷，否則這事，老夫是要管定了！陳將軍思量一下吧！」

陳餘沉默了片刻，驀地發出一陣哈哈狂笑道：「別人怕了你量天神算，我陳餘卻還不怕！老傢伙，你納命來吧！」

言畢，身形倏然縱起，在空中一個迴旋，數十道黑影頓然「嗖！嗖！嗖！」從陳餘袍中電射而出射向董公。

這一著大出董公預料，大驚下頓忙揮劍出擊，只聽「噹！噹！」數聲器擊聲響，陳餘所發暗器是被董公量天尺悉數截住了，但是這些暗器經董公量天尺這麼一擊，卻是沒有墜地，反是一個迴旋，以更疾速度射向董公。

「迴旋奪命鏢！」董公一聲驚呼，再也無法回擊射來暗器，不由閉上雙目，暗道：「吾命休矣！」準備待死。

就在這危急當兒，一道身形突地電射而起，一聲「惡賊敢爾！」中一片血紅劍光四起，只聽得「噹！噹！噹！」數聲，那再次射向董公的「迴旋奪命鏢」卻已教一英俊少年出劍悉數擊成了鐵片，墜落在地，這救了董公一命之人卻不是一直與了因和笑面書生飲酒的項思龍是誰？

「鏘！」的一聲，項思龍回劍入鞘，動作瀟灑之極，引得圍觀者一陣哄然叫好聲。

冷冷的望著陳餘，項思龍開口道：「閣下暗箭傷人，可是有失武者風度啊！咱武林中人可最為注重光明正大四字，閣下此等下三流手段，倒是為人不齒了！」

董公死裡逃生，聽得項思龍發話，才緩緩睜開了雙目，目光顯得甚是驚訝，但卻只是上前衝項思龍一拱手道：「多謝少俠救命之恩！」

言罷，再也沒說什麼，大踏步準備走出客棧。

項思龍見了忙道：「前輩留步，在下有些話還想與前輩一敘呢！」

董公聞言住身，訝道：「老夫與少俠素不相識，咱們有什麼好談的呢？若是少俠想向老夫索要方才救命之恩的報答，小老兒可是什麼也沒有，只好把這條老命再次還給少俠了。要是不是，小老兒可要告辭！」

言語間顯得有些英雄氣短的落寞之意。

項思龍爽然笑道：「在下只是想向前輩請教幾個問題，卻是別無他圖的。前輩如疑忌在下，卻也請便吧！」說著把目光轉向了望著地上一堆散亂鐵片目瞪口呆的陳餘，接著又道：「念在閣下也曾是反秦功臣的份上，在下今日便不與你計較了，爾等幾個快滾吧！下次再教在下遇上爾等使下流手段，可不會這麼便宜了！」

陳餘聽了項思龍這喝斥，才給斂回神來，目光驚駭的望著項思龍，嘴角抖動著，似想說些什麼，卻又沒有說出。

項思龍的這一手擊落他「迴旋奪命鏢」的劍法，確實是讓他給震懾住了。

要知他這「迴旋奪命鏢」乃是他星海門的各路製作暗器的神匠經多年苦思製作出來的，融合了天下各門暗器的巧妙精華，打造「迴旋奪命鏢」的金屬也乃是海底玄鐵，可專破內家罡氣，鏢中安裝了機簧，不但可使鏢身發後迴旋飛殺，並且它的獨特構造可使鏢身一觸阻力，迴旋速度也將更迅更疾，平常刀劍也損傷不了它分毫，端的是詭異無比，教人防不勝防。

自此鏢製成以來，每出必取人性命，還從無失手之例，他星海派之所能掘起江湖，由起先一小門小派躍成為一江湖大派，一是他門中的三十六式無影龍爪手，二就是這「迴旋奪命鏢」。連四川唐門素有暗器之宗的「流星蝴蝶鏢」與之比來也是略遜一籌，可稱得天下暗器之最。

可是項思龍才只輕鬆一劍便破了他十多枚「迴旋奪命鏢」，這能不叫他震驚麼？眼前這少年到底是何方神聖呢？江湖中何時出了這麼個厲害少年？陳餘雖是滿腹疑問，但話到嘴邊卻又不敢問出了。

顯得有些畏怯而仇恨的望了項思龍一眼，轉頭衝又已停下與甘公對鬥的大軍、二軍喝道：「咱們走！」

看著陳餘三人灰溜溜的離去，項思龍不由苦笑的暗搔頭。

唉，看來自己與陳餘是結下樑子了！本想拉籠他為劉邦所用，這下是沒希望了！心下唏噓，甘公走了上來，對項思龍行了一禮道：「多謝少俠救命之恩，還沒請教少俠高姓大名，在下日後定當湧泉相報！」

項思龍不置可否的笑了笑，抬頭見董公不知何時已是離去，心下不覺失望，但又想，能夠留住這甘公也好，他是張耳手下，據歷史記載，張耳被陳餘打敗後投靠劉邦，便是甘公主張之故，或許與今日自己救了他有關吧！

如此想著，當下和氣的對甘公道：「區區小事，何足掛齒！倒是兄台豪爽直言又不懼強敵，卻實是讓在下敬服呢！兄台若是不嫌，請與在下喝上兩杯敘敘如何?在下卻也甚想知道漢王起兵情況呢！」

甘公對項思龍本是有些拘束，現見項思龍如此和氣，又如此看得起自己，不由有些受寵若驚，諾諾道：「這……這……」

項思龍見他如此緊張，微微一笑道：「咱江湖兒女，何必扭扭捏捏的呢？走，兄台這邊請，咱們邊喝酒邊聊天！」

言罷，高聲道：「店家，再給添一付碗筷來！」

店主見項思龍喝退了陳餘三人平息了店中風波，正暗自慶幸，但見了店中一片狼藉之象，卻又愁眉苦臉起來。

這一下損失只怕有十多兩銀子啊！自己這等小店，半月也賺不回！

正如此唉聲歎氣的想著時，聞項思龍這「救財恩人」的招喚，頓打起精神強作歡顏，喝唱了聲：「好哩！」親自飛快的為項思龍一桌拿了付碗筷來，並另加了壺酒衝項思龍笑道：「這位客官，這壺酒是小的送給你的，權當是作謝客官救了小的這小店吧！」

此時店中圍觀食客見無熱鬧可看了，又都漸漸恢復了正常秩序，卻是紛紛對方才打鬥情況低聲議論不絕，且有人時時向項思龍一行偷偷望來，目中盡是崇敬之色。項思龍見這店主如此周到客氣，衝他和氣一笑，突地自懷中掏出一錠足有十兩重的金錠子，遞給店主道：「店家，這錠金子權當是作為貴店什物的賠償吧！但請收下了！」

店主望著項思龍遞來的金子，一時怔住了，顫顫伸出雙手正待接過，但卻突地又給縮了回來，道：「這……這……怎好意思叫客官破費呢？」

說著這話時，眼睛卻還是直直的盯在項思龍手中的金錠上。

這錠金子可足夠買下他這店子啊！是筆意外橫財！自己真傻，人家送給自己的，為何就不接下呢？

正如此後悔的想著，項思龍卻是笑意吟吟的把金錠硬塞給了他手中，道：「你也做的是小本生意，還是收下吧！嗯，你這裡有沒有其他較為安靜些的廂房，請給準備一間！」

金錠在手，店主的一顆心都給提到了喉嚨裡，心下連呼：「這下發財了！這下發財了！」對項思龍的話一時卻是沒有聽清，直待項思龍再說了一遍，才回神來過，眉開眼笑的連聲道：「有！有！客官請隨小的來！」說著，喜得手裡緊摸著金錠，連走路也有些不穩的在前引路，同時高呼小二道：「還不快去給貴客準備菜酒！」

小二見老闆發財也怔怔的愣著，聞喝忙連聲應「是」的去了。其他食客也暗罵這店主真走狗屎運了，眼紅得很。

甘公這時紅著臉道：「這……少俠……這小店損失應讓在下來付才是！」說著，也忙自懷中掏銀兩，但項思龍卻止住他道：「四海之內皆朋友，這損失你出我出都不是一樣麼？甘兄又何必在意呢？」

二人言語間，店主已是領著四人進了一間佈置也算不錯的廂房，媚笑道：「小地方，沒什麼豪華佈置，客官……」

項思龍制住店主的話道：「就這間可以了。喂，還請上些酒菜來，待會與外間酒桌一併算帳！」

店主忙道：「不用不用，客官……今天的費用就算小的獻給你的一點心意了！」說完，又衝外高喊道：「小二，怎不快些把酒菜端上來？怠慢了貴客，看我不炒你魷魚！」

店主話音剛落，兩小二已各自端了滿滿的一盤豐盛食物趕到，口中唱喏道：「來哩！」看來這兩個小二卻也甚是乖巧。

酒菜擺好後，店主和小二盡皆退去。項思龍舉起笑面書生斟滿的酒杯，衝甘公道：「來，甘兄，在下敬你一杯！」

甘公慌忙也端起酒杯道：「哪裡，應是在下敬少俠才對！」說罷，率先仰頭一飲而盡。

酒過三巡，項思龍開始把話轉入正題道：「聽甘兄說漢王劉邦已經出兵漢中，不知此情是否屬實呢？」

甘公此時已有幾分酒意，又見項思龍待人十分和氣，當下大大咧咧的道：「當然屬實！在下就是奉我家主公張耳之命前往漢中去探聽漢王消息，意欲與漢王合作共謀大事的，不想剛到漢中就得了漢王已經出兵關中的消息，於是日夜兼程，準備返回去告知主公，讓他率兵前去投靠漢王！喂，小弟把此機密相告少俠，卻也是看少俠夠義氣。喂，不知少俠有沒有興趣去投靠漢王呢？憑少俠的這份本事，想來要不了多長時間就可出人頭地的！」

項思龍淡淡一笑，卻是又問道：「天下英雄如此眾多，你家主公卻是為何只想投靠漢王呢？不知甘兄卻對漢王這人有何看法？」

甘公沉吟了片刻道：「縱觀天下局勢，項霸王勢力最大，也最有發展前途，但是一來主公兵敗陳餘之手，無顏再見項羽，同時也怕項羽怪罪，所以不敢再投奔項羽；二來項羽成了魔帥傳人，成為天下眾矢之的，群臣也是人心惶惶，即便還尚在人世，依在下之見，卻也難成大業。

「而漢王則不同了，現今他勢力雖弱，但人心所向，日後天下定為漢王所得。再有就是漢王與項羽日前在武當山一戰。使得他的威望更盛，當今天下除了漢王可與項羽一較長短之外，他人不足成事也！」

聽得甘公這一番分析，項思龍不由暗暗點頭，看來這甘公確實有些眼光。如此想著，口中也是嘆服道：「甘兄高見！但是江湖傳聞漢王和項羽雙雙負傷。項羽失蹤，漢王……卻是否在軍中呢？」

甘公搖了搖頭道：「這個在下也不知曉了！」說到這裡，想到項思龍問自己漢王和項羽的事，不覺心下生疑，當下問道：「少俠……如此關心漢王，可是……與漢王是舊識？」

項思龍想不到甘公竟也如此敏感，當下也不再隱瞞，點頭笑道：「在下是漢王義兄項思龍……」

剛說到這裡，甘公就已從座上跳了起來，失聲驚呼道：「你是項少俠！」

請續看《尋龍記》第三輯　卷六虛空

無極作品集

尋龍記 第三輯 卷五 對決

作者：無極
發行人：陳曉林
出版所：風雲時代出版股份有限公司
地址：10576台北市民生東路五段178號7樓之3
電話：(02) 2756-0949
傳真：(02) 2765-3799
執行主編：劉宇青
美術設計：許惠芳
業務總監：張瑋鳳
出版日期：2025年5月
版權授權：蔡雷平
ISBN：978-626-7464-79-3
風雲書網：http://www.eastbooks.com.tw
官方部落格：http://eastbooks.pixnet.net/blog
Facebook：http://www.facebook.com/h7560949
E-mail：h7560949@ms15.hinet.net
劃撥帳號：12043291
戶名：風雲時代出版股份有限公司

風雲發行所：33373桃園市龜山區公西村2鄰復興街304巷96號
電話：(03) 318-1378　　傳真：(03) 318-1378
法律顧問：永然法律事務所 李永然律師
　　　　　北辰著作權事務所 蕭雄淋律師

行政院新聞局局版台業字第3595號 營利事業統一編號22759935
©2025 by Storm & Stress Publishing Co.Printed in Taiwan
◎如有缺頁或裝訂錯誤，請退回本社更換

定價：340元

版權所有　翻印必究

國家圖書館出版品預行編目資料

尋龍記 第三輯／無極 著. -- 臺北市：風雲時代出版股份有限公司，2025.05 -- 冊；公分
ISBN：978-626-7464-79-3（第5冊：平裝）

857.7　　113007119

風雲時代

風雲時代